夜雨寄北

李修文——著

南方传媒 花城出版社
中国·广州

图书在版编目（CIP）数据

夜雨寄北 / 李修文著. -- 广州：花城出版社，
2025.4.（2025.5重印）-- ISBN 978-7-5749-0541-2

Ⅰ. I247.7

中国国家版本馆CIP数据核字第2025BH1578号

夜雨寄北
YEYU JI BEI

李修文/著

出 版 人	张 懿
责任编辑	杜小烨　王梦迪　许阳莎
技术编辑	凌春梅
责任校对	卢凯婷
装帧设计	广岛·UN-LOOK
内文插图	马钰涵
出版发行	花城出版社
经　　销	全国新华书店
印　　刷	广州市岭美文化科技有限公司
开　　本	787毫米×1092毫米　32开
印　　张	9.5　10插页
字　　数	150,000字
版　　次	2025年4月第1版　2025年5月第2次印刷
定　　价	58.00元

版权所有·侵权必究。如发现印装质量问题，请与出版社联系。
联系电话：020-37604658　37602954

目录

- 自序 1

- 夜雨寄北 001

- 木棉或鲇鱼 165

- 灵骨塔 215

- 记一次春游 261

自 序

必须承认,在过去的许多年中,不管是在各个剧组里,还是远在戈壁滩上和祁连山中,写小说的愿望从来都没有在我的身体里消失过,它们与旷野上的篝火有关,与黄河里的春潮有关,但更与那些从犄角旮旯里奔行出来和我遭逢的人事有关:荒废的工厂里,野狗们在穿行与吠叫,似乎还在为早已远走的人们看守着门庭;一位故人之子,来到我的城市,找我打听着他父亲的下落,只因为,我跟他父亲在剧组里短暂的相处,让那个四十好几的男人对我所在的城市充满了巨大的好奇,直至有一天,他竟然彻底消失了;还有一个出家多年的僧人,不顾与我只是萍水相逢,几乎是缠着我,对我道尽了他在这些年里犯下的诸多过错——以上种种,要么成为我的小说的缘起,要么就直接被我写进了小说。很显然,是他们将我拽回了小说家的行列:那些看起来东游西荡的日子,并没有被浪费,就像陕北黄土塬下的一道道皱褶里,却也生长着山桃花,春风一来,花朵的香气便将莽荡无际的群山全都覆盖了。

是他们,让我重新看见了蒲松龄,就像我在三亚的海边所目睹的那对夫妻:妻子一边搀扶着中风后的丈夫做着简单的恢复训练,一边埋怨着二十年前身为工厂厂长的丈夫让她下了岗。霎时之间,我便想起了蒲松龄那篇名叫《种梨》的小说,在《种梨》中,一颗梨核被道士种在土中,随后,在众目睽睽之下,梨核迅速破土、开花和成熟,最后又化为了乌有。这幻梦一场,既像那个妻子对丈夫的怨怼在她下岗之后多年里的不肯消退,又像他们当初置身的那个年代在持续向前时一路遭遇的镜花水月。是的,大地上建起了那么多七层宝塔,我们也早已在这些宝塔丛林里不知归路,但是,假如我们尚能听见一声隐约的来自过去的叹息,也许,我们就仍然可以像蒲松龄一样,拨开荒草,捡拾起那些早已凌乱破碎的信物们。

在重新开始写小说之后,当我回头去看十几年的浪荡生涯,我竟然确信,自己曾经目睹和身经过许多"蒲松龄时刻":就比如,在黄河边的一家小剧团里,一套油腻的、刀马旦的行头让我再三回忆起了少年时见过的一位刀马旦,她身患渐冻症,却被人写成了一部手抄本小说的主人公。哪怕她早已亡故多年，黄河边的夜晚里，我还是隐约看见，垂危的她从天而降在遍地虚空里，一边翻开那部手抄本小说，一边发出了哈哈笑声，继而，仍然在虚空中，她竟然手持一根红缨枪，翻转着，扯开嗓子唱起了她的拿手好戏——可以告慰他们和我自己的是，通过写作，我建起了这一座座衣冠冢，那些并不惊人的小事，都被我埋葬在了其中，并且越来越安顿于自己的命运：要像蒲松龄一样，在他的世界里，人也好，鬼也罢，都有一个去处。这个去处，白日里没有，就去夜晚里找，阔大城池里没有，就去荒郊野外里找。还要像蒲松龄一样，并不是妖狐鬼怪，却常常能打开一扇让我们的肉身从世界里遁形而去的门；并没有死去，却拥有一双回望尘世的眼睛。是的，我们所怀想、追忆与凭吊的，其实是我们正在经历的生活。

还是那些从犄角旮旯里奔行出来的人与事，让我确认，那座自我幼年时就痴迷与追随的戏台，从来就没有消失，而是扩展到了我眼前的无边尘世里：在嘉陵江边的一片断垣残壁之间拍戏的时候，我举目四望，处处都是飞蛾和蛛网，而想当年，这里可是我被大佬们带领着前来开剧本会的温泉度假酒店，再看那些大佬们，有的早已死去，有的正在狱中。一切到头,不过是印证了《桃花扇》中的那一句:"孙楚楼边,莫愁湖上,又添几树垂杨。"还是在黄河边的小剧团里,我看过一折名叫《打神告庙》的戏:海神庙中,遭遇到背叛的女主人公声声质问着泥塑的菩萨,自己究竟何以至此,当然得不到任何应答。绝望之中,女主人公甩起了漫长的、似乎永远不会止息的水袖,既像是在跟世界战斗,又像是在跟自己战斗。踉跄之后,几乎气绝之后,她还是未能死心,继续甩着水袖,继续去拼命。我得说,在其情其境中,我想到过写小说这件事——也许,我要写下的,就是这样的人:他们热烈,他们徒劳,他们既不是世界的出走者,也不是破门而入的人,他们不过是承受了他们所在的那个世界的人。

还有声音,我得说,当我重新成为一个小说家,犹如神启一般,越来越多的声音被我听见了:你看,《聊斋志异》里,鬼魂在说话,草叶在摇晃,驿站的门被敲响,苦修多年的妖狐在暴雨声中等来了天亮;你看,一座座戏台上,鼓点声急促地响起,一个个主角和配角正在撩起戏袍匆匆登场,再踏上热烈与徒劳之旅,但好歹,他们都唱出了自己的声音——《卷席筒》中,仓娃的声音是无辜和童真的;《三请樊梨花》中,樊梨花的声音是激越和幽怨的;《徐策跑城》中,徐策的声音是紧张和欣慰的。说到底,这些声音之所以如此真切,不过是因为他们唱出的其实是我们自己的声音。也许,写小说就是写声音,然而,对声音的辨听却可能要抵押上小说家的性命,犹如艾略特所言:"传统并不能继承,假如你需要它,你只能通过艰苦的劳作来获得它。"也由此,我们终于认清,我们并不在它处,我们仍然生活在今时今日的林冲、梁祝和白娘子中间。

许多时候,在对人世诸声的辨听中,我都会想起那些我在年幼时遇见过的说书人,他们几乎能够模拟出这世上的一切声音:鸦雀的声音,媒婆的声音,车辘轳滚动的声音,乃至种种生老病死的声音。而今想来,这些声音之所以经久不息,岂非正是高尔基所言的"我们的亲故和我们每天所生活的平凡的世界"被他们讲述了出来?如此,我便对自己说:好好做一个说书人吧,年复一年,用讲述去理解时间,去理解命运,去理解人们在时间与命运之中的流转和忍耐,却也不要忘了,旷野仍在不远处,山桃花还在黄土塬下的褶皱里生长,只要你动身前往,春风一来,说不定,你就能闻见花朵的香气仍然奔腾在莽荡无际的群山上。

夜雨寄北

一

萨达姆被送上绞刑架的第二天，通州，乃至整个北京，都下着很大的雪。我还记得，中午，当我离开打零工的超市，去给小丹东送饭的时候，大雪已经将路边的报刊亭彻底掩盖住了，但从报刊亭里传来的叫卖声，还不停在湿滑难行的小街上回响："是福不是祸，是祸躲不过！看看萨达姆，终究没法活……"那个卖报纸的河南人，从前是唱豫剧的，不光能把报纸上的新闻编成顺口溜，还能编成戏词儿，再唱出来。但那天的天气实在是太冷了，他显然没了唱新闻的劲头，只是机械地、沮丧地将那顺口溜喊完了一遍，再喊一遍："是福不是祸，是祸躲不过！看看萨达姆，终究没法活……"实话说，举目四望，我也忍不住沮丧透顶：因为一直在拆迁，街道和店铺，小工厂和城中村，全都被拆得七零八落，即使大雪纷飞，也遮掩不住它们在漫天雪雾里显露出来的巨大凄凉。再往前走，排水沟的味道、残存的菜市场里散发出来的腐烂味道，直冲每个人的鼻子，人们纷纷绕路，之前的路却都被断壁残垣给阻隔和淹没了。所以，别的人也好，我也好，要想往前走，就只好猫着腰，在满地的腌臜与污浊里找出一条路来，一个个地，看上去，就像是古代战场上一场屠戮之后侥幸活下来的人，远远地，你张望着我，我张望着你，但我们都没有第二条路可走。

当我猫着腰，穿过了几条早已倾塌的巷子，我和小丹东栖身的那座废弃的动物园已经遥遥在望的时候，没想到，偏偏这时，小丹东不知道在哪里大声叫唤了起来。一开始，我怀疑我听错了，站在雪雾里朝四下里看了一会儿，终于听明白了。没有错，那就是小丹东的叫唤声，而且，它一定是遭了什么难，要不然，就算借它十个胆子，它也不敢这么大声去叫唤。刹那之间，我的心骤然一紧，竖起耳朵，总算听清楚了小丹东所在的方向，之后，一秒钟都不敢耽搁，狂奔着，跑过五金配件一条街，再跑过搬空了的货运站和屠宰场，最后，在"最可爱"大歌厅的门口，我总算见到了它。它被绑缚在歌厅门前的一根水泥做的罗马柱上，直立着，全身上下被几根铁丝绑得死死的，一点也不能动弹，尽管如此，它的身体还是在止不住地打着战，我知道，那是冻的，也是疼的。只要它胆敢动弹一下，从破败的罗马柱里伸出来的几截钢筋，就会持续不断地刺戳着它的身体。幸亏，隔了老远，它也闻到了我的味道，这才大声叫唤起来，这才将我带到它的身边，现在，一见到我，它像是要哭出来，却止住了，像是知道自己犯了多大的错，只敢偷偷看我。当我也去看它，它又慌忙地低下了头，而它的身上，正在被飞扬的雪片覆盖，全身上下，正在变得越来越白，越来越白。

我当然什么都不管了，冲上前，自顾自地去解开绑在小丹东身上的铁丝，到了这时候，一下子，它的眼眶变得湿漉漉的，见我没有呵斥它，它这才忍不住了，低低地，委屈地抽泣了起来。"闭嘴！"我当然要呵斥它，"赶紧地，给我闭嘴！"话未落音，它便乖乖听话，忍住了抽泣，再一闭眼，将刚要滴落出来的眼泪硬生生憋了回去。"哟，这话儿是怎么说的——"我正好将小丹东身上的铁丝完全解开，扔在雪地里，再拉着它，就要夺路跑掉，"最可爱"大歌厅的门开了，它的老板，红总，脚踩着一双棉拖鞋，从厚重的门帘里闪出了身。只见她，满身都被貂皮给裹紧了，连脸都被裹得死死的，却还在抽着烟，烟雾一缕缕钻出貂皮，缭绕在她的头顶。她明明是个东北人，可能来北京的年头长了，口口声声，说的都是北京话："偷吃了我那么多东西，可倒好，连声儿招呼都不打，就想撒丫子跑路？这，怕是不成吧？"

原来如此。我先是逼视了一眼小丹东，再问红总："它偷吃了你什么？"

"果盘，好几份儿呢！"红总吐出一连串烟圈，"对了，客人点的生日蛋糕，也被它吃得一点儿都没剩下——我这儿可是有证人，抓它也是抓的现行！"

我笑起来："你的证人，都是你手底下的人吧？"

顿时，红总做出一副要翻脸的样子，一指小丹东，冲我嚷嚷着："马豆芽，听这意思，你是想要赖喽？得，我跟你把话放这儿，今儿这事儿，你要是敢耍赖，它就从我这地界儿上走不出去！"

见我呆愣着，她又对着小丹东努了努嘴巴："不信我的证人也没关系，要不，你让它自己开口说说试试？"

我还是笑着，这一次，是被她气笑的："它一只猴子……怎么开口？"

"这不结了吗？"红总一扔烟蒂，径直盯着我，"这么说吧马豆芽，你也好，它也好，今儿非得给我个说法儿不可！当然了，你可以麻利儿地走，但是它不能走——"

我终究不死心，想了想，再问她："……它吃的果盘，还有蛋糕，都是你的客人吃剩下的吧？"

红总大概早就知道我会这么问，又对小丹东努起了嘴巴："你还是让它自己说说呗！"

事已至此，我也没别的法子了，只好横下心来，直直地盯着她："那，要赔多少钱？"

"一千。"实际上，红总早就在等着我问她，痛快地告诉我，"少于一千，还是那句话，它从我这地界儿上走不出去。"

"在你这儿当服务员的话……"既然如此，我先是看了一眼小丹东，显然，它冷得厉害，上下牙都在打战，却怕被我知道，故意地离开我一小段距离，想看我，又不敢看我，我便回过头去，对着红总继续问，"在你这儿当服务员的话，多长时间能挣到一千？"

"哎哟，那可就得看你能提供什么服务了。"红总自然没想到我打算留下，去给她当服务员，吃了一惊，又叹了一口气，"马豆芽呀马豆芽，我他妈的，可算是纳了闷儿了，我劝你好多回，到我这儿来上班儿，你从来都没啥好脸色，到了了，一只猴子，既不是你爹，又不是你妈，你倒是要来我这儿了，为了个啥呀你倒是给我说说看！"

我还是笑着，示意小丹东可以先走了，再经过她，掀开了挂在"最可爱"大歌厅门口的门帘，二话不说朝里走，又回头告诉她："说好了，我只当服务员。"

尽管如此，小丹东也死活都不肯离开我，自顾自地回到那座废弃的小型动物园里去——那天，夜幕降临之后，雪下得更大了，雪片们随风翻卷，直扑所有的屋顶和道路，愈加让行走在世间的人们显得徒劳与可怜。这场大雪，像是在为一只从天而降的巨大怪物打前站，说话间，那怪物便要穿透雪幕，叼起世上的一切，再狠狠砸下，一再摔打，一再让满目的徒劳与可怜绝无反抗之力。然而，即便如此，"最可爱"大歌厅里还是塞满了客人，音乐声和干杯声，呕吐的声音和呵斥陪唱姑娘的声音，从每一个包房里传出来，直叫人心生疑惑：此地哪里像是一片漫无边际的拆迁区？此地难道不是宇宙的中心吗？昏暗的走廊里，不时有醉鬼们追逐着陪唱姑娘往前疯跑，其中的一个，认错了人，将我当成了陪唱姑娘，一把就要把我拉扯过去，我都快被吓死了。一个激灵之后，我迅速蹲伏在地，躲过了对方。对方趔趄着倒地，一头砸在种着摇钱树的花盆上，这才没再纠缠我；接下来，又有别的醉鬼要扑向我，我吓得脸都白了，赶紧逃进卫生间。哪知道，刚逃进去，我就听见一扇挡板的背后传来了男女交欢的声音，那女的，一边哇哇叫着，一边告诉那男的，某某商场的钟表专柜里，有一块表，就别提她有多喜欢了。我听得面红耳赤，却又不敢回走廊里去，只好大声咳嗽着，拧开了面前的水龙头，那对男女却根本没把我的动静当回事，当那男的一口答应了去买那块表之后，那女的，叫得更凶了。

也就是在这时候，为了将尴尬对付过去，我轻轻地打开窗户，将屋外的冷风和雪片放进来。结果，窗户一开，我就看见了小丹东，不远不近，它就蹲伏在屠宰场里的一段铁皮楼梯上，正好与我持平。一见到我，可能是以为我在招呼它，它一抖身上的雪，就要朝着我蹿过来，我慌忙伸出手去制止它，它才戛然止步，再等着我接下来的命令。见它这个样子，我当然气急，短短的时间之内，就在心底里骂了它好几十遍，可是，我又不敢大声跟它说话，只好一个劲儿地摆手，再伸出手指，指向动物园的方向，意思是，我的小祖宗，你就别在这儿跟我耗着啦，赶紧地、一刻也不要停地滚回动物园里去吧！再不回去，你就得冻死在这漫天大雪当中啦！这个小祖宗，却不听我的话，朝着动物园的方向，张望了一阵子，最后，却是定定地站住，意思是，我不走，它就也不走。这一切，都像极了我认识它的第一天——从南方一家艺校的黄梅戏班毕业之后，为了当演员，我来到北京，住进了通州，一边在一家影视学校的成人班里做走读生，一边终日去各种剧组里见组找机会，尽管也曾被不少演员和副导演许诺过、纠缠过，但是，一年下来，我还是没能得到任何角色，渐渐地，我就到了身无分文的地步。面对如此境地，我倒是没有什么可埋怨的，自小我就父母双亡，之前读艺校的钱也全是靠自己打零工挣出来的，大不了，我就再去找地方打零工，谁叫我心气儿一直都超过了我的身高呢？再挺一挺，说不定我就挺成了在北影厂门口被人发掘出来的周迅呢？于是，我说到做到，就此开始四处打零工，就此，又在北京硬挺了一年。这一年，虽说我也跑上了几回龙套，可是，那些我能演上的超过十句台词的角色，还是不知道在哪里。好在是，经过一个跑组小姐妹的介绍，在通州，我得到了一份稳定的工作，去一家小型动物园里当饲养员，还包吃包住，这下子，我又咬着牙告诉自己，我还得在通州，在北京，继续硬挺下去。

说起我的这份工作，其实还是小丹东给我的。来到动物园应聘的那一天，原本，沿着各种笼子前的那条荒草路往前走，看到了紧紧扒着铁栅栏的老虎和白狼，又听见了狮子和火烈鸟不时发出的吼叫声，我的胆子快被它们吓破，早早就萌生了退意，没想到的是，我却被小丹东给看上了——大概是因为我刚进园子的时候，它正孤零零地坐在一棵香樟树上，像个走丢了的孩子一般，既不攀爬，也不张望，只是安安静静地坐着，看着我打树底下走过去。怎么说呢？就在一转眼的工夫里，我的心里，像是被什么东西给戳中了，想来想去，那戳中我的，只能是它的眼睛，它的那双眼睛里，就算没有眼泪，也像是有眼泪的样子，叫人看过之后，心里也湿湿的，所以，我都走过那棵香樟树了，还是小跑回来，将吃了一半的一小块蛋糕递给了它，对，那天恰好是我的生日，我省下了饭钱，给自己买了一块巴掌大的生日蛋糕。起初，它愣怔了一下，见我冲着它笑，它犹豫了片刻，将蛋糕接过去，眼睛里就真真切切地涌出了眼泪，再往后，它从香樟树上跳了下来，一路跟着我朝前走，有好几回，我冲它摆手，叫它不要再跟着我，它却根本不听我的，每回我一驻足转身，它便也慌乱地止了步，泪汪汪地看着我，再接着尾随我，我只好遂了它的意，让它跟着我去见老板，这才知道，跟着我的这只猴子，产自东南亚的婆罗洲岛，但来到中国之后，最早的落脚地，却是辽宁丹东，所以，它的名字，就叫作小丹东。对于它，老板怎么也想不通的是，自打它被买进这个园子，吃得也少，睡得也少，胆子还小得很，成天躲着饲养员，甚至躲着所有人，好端端的一只名贵猴子，成天一副不想活的样子，这可如何是好？那个名叫王宏利的老板，都快愁死了；现在，这家伙既然这么喜欢我，愿意跟着我，岂不是天大的好事吗？所以，三两句之后，老板王宏利就敲定了我的工作和包吃包住。我此后的工作，就是给小丹东当饲养员。哪知道，当我离开动物园，准备回到之前的住处去搬行李的时候，都快出园子大门了，小丹东还是一步不离地跟着我，我再对它摆手，叫它回去，它却定定地站着，像是跟我说，我去哪儿，它也要去哪儿。

好吧，还是说回"最可爱"大歌厅来吧。都快半夜两点了，客人和陪唱的姑娘们才算散尽，我和别的服务员一起，收拾好了包房里的残羹冷炙，清洗了好几遍卫生间和走廊，又拒绝了四五回红总要我下海去做陪唱姑娘的提议，这才踏上回动物园的路。之前，不管小丹东有多么不愿意，我站在卫生间的窗户边，顺手捡起一个不知道被谁丢掉的化妆盒，朝它砸过去。见我真的动了怒，它才悻悻地、委屈地朝着动物园慢慢走回去，而我，却并不会觉得多么对不住它，只因为，这一晚下来，我也攒了不少吃的喝的，再过一会儿，等我见到它，说什么都得把它给喂饱了，一口都不许剩下。结果，我刚刚走进动物园早已垮塌的大门，正要路过一面矗立在黑松林边的石碑，突然，一辆早就停在石碑边的面包车亮起了灯。在刺目的灯光里，有两个人影，从车上蹿下来，也不说话，拉扯着我，就要把我塞进车里去——其实，当他们飞奔到我身前，我便认出了他们，这两个人，是"最可爱"大歌厅的客人，早早就看中了我，还动了粗，非要把我拽进他们的包房里去，我说什么都不肯，又是喊，又是叫，他们才算作罢，谁能想到，他们早就打听清楚了我的行踪，在这里等着我呢？我当然也不会坐以待毙。和在歌厅里的时候一样，我扯起嗓子，又是喊，又是叫，指望着小丹东听见我的呼救，哪怕它只是个猴子，胆子还小得可怜，但只要弄出点动静来，挟持着我的这两个人也不会就这么胆大妄为下去吧？可是，小丹东就像睡死过去了，我一边快被那两个人彻底控制住，一边死死地盯着眼前的荒草路朝前看，眼前却除了雪，还是雪，没有任何救星，我只能自己救自己。所以，我瞅了个空子，将手伸向自己的挎包，掏出一把常年都携带着的水果刀，一点都没犹豫，朝向一只手臂，狠狠刺了下去；紧接着，一声惨叫响起，我被扔在了雪地里，再看那两个人，其中一个，抱住自己的手臂，还是不死心，仍要朝我奔来，我也并不退让，站起身，手持着水果刀，疯婆子一般，也不说话，冷冷地看着对方，终于，那两个人愣怔了片刻，掉转头去，上了面包车，再发动它，一溜烟地跑远了。

"……你咋就这么尿呢？"实际上，我早就知道，小丹东并没有睡死，它就藏在石碑背后的黑松林里——它熟悉我的气味，其实，我也熟悉它的气味。在雪地里喘息了好一阵子之后，看着面包车的车灯彻底在夜幕里消失之后，几乎是咬牙切齿地，我对着那块石碑叫嚷起来："你说，你咋就这么尿？"

而它，也总算从石碑背后现了身，又像是快哭出来了一般，看看我，再低下头去。好半天之后，见我一直逼视着它，它也知道自己躲不过去，只好怯生生地动了动嘴唇，就像是在跟我说："……对不起。"

这么一来，我的心也软了，红着眼圈，走过去，搂住它的肩膀，告诉它："你要是再不管我，就没人管我啦……"

毫无疑问,它听明白了我的话,还是怯生生地,朝我靠过来,贴紧了我,又动了动嘴唇,像是在跟我说:"……我管你。"

二

关于动物园门口的那块石碑,实际上,它是一块诗碑——动物园的前身,叫作"中华诗词园",由当地村支书的弟弟所建,之所以要建起它来,当然不是为了弘扬什么传统文化,无非是立下个圈地的名头而已,所以,好几年下来,辽阔的地界上,除了二十多块石碑,别的什么都没有。那些石碑的碑身上,刻的都是古代诗词,就譬如门口的那一块,刻下的是李商隐的《夜雨寄北》:"君问归期未有期,巴山夜雨涨秋池。何当共剪西窗烛,却话巴山夜雨时。"按照村支书和他弟弟的说法,未来,他们将加大投资力度,围绕这二十多块石碑来建造主题景点,刻了《夜雨寄北》的那块石碑周围,会以爱情为主题;更远一点,刻了王昌龄的《芙蓉楼送辛渐》的那块石碑周围,会以友谊为主题。只是,好几年过去,村支书和他弟弟嘴巴里所说的景点，一个也没建起来，这兄弟俩，却因为买凶杀人，双双被判了无期徒刑。然后，这块地就被那个叫王宏利的男人接了盘。最早的时候，他来通州，是为了画画的，后来，他开起了画廊，恰好遇到一批住在通州的画家正被国外买家所激赏，他赶上了风口，挣到了不少钱。说到底，他算不上一个什么生意人，却被当地人说服，几乎花掉所有的钱，还借了不少钱，将那"中华诗词园"改建成了一座动物园，为的也是保住这块地皮。

动物园自打开业，就没来过几个游客，王宏利也就日复一日地债台高筑了起来，而他还得将这一摊子事拼命撑住，最后，还是在当地人的劝说之下，他借起了高利贷，又连利息都还不上，事情就变得越来越无法收场了。信贷公司起诉了他，法院最终判定，动物园归了高利贷公司。我还记得，法院和信贷公司的人一起来动物园执行判决的那一天，王宏利早就喝得酩酊大醉，哭喊着，阻挡着，死活不让对方的车开进动物园，哪知道，对方的车直接将他撞倒在地，再扬长前去，两分钟后，王宏利跟跄着起了身，竟然一头撞在了石碑上，我和小丹东，还有别的饲养员们，狂奔着跑向他，想要将他搀起来，可是，我们还没靠近他，他便又挣扎着起了身，再一回将头撞向石碑，霎时之间，石碑上便溅满了他的血，等我们跑到他身边，他已经只剩下最后一口气了。这血沫横飞的一幕，将所有人都吓坏了，更将小丹东吓坏了。站在我身边，它压根都不敢睁开眼睛，嘴巴里、喉咙里，却一直都在发出低低的呜咽之声，没过多大一会儿，我的衣角就湿了，我知道，那是被小丹东的眼泪打湿的。如此种种，又像极了它被逼着跟我分开的那一天——王宏利死后没多久，高利贷公司的人就开始将动物园里的各种动物变卖到南方去，小丹东自然也在其中。它走的那天早上，我压根就没敢送它，远远地看着它被押送上车，又一再回头，想找见我在哪里，我却躲在荒草丛里没敢出来，之后，一口气，沿着横穿过动物园的那条废弃的铁路，漫无目的地、不要命地朝前跑，跑累了，我就歇一会儿，歇完了，我再接着跑，一直跑了整整一个上午，当我估摸着装着小丹东它们的大卡车只怕都已经过了保定的时候，这才往回走，却丝毫没想到，当我走到那块刻着《夜雨寄北》的石碑之下，一股熟悉的气味，又被我闻到了，顿时，我如遭电击，迅速回头，这才看见，小丹东正瑟缩着从石碑背后探出它的身体来，天知道它是怎么突破重围跑回来的。又或者，大卡车还没开出动物园，它便偷偷跳下了车，在黑松林里躲藏了起来？管它呢，它反正又开不了口说不了话，我只管飞奔出去，抱住了它，而它的嘴巴里，喉咙里，一直都在发出低低的呜咽之声，没过多久，我的衣角，就被它的眼泪打湿了。

好吧，接下来，就让我和小丹东相依为命吧。也是巧得很，小丹东留下来之后不久，高利贷公司的老板就遭到报应，得了癌症，哪怕明明知道那只值钱的猴子和它的饲养员都还赖在动物园里没有走，竟然也没让人来将我们赶走，我和小丹东便一天天在这里住了下来。我们两个唯一的困扰，就是穷，是那种饿肚子的穷。有一回，我从通州去北京城里见组，回来的路上，一下子就饿晕在了公共汽车站里。倒是也没关系，大不了，我就再去打零工。短短的时间之内，商场和超市也好，小餐馆和熟食店也罢，我全都打了一遍零工，倒不是我这人对那些工作没有常性，而是因为无休无止的拆迁。往往是，我还没待上几天，那些商场和超市，还有小餐馆和熟食店，就都被拆掉了。所以，时不时地，我和小丹东还得要饿肚子，以至于，趁着没人的时候，饿坏了的小丹东就跑进"最可爱"大歌厅去翻捡一点吃的，却被红总的人抓了个现行，不过呢，还是那句话，没关系，既然这是它的命，它就得受着，既然这是我的命，我也得受着。但即便如此，那天晚上，小丹东在看见我差点被人拽上面包车之后，还是觉得自己犯下了天大的错，满脸都是沮丧，满脸都是对不住我的样子，也不再往前走了，定定地站着，又死死地盯着石碑。"这么晚还不回去睡觉——"我多少有些不耐烦了，一回头，冲它嚷着，"这一晚上，还嫌没折腾够吗？"

突然，我想起了什么，再问它："你……是想起了王总吗？"

我说的王总，当然就是我和小丹东从前的老板，撞死在这块石碑上的王宏利。小丹东就像是听明白了我的话，竟然点了点头，又动了动嘴唇："……"

我伸出手去，指向那块石碑："你是怕我跟他一样，撞死在这儿？"

"还是，你是怕我跟王总一样，"停了停，我搭着它的肩膀，又瞎琢磨起来，"你怕我跟他一样，被人打死在这儿？"

我的话一问出来，它的鼻子就动了动，可能是发酸了吧，接着，它的嘴唇又动了起来，嘴巴里，喉咙里，一起发出短促的音节，只差一点，几乎就要说出话来："是！是！"

这下子，轮到我的鼻子发酸了，却在厉声呵斥着它：

"想什么呢？我他妈才不会死在这儿呢！"

听我这么说，它像是放了心，一丝笑意也从它的脸上浮泛出来。为了让它心里更好过一点，我干脆掏出挎包里的水果刀，对着它晃来晃去："放心吧，你姐姐我，还等着大红大紫呢！"

"大红大紫是啥意思你明白吧？"越说，我还越来了劲儿，"意思是，想吃什么吃什么，想喝什么喝什么，还有，真要有那一天的话，我还要带你出去旅游，去上海，去三亚，去韩国和美国，怎么样？"

这么一来，小丹东才彻底对我放了心，下意识地对我连连点头，就好像，我大红大紫的那一天真的就指日可待了。但是，当我吆喝着它，赶紧朝我的宿舍里走的时候，它却还是驻足不前，抬起左前肢，指着那块石碑，嘴巴里，喉咙里，突然就呜呜呀呀了起来。我看看石碑，再看看它，琢磨了好一阵子，才猜测着去问它："……不是吧？你要我教你背诗？"

它的手一把攥紧了我，认真地点了个头："……"

"为什么呀？"多多少少，我觉得匪夷所思，"你脑子没毛病吧？"

它却没有一点开玩笑的意思，拽着我，再指向那首

《夜雨寄北》的第一句，嘴巴里，喉咙里，那呜呜呀呀的声音越来越急切。没法子，我也只好听它的，没好气地大声对它吼起来："你听好了，君问归期未有期……"

那天晚上，原本，我睡得死沉死沉的，天快亮的时候，一阵奇怪的声响却老是在我的耳朵边上持续响起来，不由得我不睁开惺忪的眼睛，一眼就看见，我床边的那张破烂沙发上，小丹东一直端坐着，还在一句一句地背诗，那张沙发，其实是自打动物园垮掉之后它每晚睡觉的地方。"君问归期未有期，巴山夜雨涨秋池——"这家伙，怎么一点都不困呢？刚刚吃力地背完前两句，却卡在了后两句上，它的脑子一向好使，应该不是想不起来那后两句，而是发音太难了，就像有一块石头，堵住了它的嘴巴和喉咙。这下子，它简直被那后两句给急死了，抓耳挠腮地，看看我，又不敢打扰我，只好再背回去前两句。"君问归期未有期，巴山夜雨涨秋池……"我也是服了它，反正没法子再睡着了，我干脆坐起身来，还是没好气地喊了一句："何当共剪西窗烛！"它被我吓了一跳，再害羞地笑起来，却不再理会我，继续去一字字、一句句地背，渐渐地，那字字句句就清晰和确切了起来，尽管旁人听上去只怕还是觉得不明所以，甚至有些恐怖。小丹东发出的那些声音,时而像是嗓子被割破了,时而又像一把生了锈的斧头在砍着什么。这不,屋外的天色逐渐明亮起来的时候,一只鸟飞落到我宿舍的窗台上,刚一落脚,就被小丹东背出来的诗吓住了,呜哇呜哇地啼叫着,死命地拍打着翅膀,霎时就飞远了。

那时的我并不知道,小丹东嘴巴里的这首《夜雨寄北》,很快就会成为我的救命稻草。我在"最可爱"大歌厅里做服务员还债的这些日子,实在太难熬了——越来越多的客人发现,这家歌厅里最漂亮的一个,不是那些陪唱姑娘,而是我,所以,来纠缠我的人就越来越多了,手拿着一大沓现金砸在我的眼前,叫我陪他们唱歌乃至睡觉的人也越来越多了。再加上,那红总,在劝了我好多回就在她这里下海都无果之后,对我越来越没好脸色,见到有人要对我用强,一点都不阻拦不说,常常还要挖苦不止:"明明是个婊子命,他妈的还非要拿自己当个公主身!"显然,我不会服她这个气,径直问她:"婊子命,说的好像不是我吧?"如此一来,那些陪唱姑娘自然也就不会放过我了,一时故意将我撞倒在地,一时又三两个一起将我按倒在客人的大腿上,最过分的是,有个姑娘,每回喝醉了都非要往我的身上吐。但是,这些我都能忍下来,要知道，日子尽管这么难熬，白天里，我却还是会照旧带上自己的简历，疯狂地进城去见组。最叫人提心吊胆的，还是在歌厅打烊之后，那红总早就将我住在哪里昭告给了她的客人们，所以，我回动物园的那条路，走起来就越来越难了。就像那天，天上还飘着大雪，下班之后，我猫着腰，正在一片废墟里给自己找路，在一棵银杏树边上，黑暗里，突然蹿出一个人影，猝不及防地，就将我按压在了雪地里，我知道大事不好了，赶紧去挎包里找水果刀，手都还没伸出去，我的挎包就被对方扔出去了老远，眼看着对方的脸离我的脸越来越近，浓重的酒气直扑过来，我绝望地想要叫喊起来，结果，来不及叫一声，我的嘴巴也被对方捂住了。就在天都快要塌下来的时候，远远地，幽幽地，传来了一阵声响，那声响，像是一个人的嗓子被刀割破了，又像是一把生了锈的斧头在砍着什么："君问归期未有期，巴山夜雨涨秋池……"

顿时，对方被吓得快丢了魂，四下里张望着大声喊："谁？他妈的是谁？"

之前，那阵声响是从一道低矮的院墙边上传过来的，短短的工夫里，那声音又从我和对方头顶上传下来："……何当共剪西窗烛，却话巴山夜雨时。"

这些含混而尖厉的声音，只有我才能听得懂，对于按压着我的那个人来说，这突至的一幕，与一部恐怖片并没什么两样，所以，他惊骇地住了手，抬头往天上看，恰好，几根银杏树的树杈，伴随着压在树杈上的雪，一起坠落下来，正砸在他的脸上。他终于撑不住了，慌忙起身，一刻不停地，撒腿狂奔着跑远了，而我，却继续躺在雪地里，喘息着，并没有起身，我知道，我的救星马上就要来到我的身边。果然，很快，小丹东就从银杏树的树冠里下来了，一下来，又慌忙凑到我身边，看我到底有没有什么事情。"戏演得真好啊，"我还是没起身，探出手去，搭在它的肩膀上，"乖乖，你才是个好演员！"

是啊，小丹东真的是个好演员——平日里，它的胆子那么小，不管见了谁，都是怯生生的，都像是矮人一头，可是，每一回，后半夜里，在回动物园的路上，只要我遇见了什么不测之事，它的戏份便开始了。"最可爱"大歌厅斜对面的小饭馆里，我被几个人强拽着去喝酒，因为他们人数众多，我和小丹东都拿他们没办法，可是，当它在厨房的屋顶上背起《夜雨寄北》，再不时伴以几声冷笑，要不了多久，厨子也好，老板也好，就全都被它吓得魂飞魄散地要把店门关上了。之后，随着它的演技越来越纯熟，它的胆子，竟也越来越大了。那一回，在包房里，我将自己的拷包放在沙发上，正收拾茶几上的果盘和烟灰缸，刚刚离开包房的客人，一个包工头，重新闯进包房，朝我猛扑过来，二话不说，就要脱掉我的裤子。我拼尽全身力气，蜷缩在地上，再死死地拽住茶几，如此，对方将我拖拽到哪里，那茶几也就跟着我被拖拽到了哪里。眼看着没法得逞，对方暴怒着，劈头就扇了我一巴掌，这一巴掌扇得太重了，我的整个脑袋都晕乎乎的，嘴角里也渗出了血丝，不得不放弃抵抗，躺在地上，再也无法动弹。对方见我再无还手之力，径直坐到了我身上，撩起我的上衣，就要脱下我的胸罩，可是，他哪有这么容易得逞呢？猛然间，包房的窗户被推开，小丹东从窗台上跃下，跳进包房，再一把推开那包工头，挡在了我的身前。昏暗的灯光下，我看见小丹东龇着牙，咧着嘴，怒视着对方，全不是怯生生的样子，反倒活似一只从恐怖电影里跳出来的小小怪兽。

包工头先是被惊吓了一阵子，最终，却没被吓住，加上又喝了不少酒，胆子比天大，他竟操起了烟灰缸，说话间，就要朝着小丹东砸过去。小丹东显然没有想到，身体一点点后退，两只手却还一直都在护着我，情急之下，它竟脱口而出，背起了《夜雨寄北》："君问归期未有期，巴山夜雨涨秋池。何当共剪西窗烛，却话巴山夜雨时……"

"你他妈的，这是在干什么？"包工头愣了愣，又嗤笑起来，"你不是孙悟空吗？怎么还演唐僧念起紧箍咒来啦？"

而小丹东仍然不知道如何是好，机械地、下意识地又背了一遍《夜雨寄北》："君问归期未有期，巴山夜雨涨秋池。何当共剪西窗烛，却话巴山夜雨时……"

包工头却再也没有耐心听它背下去了，将烟灰缸朝小丹东的头顶上砸去，一边砸，还一边怒吼着："要你他妈给我演唐僧！要你他妈给我演唐僧！"

然而，那烟灰缸没有砸中小丹东，却砸中了我的脸，到了这时候，除了变成一只真正的怪兽，小丹东再也没别的路可走了。它猛然离开我，奔到沙发边，将手伸进我的挎包，掏出了水果刀，随后，它脸上的表情，越来越愤怒，也越来越阴沉，毫不退让地，一步步朝包工头逼近了过去。包工头的脸上显然有了一丝惧色，却还在嘴硬："你他妈的，还想杀了我不成？"

"……它要是杀了人，"眼见得小丹东的刀快要抵住包工头,我不得不去提醒他,"它要是杀了人,可是不会偿命的。"

三

那天晚上,小丹东当然没有杀人,最后的结果,终究还是那个胆大包天的包工头落荒而逃了,但是,我在"最可爱"大歌厅的苦役,却也因为那场打斗被格外加重了。包房里原本就破了口子的沙发,还有缺了角的玻璃茶几和电视机,全都被红总作了价,要我一并赔付,她一口咬定,这些都是我和小丹东在跟包工头的打斗中造成的。好吧,没关系,那就在这儿接着干吧,我倒是想看看,接下来,我和小丹东的命,到底会是什么样的。说起来,我的命也没那么差,一周之后,我的命就被改写了,被改写的起因,竟然是我当初在艺校里学过的黄梅戏。这天晚上,歌厅里来了一位豪客,安徽人,喝多之后,也不叫姑娘,吩咐下来说,他要找个人,男女都行,跟他一起唱黄梅戏选段《对花》。那些陪唱的姑娘当然不会唱,可对我来说,这一段我简直会唱得不要不要的。所以,见他实在找不到人,正在包房里送果盘的我便拿起了话筒,跟他对唱。没想到，我的歌声一起，他就哭了，唱完一遍之后，他又要求再唱一遍，我便跟他又对唱了一遍，这一遍没唱完，他哭得简直稀里哗啦，却突然打开自己的手包，掏出厚厚一沓现金，不由分说地递给我，说他不想再在这种地方见到我。我连声推辞，他却动了怒，威胁我，我要是不把这些钱收下，他就去派出所报案，说我涉嫌卖淫，让他们来把我带走。谁敢信呢？用北京话来说：这话儿是怎么说的来着呢？莫名其妙地，我就有了一大笔钱。之后，我先去找红总还清了欠下的债，再悄悄回到包房外，隔着一小块玻璃窗往里看，那位豪客，还在沙发上翻来滚去地哭。

好日子还在持续。仅仅就在第二天早上，我接到了一个小姐妹的电话，她叫我赶紧去密云一个村子里拍戏。是的，我没听错，既不用见组，也不用试戏，而是直接去拍戏，其中原因，竟然也是因为我会唱黄梅戏。一位著名的导演，正在密云拍摄一部民国题材的电视剧，剧中有个角色，是军阀的姨太太，这姨太太嫁给军阀之前，是唱黄梅戏的，所以，这位著名导演，盼星星盼月亮一般，正等着我去救场呢！挂掉电话之后，我整个人都是蒙的，东看看，西看看，怎么也不肯相信这么大的好事落在了我头上。"你掐掐我——"我兴奋得嗓子都嘶哑了，对身边的小丹东喊起来，"你快掐掐我，看看是不是真的！"

小丹东愣怔着，像是听明白了我的意思，把手伸出来，却又缩了回去。"掐呀！"我一把抓过它的手，放在我的胳膊上。但是，还不等它来掐，当它的手，它的毛发，一触到我的皮肤，我就确信了那件天大的好事是千真万确地落到我头上了，这下子，我忍不住对着小丹东蹦跳起来："……你姐姐我，弄不好，真的就要大红大紫啦！"

当天下午，我就带着小丹东去了密云的那个小村子。之前，我已经跟小姐妹打过好几次电话，确认了村子里的空房多的是，有我住的地方，也有小丹东住的地方，我尽可以把小丹东带过去，弄不好，对剧组里的人来说，也是个热闹。在去密云的公交车上，为了不让小丹东吓着别人，也不让它被别人吓着，一路上，我先是和它坐在了最后一排，又用一件衣服将它全身盖得死死的，只露出一条缝来给它呼吸；这个小祖宗，是多么听话啊，这一路，它都一动不动，哪怕车窗坏了，冷风飕飕地灌进车里来，它也不动弹一下，反倒透过那道缝，死死地盯着窗外去看。也是，这只产自婆罗洲岛的猴子，什么时候见过这么多行人、立交桥和一座座高楼呢？车窗外，情侣们耳鬓厮磨，打工的人们蹲坐在一起吃盒饭，许多个家庭正在路边的景点前照合影，而我，也不是只有自己一个人，我的身边，正端坐着我的小祖宗，这个曾经为了我，在歌厅包房拿起刀来的小祖宗。想着想着，我的心底里，便又是湿湿的，不自禁地，我贴紧了它，磨蹭着它，它也贴紧了我，磨蹭着我。

入夜之前，我赶到了剧组，小姐妹一直带着妆在村口等我，一见到我，她便赶紧拉扯着我往拍摄现场跑，一边跑，她再一边告诉我，我只有半个小时的化妆时间，化完妆，导演就要拍我的戏份了。可是，小丹东怎么办呢？我是不是要先找个地方把它安顿下来？小姐妹却说，导演听说我要带一只猴子来，高兴得很，也好奇得很，就想看看这只猴子长什么样子呢！要知道，娱乐圈里，有一个影后级别的女演员，她养的宠物，也是一只猴子，除此之外，导演还没听说这圈里有第二个人养猴子的。好吧，导演既然这么说，我也只好听他的，拉扯着小丹东，一起往现场跑去。其实，它根本就用不着我来拉扯，说起跑步，乃至飞檐走壁，我才不是它的个儿呢。到了现场，一切果然都如我的小姐妹所说，我也好，小丹东也好，都受到了导演的欢迎。随后，导演叫我先去化妆，一会儿就拍我的戏，他还说，小丹东留给他就行了，他来好好观察观察小丹东，没准，还能在咱们的剧里给小丹东也加上几场戏。真能这样的话，当然再好不过，我便听从安排，赶紧去化妆。也不知道怎么了，小丹东见我要走，竟像是在生离死别一样，转瞬之间，它又变成了眼泪汪汪的那个它，伸出手臂，就要拉扯住我。这下子，我的心里也不落忍了，止住步子，摸了一把它的脸，再轻声告诉它，要听话，乖乖等着我，我去去就回。说罢了，我也顾不上什么了，掉头就跑开，却能依稀听见导演哈哈笑起来的声音："这他妈的哪里是只猴儿啊，这明明就是个人啊！"接下来，我开始演戏，这是一场年轻的军阀在戏班里为我赎身的戏，却是毫无疑问的重场戏：从我的一场声泪俱下的哭诉开始，到军阀及其兄弟们与戏霸的械斗，再到我提刀自刎以明心志，直至最后，军阀纵火烧掉了戏霸的庄园，跟我一起策马远去。可是，这么重的戏，我却一点也没掉链子，入戏快，演得也准，每一回，至多不超过三条，导演就让我过了。

戏演到中间，稍微休息一下的时候，我大着胆子，来到导演身边，想和他一起看看监视器里的回放，结果却吓了一跳。导演可能实在是太喜欢小丹东了，竟然让它和自己并排坐着，正一起看回放。这可怎么使得？我正要去呵斥小丹东，让它起身，千万不要造次，再看小丹东，大概是刚刚才看过回放里的那个它从来没见到过的我，哪怕自己只是一只猴子，应该也能想得出，它姐姐，我，正在为一段我们从来没过过的日子开头，而且，这是多么好的开头啊！所以，它也兴奋得不得了，腾地起身，满脸都在笑，像当初一样，嘴巴里，喉咙里，发出了持续不断的呜呜呀呀之声。也是，我们已经逃出了生天，它也用不着再去背《夜雨寄北》了。没想到的是，小丹东竟然一把拉住我，要我坐到它刚刚坐过的座椅上去，这可怎么使得，借我十个胆子，我也不敢坐到导演的身边去。"你就听它的嘛！"导演却一点都不觉得过分，连连招手让我挨着他坐下。等我坐下了，他却没让我跟着他一起看回放，反倒一声一声地夸赞着小丹东："这哪里是只猴儿，明明就是个人啊！"终了，我还是问了一句导演，我演得怎么样。导演的心思，却根本没在我身上，满眼只有小丹东，而小丹东也格外乖巧，一见导演掏出一根烟来，它便赶紧拿起监视器旁的打火机递了过去，导演稍一愣怔，先是对我说了一句："演得好演得好——"又被小丹东逗得哈哈大笑起来。导演既然笑了，我也就跟着笑起来，还有小丹东，也跟着笑了起来。

然而,第二天的正午,变故就来了。我和小丹东,虽说是住在一户人家的大炕上,但是暖气烧得足,整个屋子里都是暖烘烘的,再加上整个白天都没有我的戏份,我和小丹东,就蜷在大炕上一连睡了好几个回笼觉,在偶尔迷迷糊糊着醒过来的时候,当我睁开眼睛,看着大炕边的木窗,还有盖在我身上的花花绿绿的被褥,满心里,就被刹那间涌出来的巨大欢喜填满了。没有错,我不在他处,我在安乐窝里,我在桃花源里。偏偏这时候,房门被敲响了,是我的小姐妹来了,我赶紧下了炕,去给她开门,再叫她进屋。不料,小姐妹却死活也不进来,又将我拽出门去,当头就给了我一个五雷轰顶的坏消息,她说,导演让我走,不用再演这部戏了。一下子,我的脑袋就像那天在"最可爱"大歌厅里被人打了一般,蒙蒙的,好半天都转不过弯来。"……为什么?"情急之下,我一把抓住小姐妹的衣领,"导演不是夸我演得好吗?"

"实话说了吧,"小姐妹吐了一口烟圈,"你也可以不走。"

"什么意思?"我急得连心脏都怦怦狂跳起来,"到底什么意思?"

"导演看上你的猴子了。"小姐妹一扔烟蒂,"其实也不是导演看上了,是青姐看上了。"

我慌忙问:"哪个青姐?"

"影后啊,还有哪个青姐?"天气太冷了,小姐妹直往自己的手上哈气,"得过好几个影后的那一个。"

"她自己不是有只猴子吗?"我突然想起,房门还开着,小丹东只怕会听见我们的话,赶紧将房门关紧,再压低了声音,将嘴巴凑到她的耳朵边,"她……为什么还要我的?"

"她的那只,前不久刚死了,所以呢,导演想把你的这只买下来,送给她——"突然,小姐妹一脸不屑地问我,"马豆芽,你就用不着跟我在这儿演了吧,你把猴子卖给导演,导演让你演戏,钱挣了不说,说不定,导演还会给你加戏,怎么就亏着你啦?"

一时之间,我压根说不出半句话来。

"别怪我没提醒你,"小姐妹继续跟我说,"导演马上要拍他的第一部电影,想请青姐演女一号,你想想,你现在要是帮了导演,导演,还有青姐,以后得有多提携你?"

"不行,我不卖……"尽管时间短促,当我透过门缝，看见小丹东早已下了炕，就在屋子里的正当中站着，再一脸焦急地盯着我看，很明显，它已经听明白了小姐妹来找我到底是所为何事，与此同时，我也下定了决心，告诉小姐妹，"我不卖，再说了，它也不是我的……它只是我的伴儿。"

"哎，我说马豆芽，你可得想清楚了呀——"小姐妹仍然不肯相信我的回答，"荣华富贵，可都送到你眼前来了，现在不要，你将来可是别后悔啊！"

停了停，她又提醒我："导演说了，等你一个小时，一个小时过了，你要是没有回话给他的话，你就别在这儿待啦！"

"用不着一个小时，"我顶着西北风，深深吸了一口气，先看看门缝里的小丹东，再回答她，"我们现在就走。"

于是，回到屋子里之后，我平静地洗漱，平静地收拾好自己的行李，又平静地锁好那扇阔大的木门，再和小丹东一起往村子外面走。西北风越来越大，沿途的板栗树们随风摇晃，时不时地，就有残存的、腐坏殆尽的板栗从树上掉落下来，砸在我身上，也砸在小丹东身上。一路上，我都没有说话，小丹东也一副自己做错了什么的样子，始终都沉默着,却又怕我心里不好过。好不容易,它大着胆子,试探着往我身上磨蹭了一下,再迅疾地装作无意地躲闪开,可是,我并没有让它躲闪开去,反而搂住了它,磨蹭着它。可能是之前被小姐妹叫出门去的时候穿得太单薄了,受了凉,我的额头上,脸上,全都滚烫滚烫的,应该是发烧了,走起路来,渐渐地就开始深一脚浅一脚了。猛然间,我听到一阵爆炸声在不远处的山梁间响起,随后,惨叫声,喊打喊杀声,还有马匹受惊的声音,齐齐响了起来,我浑然不知发生了什么,茫然四顾之后,拽着小丹东爬上眼前的陡坡,这才看清,我刚刚离开的剧组正在拍戏,现场就在几百米之外。罢了罢了,这一切,反正跟我也没什么关系了,我也就不再旁观,继续往前赶路。但是,没往前走几步,莫名地,我却遇见了自己——那个从对面匆匆跑来的,真的就是我自己,我知道,那个我,是在往拍摄现场里跑,我一把拦住了她,再跟她好说歹说,要她就此作罢,不要再去飞蛾扑火了,费了好半天口舌,她总算听了我的,瞬间便消失不见。我接着往前走,真是要命啊,没走两步,另外一个我又飞奔而来,仍是要往拍摄现场里跑,我照样拦住了她,再一回去劝说她,她却根本不听,我气恼至极,一把将她推下了陡坡,她跟跄了好几步，才总算消失在了一小片板栗树林里。幻觉，我攥紧小丹东的手，加快步子，几乎是小跑起来，一边跑，一边对自己说，刚才的那些我，全都是幻觉，我得赶紧逃离这像个笼子一样将我囚禁起来的是非之地。哪里知道，才跑出去几十米远，另一个我，远远地，又朝着我和小丹东跑过来了。

没办法，我只好停下，看看小丹东，再看看不远处的拍摄现场和一道道苍茫山梁，想了又想，还是对小丹东说："……你就在这儿等着我，我去去……就回来。"

但是，小丹东却像是早已知道，我这一去，弄不好，就会有天大的变故，一下子，它就哭了起来，又将我的衣角攥得死死的，嘴唇也动起来，意思是："……别去，你别去。"

见我半天没有回答它，见我还在执意盯着拍摄现场，它的心里，慌死了，嘴唇一遍遍动着，意思仍然是："别去，你别去……"

而我，再三四顾之后，还是推开了它，也不再理会它，朝着拍摄现场就狂奔而去了。山路难行，脚下的沙石不停地崩塌，我摔倒了好几回，还是坚持爬起来，接着往山底下跑，不过短短几分钟，我就跑到了拍摄现场，找到了导演所在的地方。导演一回头，看见是我，多少有点吃惊，我却喘着粗气问他："能不能……能不能让我再演场戏？"

"行啊，"导演就好似一眼就看穿了我的心思，看看远处的场景，再看看我，"但是，这可是场战争戏。"

"战争戏也演！"我接口就说，"哪怕跑龙套，也想演！"

如此，在导演的吩咐下，我便女扮男装，穿好土匪的行头，跑上战场，去演那场血肉横飞的戏——剧中的军阀，一开始只是啸聚山林的土匪。深深的战壕里，我端着枪，在林立的工事和散落在各处的弹药箱之间跳跃不止，也奔跑不止，子弹在我头顶呼啸而过，敌人也不停地从斜刺里冲杀出来，我却像是被打了无数针鸡血，嘴巴里胡乱嘶喊着，佛挡杀佛，魔挡杀魔，倏忽之间，就冲进了敌人的指挥所，却遇到了顽抗反击。眼看着身边的兄弟一个个倒下，其中一个，在弥留之际，还拜托身边的兄弟照顾好自己的父母，不由分说地，我便号啕着哭了起来。再往后，敌人的指挥所被我们顺利攻下，我和兄弟们一鼓作气，不要命地冲向了战场上的制高点。在我们身边，炸点不时被引爆，爆炸声几乎将我的耳朵震聋，好多条残肢飞上半空，又在我眼前落下，不仅没让我害怕，反倒叫我的全身都被仇恨充满，都快将牙齿咬碎。向着那制高点，我越跑越快，越跑越快，终于，我被子弹射中，趔趄着，倒在地上。一时之间，我只觉得头晕目眩，全身都像虚脱了一般，但是，当我歪过头去，看见一小片水洼里倒映出的自己，再看向天空和从我的身体上飞跃过去的众兄弟，我知道，在这短短的一场戏里，我就像过了一辈子。

"还是舍不得不演戏吧？"这场戏刚结束，我还躺在地上，导演走了过来，低下头问我。

我也直直地盯着他，跟他说："……舍不得。"

还不等他继续跟我说话，我便伸出一根手指，指向了小丹东所在的山梁上："它在那儿等着我呢……你们多去几个人，免得它发作起来，把人给咬伤了。"

"怎么着？"导演倒是显得有几分诧异，"你不想再见它了？"

"送走吧，"我仍然直直地看着天空里不断翻卷和奔涌的云团，"……不想再见了。"

四

之后的好几年里,许多时候,我都会梦见小丹东被剧组的人送走的那一天。那天,天上飘洒着细碎的雪花,剧组里的武行们全都派上了用场,一个个地,蹑手蹑脚,不发一点声息,齐齐奔着小丹东攀越过去。小丹东哪知道片刻之后就要身陷囹圄之中呢?远远地,我看见,它直立着,扶住一棵板栗树,再踮起脚朝我所在的方向眺望着,过了一会儿,雪花迷了它的眼睛,它便不得不低下头,伸出手去揉它们,等它揉完了,一抬头,几个武行已经出现在了它身前。就算隔了老远,我一点也看不清它的脸,但是,它的慌,它的怕,我全都想象得出来,那接连发出的凄厉的叫喊声就是明证。是的,它从来没这么叫喊过,这叫喊声里,既有面对重围的手足无措,更有我的背弃。这背弃,让它不相信,更让它的慌和怕在瞬时里加重,直至无以复加,甚至都忘记了奔逃,原地里呆滞着,眼睁睁地看着自己被那几个武行控制了起来。那边厢,一辆越野车正在飞速朝它开过来,稍后,它就将被武行们押上越野车,再送到影后的身边去。果然,转眼之后,它就被押送着走向了越野车。突然,它死硬地站住,似乎已将一切都明白了过来,梗着脖子,面朝我之所在,喉咙和嘴巴一起用力,嘶喊着,背起了《夜雨寄北》:"君问归期未有期,巴山夜雨涨秋池。何当共剪西窗烛,却话巴山夜雨时……"然而,我并没有出现,它也只好被推搡着,一步步走向越野车。直到越野车发动,山梁上,满天细碎的雪花里,小丹东那嗓子都快喊破了的声音都还在回旋不止:"君问归期未有期,巴山夜雨涨秋池。何当共剪西窗烛,却话巴山夜雨时……"

离开小丹东之后,我也并没有过得多么好。当初那个导演,其实一直都在吸毒,电视剧刚拍完,连后期都还没来得及做,就更别说请影后来演他的电影了,便被人告发,被判了七年有期徒刑,坐牢去了。没过多久,出品公司资金链断裂,被告上法庭,从此陷入漫长的官司。打官司期间,因为原告申请了资产保全,这部电视剧也是资产之一,所以,就算又有新的导演加入进来,也做完了后期,片子却早已变成了旧片、老片,又被相关的人视作不祥之物,就一直没有播出来过。是的,忙来忙去,我终究是忙活了一场空。没法子,我只好接着奔命,到处去找我能演的角色,对,管它死鱼还是烂虾,捡到了,我就要往我的筐子里扔。在重庆,我演过一部关于当地几代人如何发展柑橘产业来发家致富的戏，都快要演完了，当地县长被抓了，政府不再给剧组注资，最后，剧组只好就地解散，一百多号人也唯有各奔东西。在宁夏，我演过一部关于西夏王后的戏，甚至都演上了女三号，结果，演到一半，投资商看中了戏中的一个丫鬟，两人好上了，他们一好上，我就遭殃了，不管有多么不情愿，最后，我的角色还是被那丫鬟替代了。如此种种，简直太多了，多得我都没有力气去生气。有这力气去生气，我还不如赶紧再多跑几个组，好早一点找到自己的饭辙和男人到底在哪里。对，几年下来，我也跟几个男人好过，但好像都谈不上什么正经的恋爱，多半都跟自己的角色有关，一回回，不过是糊里糊涂地开始，再糊里糊涂地结束。结束之后，我也没有多么难过，倒是很快就又打起了精神，再去找自己的下一个饭辙和下一个男人在哪里。

只是，我要承认的是，我经常会想起小丹东，哪怕我知道它过得比我好得多，我也还是会经常想起它。报纸上，网上，隔三岔五地，就会有影后青姐的新闻，关于青姐的新闻里，多半都要出现小丹东，不不不，它的名字已经不叫小丹东了，为了纪念青姐在美国进修表演时住过的那幢名叫"萨默"的公寓，现在，小丹东的名字，被改作了萨默。青姐拍戏的时候，她的那些前男友，经常会带着萨默，坐上保姆车去剧组探青姐的班，记者偷拍的照片上，青姐抱着她的宠物萨默，亲了又亲。因为萨默，这几年，青姐越来越多地参加了各种动物保护协会又或者动物保护基金会的活动，有一回，在台上，说起萨默的可爱，青姐甚至没能控制住自己，泪洒当场。年初的时候，青姐带着萨默，给一个公益活动拍了部宣传片，这部片子的情节是，她与萨默，置身在古代的草原上，却在战乱中失散。而后，她们各自穿越战火和瘟疫寻找着对方，最后，在清晨的湖泊边，萨默找到了青姐。找到之后，它没叫醒青姐，而是伸出手去，轻轻地抚摸着青姐的脸，再看青姐，早已泪流满面。要说起来，打年初开始，我其实经常都能够看见小丹东，不不不，我又说错了，是萨默。那部宣传片，电视上在播，网上也在播，有时候，当我坐在公交车上朝窗外看去，也能够在那些商场外墙上悬挂着的巨大显示屏上看到宣传片里的萨默，和从前相比，它既没有变胖，也没有变得更瘦，一切都是完美的，对，它就是那个从完美的家庭里走出来的完美孩子。

这年春天将近的时候，在我身上也发生了一件好事情——跟以往任何一回都不同，这一回，彻彻底底地，我喜欢上了一个叫小桑的男孩子,他是个编剧,跟我同岁,虽说长着一副干干净净的文弱样子,跟我一样穷,人却是自有一股子狠气的,一心憋着劲想给大导演们写戏不说,护起我来更是不要命。四月,在甘肃戈壁滩上的剧组里,我受了制片主任的欺负,他不过是个跟组打下手的临时编剧,竟然冲上去,将制片主任痛打了一顿。这下子,制片主任的那些手下,外联制片和场工们,还有服化道们,一个个,将他围了起来,哪知道,他竟接连踢倒了好几个人,紧接着,他又抢过一匹剧组的白马,翻身骑上去,一路狂奔,再一把将正站在一座土丘上不知如何是好的我也拉上了马,就此,我们两个,不管不顾,哈哈笑着,再迎着祁连山和突然出现的海市蜃楼疾驰而去,跑着跑着,我就想起了当年在密云演过的那场戏。也是在马上,戏中的我坐在军阀的背后,身后被焚烧的戏楼散发出熊熊火光——天啦天啦天啦,还有比这更好的恋爱吗?所以,我和小桑尽管被剧组赶了出来,但是,回到北京的当天晚上,我们就同居了。

大概是小桑给我带来了好运气,我跟他好了不久,有一天,两个人正在小店里吃麻辣烫的时候,我接到了一个电话,电话里,对方先报了自己的名字,再问我是不是知道她，我当然知道她，乖乖，她可是个以发掘新人而闻名的大经纪人啊！但凡在这圈里混的，谁还能不知道她？顿时，我的心里就是一阵抽搐，放下麻辣烫，用那只没接电话的手，一把就掐住了小桑的腿。莫非，我被这么大的经纪人给看中了？最后的结果，还真是跟我预感的一样，对方直截了当地告诉我，她的公司即将开拍一部动物题材的电影，需要找一个跟动物打过交道的女演员，有人跟她提起过，说我在动物园养过猴子，她也找了我的资料看过了，对我很满意，但是，我只是个新人，如果她用我演这部电影的话，万一我红了，马上再跟别的公司签约的话，她的账就算不过来了，所以，她希望签下我的全约，不知道我是否愿意。"愿意啊！我当然愿意啊！"心底里，那个答案来回奔腾了好多遍，最终，看看身边的小桑，我还是稳住心神，以显得自己经过了认真的思考，再回答对方："……我愿意。"于是，第二天，小桑便陪着我，去公司跟我未来的经纪人见了面。她可真是个好人啊，简单谈了几句之后，她便叫人准备好了合同，跟合同一起拿来的，还有一把钥匙，那是朝阳公园附近的一座高级公寓的钥匙，经纪人说，这是他们公司的规矩，新艺人签约的当天，公司就会安排他们住到自己租下的公寓里去。既然是这样,那还等什么呢?那就赶紧地把合约签了吧!我还记得,签完约的当天晚上,我和小桑就搬进了那座公寓的二十二楼。在我们的隔壁,住着一对年轻的外国男女,从入夜开始,他们一直都在做爱,喊叫声持续了半宿。而我和小桑则不同,我们也在做爱,却做了整整一夜,我们在床上做,在卫生间里做,在一棵高耸至天花板的摇钱树旁边做,就好像,但凡我们做过爱的地方,它们就真正属于了我们。

然而,它们并不属于我们,实际上,它们是属于从前的小丹东和现在的萨默的。第二天,公寓的门被敲响,当我打开门,却一眼看见,我的故人,千真万确地就站在我的门前。它是我的经纪人带来的,一见之下,我惊呆了,想去好好看看它,却又不敢,下意识地躲避着它。就算如此,我也看清楚了,它的毛发,比先前油亮得多,全身上下也壮硕了不少,唯有它的眼神,既让我觉得熟悉,又似乎是全然陌生的。是的,它的两只眼睛里散射而出的,不是别的什么,而是两道精光,它们逼迫着我,随时都准备刺中我。还有,它的脸上,浮泛着一丝若有似无的笑意,那笑意,阴冷,不可捉摸,再加上它眼睛里的精光,它们都在对我说:"马豆芽,别躲了,就算你躲到天涯海角,到头来，还不是要回到我的手掌心里来？"我还恍惚着，小丹东，不不不，是萨默，它却无视我，巡察自己的领地一般，背着手，踱到了客厅里，径直在沙发上坐下，谁也不再理，透过落地玻璃窗，它打量着窗外的城市，既认真，又厌倦。

到了这个地步，我也大概知道，躲，是躲不过去了，再想起我之所以置身在此地的前因后果，干脆问经纪人，她签我，是不是给我做的一个局？听我这么问，经纪人也就不再瞒我了，她告诉我，之所以要签我，其实是萨默的主意。不久之前，青姐去了尼泊尔拍戏，这一去，就得半年，而动物又不能轻易过关出境，她的心肝宝贝，萨默，就只好留在了北京，这可叫青姐几乎茶饭不思，一天要打回几十个电话来问长问短，恰好，签了我的这个经纪人，她公司的大股东，正是青姐现在的男友，他传下令来给经纪人，一定要给萨默找到一个好保姆，否则，她的公司也别做了。短短几天之内，她便给萨默找来了好几个保姆，可是，没有一个让它满意的，全都被它扫地出门了，可算是愁死她了，直到前几天，青姐的男友拿来了我的资料，说是萨默钦定，非要让我做它的保姆不可。"这么说——"经纪人既然这么说，除了苦笑，我还能说什么呢，"这么说，那部要拍的动物电影，是假的？"

"假不假的，有什么关系？"经纪人站在我身前，拿出一个化妆盒给自己补着妆，"你要是把萨默给伺候好了，我也好，青姐也好，难道还不让你演上戏不成？"

但是，在低下头沉默了一小会儿之后，我还是问她："……我要是不愿意呢？"

"你会愿意的。"经纪人显然不是第一次听见我这样的问题，全然没有当回事，不再管我，却满面堆着笑，再扶着门框，对着客厅里的萨默摇手："萨默，再见喽。乖，好好待在这儿，缺什么你就尽管叫人来电话！"

说罢，经纪人收起化妆盒，转身去按电梯，我却拦住了她，再问她："我说，我要是不愿意呢？"

"行啦，你还有完没完？"见我这么不开窍，经纪人也在瞬时里变了脸色，一脸不耐烦地说，"你把全约都签给我了，自己心里没点数吗？"

她一翻脸，就轮到我害怕了，我再说话时，已经听见自己有了哭音："姐，我这么一个芝麻绿豆大的小演员，值得您给我做这么大个局吗？"

还没等她说话，我又指了指客厅的方向："对了，我……我得罪过它。"

"得，我说它怎么非要找你呢！"这时候，电梯门打开了，经纪人闪身进去，再回过头来，"既然得罪过它，那你就好好给它认错呗！我把话放这儿，只要它同意了，我当着你的面，把咱这约给撕喽！"

随后，电梯门关上，房门口，只剩下了我一个人。我背对着房门，深吸了好几口气，最终，还是回到了房间里，再关好房门，迎着那个小祖宗眼睛里射出的两道精光，向它走过去。事已至此，我也横了心，径直问它："你……是怎么找到我的？"

它，影后的宠物，萨默，仍是一脸的笑意，而且，因为没有第三者在场，那笑意，越来越不可捉摸，由阴沉开始，直至变成了阴鸷，就像一张势在必得的巨网，随时都会罩下来，再将我网死。但即便这样，我还是不死心，再问它："……你知不知道，我好不容易才混到现在这样，好不容易才演上些小角色，现在又签了这个约，万一，万一最近就有人找我去拍戏，这约又不让我去，你说，我该咋办？"

我们的萨默少爷，却根本没拿我的问话当回事，像是放空了自己，继续打量着落地玻璃窗之外的城市。稍后，它回过头来，伸出手，对着摇钱树旁边的那张茶桌指了指，我看见了，但不知道它是什么意思，它便不再收回手来，一直指着它。"……你这是，要喝工夫茶？"盯着那张茶桌，我琢磨了好半天它的意思，才敢去问它。

它冷哼了一声，闭上双目，一脸打算养神的样子，意思却是："是，我要喝工夫茶。"

那天下午，对于小桑来说，真正是让他怒火中烧的一个下午——当他从卧室里出来，一眼看见，一只猴子君王般坐在客厅里，而我，还在毕恭毕敬地给它泡着工夫茶，任他是个多么好的编剧，只怕也编不出这么疯魔的剧情来吧？好几回，他想将我拉扯到一边，再问我，他这满目所见，到底是真的，还是我正在为即将演上的电影在排戏？我却再三阻止了他，当着他的面，所谓白鹤沐浴，所谓乌龙入宫和悬壶高冲，这些泡工夫茶的手法，全都被我轮番来了好几遍，越看，他就越是对我的手法瞠目结舌。他不知道的是，这些手法，我也是刚刚从网上查到的。过了一会儿，趁着萨默又开始闭目养神，我总算瞅了个空子，跑到小桑的身边，压低声音，在极短的时间之内，一句赶一句地，跟他说清楚了我和萨默之间的来龙去脉。哪知道，我都没说完，小桑全身上下却像被火点着了，大喊了一声"操你妈的"，朝萨默飞奔过去，再一把拽住它，说话间，就要将它推出公寓之外。萨默却毫不在意，站起来之后，也只是冷冷地扫视了一眼整个房间，再盯着我看。但是，仅仅这一扫视，我便明白，小桑也明白，它其实是在跟我们说："别搞错了，我才是这房子的主人，你们，不过是我的保姆。"小桑哪里受得了这个呢？他气坏了，招呼着我跟他一起走，我却闭上眼睛，仰起头，冷静地想了一会儿，最终，还是没听他的，而是接着去冲工夫茶。这下子，他的全身又被火烧着了，不再管我，打开房门，头也不回地冲了出去。

入夜之后，小桑还是回来了，我知道，那是他舍不得我，而我们的麻烦，也才刚刚开始。小桑回来的时候，按照经纪人打来的电话的吩咐，我刚给萨默煎好了牛排，再给它围好餐巾，将刀叉准备好，递给了它，这么长时间没见，我知道，它早已见过不少大世面。但是，当它低下头，轻轻地用力，将牛排切出一小块，再往嘴巴里送进去的时候，我还是想起了当年在通州的生活。那时候的它，唯有一件事情，从来都不是怯生生的，那就是吃东西，每吃一口，都算得上是狼吞虎咽，哪像现在，一举手，一投足，无不是见什么都不奇怪的样子，还有，也不知道为什么，在我跟前，它越是细嚼，越是慢咽，就越是显出了我的局促和穷。再往下，它又切好了一小块，正举起叉子，要往嘴巴里送，一抬头，小桑进来了。见小桑进来，它便停止进食，将叉子放下，平静地看着小桑接下来又会爆发出什么样的怒火，我的心也提到了嗓子眼里，生怕小桑再惹出什么乱子，把事情弄到不可收拾的地步。还好，小桑忍住了，他的手里，拎着两份黄焖鸡盒饭，一份递给我，叮嘱我赶紧吃，他自己，则躲得远远的，去吃完了他的那一份。吃完饭没多久，大概是昨晚也熬了夜，萨默连连打起了哈欠，到了这时，我和小桑当然早已认清了事情的本来面目，还不等它示意，我们早早地就将自己的衣物行李从卧室里清理了出来，再将卧室还给理所当然的主人。随后，我和小桑恭送至高的主人去卧室里歇息，眼看着它已经在宽阔的大床上躺下，我们正打算退下，它却冷哼了一声，直直地盯着我，再朝着床边的沙发努了努嘴巴。我明白它的意思，当然，小桑也明白它的意思，他终究无法忍住，一声"操你妈的"刚要出口，我便捂住了他的嘴巴，我自己，则是满脸堆着笑，再乖乖听话，和衣躺在了床边的沙发上。

五

好吧，照实承认了吧，我和小桑，早已知道接下来的日子会有多么艰难，可是，当诸多艰难一一来到我们头上，我也好，小桑也好，还是常常忍不住想变作小桑正在写的一部电视电影的主角林冲，忍无可忍，则无须再忍，杀出白虎堂，再火烧草料场，两个人，冒着漫天大雪直奔那水泊梁山。每天晚上，不管有多晚，青姐，或者青姐的助理，都会从遥远的加德满都打来电话，要我将一天下来萨默的行踪和吃喝禀报给她们。哪怕青姐拍的是大夜戏，根本没时间来电话，我们也得熬着等电话铃响起来；哪怕我们瞅了个空子，偷偷地做爱，电话来了，我也得赶紧停下，再推开小桑，一五一十地去禀报萨默的吃喝拉撒。说起我和小桑的做爱，他更是气不打一处来。一天晚上，天上下起了雨，雨声滴答，敲在玻璃窗上，没来由地让我被裹挟在了一股巨大的伤感里。幽暗的天光里，我偷偷看向萨默，发现它已经睡熟，便从沙发里起了身，轻悄地推开房门，拍了拍正在客厅里写剧本的小桑，他也心领神会，跟着我，进了卫生间。一进去，我们就将自己脱光了，还不等他动手，我便抢先一步，去亲他的全身，没亲多久，我就湿漉漉的了，那股巨大的伤感总算开始慢慢消退，直到迎来小桑的进入，我被填满了，我在这些年里所有的漏洞和缝隙，也被填满了。一想到这里，我就忍不住地叫唤起来，听到我叫唤，小桑更加用力，也将我抱得更紧，我们都不要命了，绞缠在一起，等着那喷薄时刻的来临。可偏偏，客厅里传来了什么东西被砸碎了的声音，我知道，那一定是萨默起了身，又出了卧室，再故意地给我们找不痛快。"不要停……"我哀求着小桑，"不要停！"但是，客厅里，一样样东西被萨默持续不停地砸在地上，玻璃杯、花瓶、烤箱、挂在墙壁上的画……"停下吧……"到最后，我也只好哀求着小桑，"求求你，停下吧……"

打那天开始，萨默便打定了让小桑离开这间公寓的主意。下一回，签了我的那个经纪人带着大包小包的东西来看它的时候，正好小桑不在，她们两个，密谈一般，用手势比画了一会儿之后，经纪人将我叫到一旁，告诉我，无论如何，萨默都容不下小桑了，他必须赶紧地从这公寓里滚出去。但是，她显然不会想到，刹那之间，我便失控了，大哭起来，三两步冲到萨默身边，对它喊叫着：

"你这样有意思吗？还有，你到底还要把我折磨到什么时候?"

它早已认定,我被它掐得死死的,见我如此,也难免吃了一惊,很快又镇定下来,眼神里的惊异,重新变回了一如既往的寒凉,而我,还在质问着它:"当初,我是把你给扔下了,可是,我害你了吗?你这日子,过得不比我好吗?"

听我这么说,正在吃鱼油胶囊的它似乎也想起了什么,将手停在嘴巴边,歪着头,琢磨了一小会儿,再盯着我看。可是,它想起的什么并没让它放过我,相反,一股恨意,像是深潭之水,在它的眼神里越来越幽暗,越来越阴森。而我,却被往事点燃,委屈也好,悲愤也罢,全都纷至沓来,我也就什么都不管了,更往前一步,抵近了它:"当年,是你偷吃别人的东西,我才在歌厅里打零工,天天被人逼着下海做婊子。现在,又是你,把我弄得这个地步,人不人,鬼不鬼,我他妈的,就躲不开你了吗?这辈子,我到底欠你他妈的什么了?"

只是,自始至终,都是我一个人在说话,萨默没有应答过我半句,经纪人也站在一旁看热闹,看热闹就看热闹吧,我他妈的,压根也不嫌自己有多丢人,反倒一字一句,对她们两个说得明明白白。"我把话放这儿了,你们要是把小桑赶走，我也马上就走，随便你们怎么去告我，要杀要剐，我认了——"说着说着，我一咬牙，又对经纪人说出了那句我早就想说出来的话，"只要青姐回来，不管你认不认，咱们的合约，就到期了，还是那一句，要杀要剐，我认了。"

经纪人像是被我的话给吓着了，竟然不自禁地冲我点头，又慌忙止住，去看萨默。它却一反常态，收起了一脸的不屑与寒凉，低着头，将嘴唇抿得死死的，再抬头时，我和经纪人都清楚地看见，它的两只眼睛都红着，好似要哭，但又没哭。我却知道，它之所以欲哭未哭，并不是想起了当年的通州和密云，那不过是因为，它再一回确切地知道，我和它之间，现在还有个小桑。但是，我既然已经吃定了秤砣，它也休想有半点改变我的主意。所以，它起了身，几乎是贴紧了落地玻璃窗，发呆了好一阵子，眼看着一架飞机在高空里飞临又消失，这才转过身，指了指经纪人，再指了指房门，意思是："你可以走了。"

终了，小桑还是留了下来，一天天地，和我继续苦熬，去打那一场场惊险而又莫名其妙的仗，就譬如新光天地商场里的那一仗。是的，几乎每一周，萨默都要逛一次新光天地。从前，它跟着青姐一起去逛的时候，常常有商场高层给她们安排专门通道，相熟的店还会适度清场，只留下青姐和它来慢慢逛，可是现在，我和小桑哪有那么大的本事呢？绞尽脑汁之后，我们总算想到了一个法子：让萨默坐在一辆高高的婴儿车里，我们再推着它去逛。好几回逛下来，都算得上顺利，从来就没有人发现，我们推着的婴儿车里坐着的，其实是一只猴子。如果它要买什么东西，只需要示意我们停下婴儿车，我和小桑赶紧凑到它身边，它再一一指点给我们即可。唯有那一次，我们千小心万小心，冷不防地，还是出了意外——在一间卖童装的铺子前，几个孩子嬉闹着从店里奔跑出来，恰好撞在了我们推着的婴儿车上，这下子可麻烦了，骤然间，这几个孩子就看清了坐在婴儿车里的其实是一只猴子，纷纷围拢过来，任凭我和小桑怎么驱赶，都赶不走他们，他们反倒一路尾随我们，不时就去逗弄脸色越变越差的萨默。萨默，影后的宠物，什么时候受过这样的气？终于无法忍受自己何以至此，对着那几个孩子，萨默龇牙咧嘴地发出了长啸声。可是，不知死活地，仍有一个孩子去摸它的脸，它便毫不客气地伸出右手，抢先一步抓过去，瞬时，那孩子的脸上，就被它抓出了一条长长的、血淋淋的口子。那孩子愣怔了片刻，大哭起来。这么一来，那孩子紧随而来的父母就不干了，一边掏出手机来报警，一边将我们和婴儿车死死挡住，不让我们逃走半步。但是，我们要是真被他们堵死在这里，明天的媒体上，定然会出现影后的宠物在商场伤人的负面新闻，那可是比天塌了都还要大的事，怎么办？怎么办？幸亏，不远处的电梯门开了，人群正在蜂拥而出，这时候，小桑突然将那孩子的父亲推倒在地，再指着电梯叫我快跑。他连喊了好几声之后，我才彻底清醒过来，推着婴儿车，一路狂奔着跑进电梯，又迅速将门关上，这才逃出了生天，只留下小桑待在原地，并且被随后赶来的警察带到了派出所，一直折腾到第二天下午，在赔了那孩子的父母好一笔钱之后，我和经纪人才从派出所里保出了小桑。

还有一回，是在九号公馆。这九号公馆，是一家著名的水会，青姐给萨默在这里办了贵宾卡，每个月，萨默都会来这里一两次，每次来这里，桑拿，香薰，精油SPA，轮番地，专属技师都要给它来上一遍。那回也是巧了，萨默正在包房里进行着它最喜欢的"芳香疗愈"项目，恰好碰见警察们鱼贯而入，逐个包房去突击检查有没有人卖淫嫖娼。不用说，萨默所在的包房也被检查了，尽管专属技师已经一五一十对警察说明了它的情形，但是，可能是一

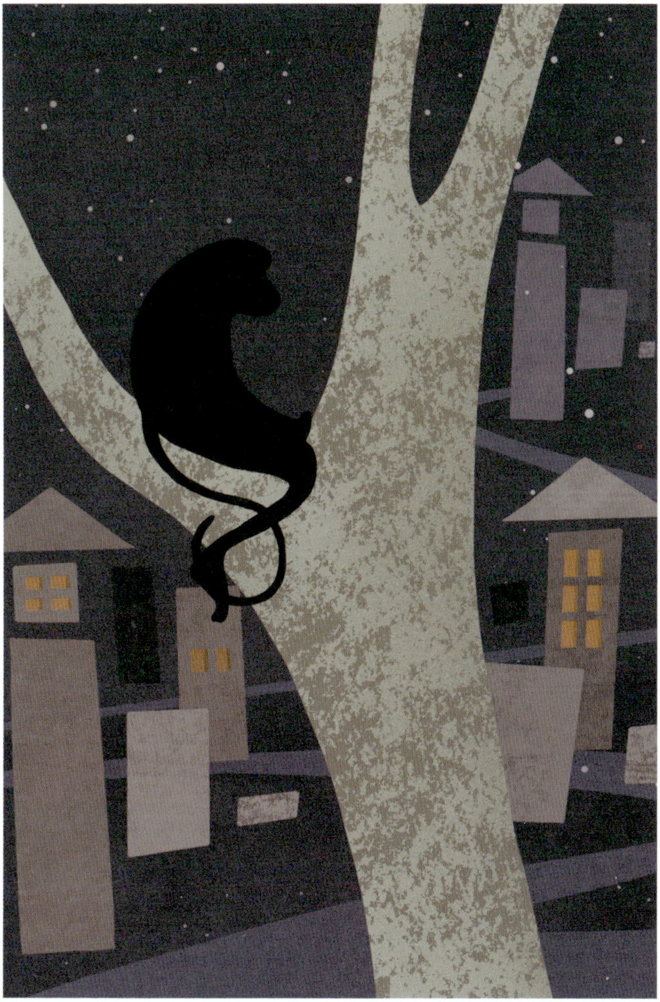

即使在如此漫无边际的夜幕里,星星和河流,月光和白杨树,都在显露出永不止息的生机。

——《夜雨寄北》

只做SPA的猴子给他们留下的印象实在是太深了，一个个的，明明都退出去了，又跑回来，非要带走萨默不可，为首的警察还宣称，他们得好好调查一下，萨默到底是不是从哪个动物园偷跑出来的，另外，他们还得查清楚，萨默的品种在不在保护动物之列，如果它身在保护动物名录里，那么，就不能再像现在这样任由民间人士来豢养了。以上情形，都发生在包房里，在大厅里等着萨默的我全然不知道，等我知道了，已是发怒的它冲破警察的包围圈，嘶吼着从包房里跑出来的时候。只见它从包房与包房之间幽暗的甬道里奔出来，眼见得另一拨警察迎面而来，它便跳进了大厅里的那座喷泉池。喷泉池里矗立着一座不小的假山，四周皆被终年都在不停制造的雾气笼罩，萨默便在雾气和假山的洞窟里穿行不止，时而腾跃，时而又静悄悄地潜伏下来。直至将警察们招惹得越来越多，而且，警察们也被它激怒了，凑在一起小声商量着，是不是对喷泉池开始发射催泪弹，这时候的它，大概也猜想出来，事情来到了十万火急之时。于是，猛然间，它的嘴唇，它的喉咙，齐齐发动，像当年一样，一字一句，背起了那首《夜雨寄北》："君问归期未有期，巴山夜雨涨秋池。何当共剪西窗烛，却话巴山夜雨时……"我知道，那是它在向我呼救，可是，我也早就被眼前的事给吓傻了，脑子里发着蒙，下意识地，一趟趟走近警察们，最终，却没敢真正走到他们的身边去。而它，还在背诗，背诗的声音越发慌张和急促："……何当共剪西窗烛，却话巴山夜雨时！"

最后，实在是没法子了，既然没有任何救兵，它便只能靠它自己了。第一枚催泪弹刚刚射出去，萨默便从假山顶上一跃而下，越过茫茫雾气，钻进了一片人造竹林，警察们继续紧追，它却早已从竹林里奔逃出来，全身都湿漉漉的，还是半刻也没停下，只顾沿着硕大的旋转楼梯，飞蹿着，直上了二楼。警察们，还有我，都跟着它跑上了二楼。一眼看不到头的二楼是水会的休闲区，举目看去，按摩椅和台球桌几乎算得上无边无际。可能是它来过这家水会已经好多次，上蹿下跳之间，竟如入无人之境，我也好，警察们也好，都只能眼睁睁地看着它在按摩椅、台球桌和一条漫长的自助餐台之间偶尔现身，随即又消失了踪影。如此反复了好几次之后，我也好，警察们也好，就再也看不见它了。警察们当然不会轻易罢休，分成了好几个小组，沿着一排排按摩椅和一张张台球桌搜查过去，可是，直到我和更多围观的人被驱逐到了楼下，他们的搜查也没有任何结果。而我，到了这时候，何止是脑子在发蒙,就连心脏都揪成了一团,又堵在我的嗓子眼里,叫我根本无法呼吸,只觉得胸口一阵阵闷疼。待我走到那片人造竹林边,我的眼前也出现了幻觉:那份和经纪人签下的卖身契,此刻,化作千万张白纸,正从竹林里泼洒而出,再上下翻飞,并且永无停止之时。过了一小会儿,疯魔了一般,痴呆了一般,我也小声地、喃喃地背起了《夜雨寄北》:"君问归期未有期,巴山夜雨涨秋池……"哪知道,就在我身旁,近在咫尺的竹林里,另外一个声音,仅仅在顷刻之后,就开始低低地呼应起了我:"何当共剪西窗烛,却话巴山夜雨时……"我当然知道那是谁在呼应我,所以,刹那之间,我打了个激灵,清醒又回到了我身上。紧接着,我一边听着那背诗的声音,再一边装作没事人朝四下里看了好几遍,眼看着警察们仍然聚集在二楼里大呼小叫,我才伸出手去,死死地攥住了还在背诗的那个它,再也不放手,两只眼睛里涌出的眼泪,却是根本就停不下。

那天,虽说我和萨默最终还是从"虎口"里脱了险,但是,可能是受凉的时间太长了,回到公寓不久,它就发起了烧,面红耳赤地躺在床上,一点也不动弹,喘息声却比以往粗重得多。没过多久,常年给它看病的医生来了,也给它开了药。医生走后，我将它搀扶起来，再将药喂进了它的嘴巴，因为那些药里含有催眠成分，当它重新躺下，很快就睡死了过去，我却丝毫也不敢掉以轻心。也不知道怎么了，看着它在睡梦里费力地抽动着鼻子，为的是让自己的呼吸顺畅一些，我止不住地想起了当年。当年，在通州的动物园里，它要是受了凉，鼻子被塞住，我便往往通宵不睡，每隔一阵子，都会在不吵醒它的前提下，一点点，将清水渗进它的鼻子，如此，它就能顺畅地睡完一个整觉了。实际上，现在，病痛差不多将它打回了原形，它不再是萨默少爷，而是重新变作了通州动物园里的小丹东，所以，不可抑制地，有好几次，我都想伸出手，去轻轻抚一下它的脸。然后，我拿来一瓶矿泉水，像过去一样，一点点，悄无声息地，将它们渗进它的鼻子。果然，它好受多了，脸上的表情很快就平静了下来。随后，还是像过去一样，就算还在沉沉地睡着，它也迷迷糊糊地伸出手来，先拽过去我的一只手，再侧过身来，将那只手压在了它的脸下。

后半夜，有那么一阵子，我也睡熟了。等我被一阵轻微的动静惊醒，恰好看见，萨默，小丹东，刚刚给我盖好一件我的外套，再悄悄地回到了床上。回去之后，它也没有继续睡下,而是在床沿上坐好了,再盯着我看。尽管房间里几乎没有什么光亮,但我却觉得,我还是将它看得格外清楚,现在的它,不是高级公寓里的它,而是当初孤零零地坐在一棵香樟树上的那个它,像个走丢了的孩子一般,既不攀爬,也不张望,只是安安静静地坐着。还有它的眼睛,就算没有眼泪,也像是有眼泪的样子。我叹息了一声,还是忍不住问它:"你是在看我吗?"

它也不瞒着我,影影绰绰地,对我点了个头:"……"

我的心里,眨眼间就像是被塞进了一团棉花糖,变得软软的。一股冲动袭来,我翻身而起,奔向它的身边,挨着它坐下,再一把搂住了它:"……你会经常想起我来吗?"

这一次,它没有对我点头。然而,听我这么问,它的身体,从上到下都在止不住地战栗着,我也更紧地搂住了它,只因为,它身上的阵阵战栗其实是在回答我:"是的,我经常想起你。"

只不过,我还是想多了,仅仅在天亮之后,我认识的那个小丹东便又被萨默附体了。天刚蒙蒙亮,我的鼻子也塞住了,困意便格外深重,萨默却横竖不管,三两把推醒了我。我迷糊着睁开眼睛,一眼看见,它就像是没生过病,脸上身上都是抖擞起来的样子,见我醒了,它径直拿过我的手机,再翻开通讯录,对着保姆车司机的名字点了点,意思是,要我打电话叫他过来。"还这么早,你想去哪儿?"我疑惑着问它,却又分明发现,才过去几个小时,与我之前搂着的它相比,很显然,它离小丹东又远了,离萨默却更近了。别的不说,单说它眼睛里散射出的精光,它们只属于萨默,与小丹东扯不上一丁点儿关系。要命地,我又被它们震慑了,语气也软弱下来,再问它:"……不吃了早饭再出门吗?"它却不再理会,催促我赶紧打电话。我只好听它的,赶紧给司机打电话。打完电话,它便急匆匆地拖拽着我出门去地库里等司机。这时候,睡在客厅沙发上的小桑听到动静,赶紧起了身,问我们要去往哪里。我答不上来,回头看向萨默。不知道为什么,一见小桑,萨默的脸就冷了下来。平日里,只要它的眼神和小桑的眼神对上,它的脸就会冷下来,但是今天,却是格外冷,就好像,它一向对小桑都是轻蔑的,而今天,却是格外轻蔑。

保姆车开了几十分钟之后,我便猜测到了我们此行的目的地,不是别的什么地方,而是当年的动物园。一路上的所见,都早已不是当年的模样。其实,这几年,我仍在频繁地来往于通州和主城区之间，所以，并没有多大的感触。萨默也一样，看着一路上经过的道路、高楼和商场，仍是一脸既认真又厌倦的样子。"难不成——"我终不免在心里偷偷想，"这条回动物园的路，它也走了好多遍了？"最后，和我想的一样，保姆车在动物园门口的那块石碑前停下了。我们各自往窗外看去，满目之内，除了荒草长得更高，残存的宿舍楼越发破败，一切都还是老样子。它早就是座冷宫，现在，却是连建造冷宫的朝代都已经覆灭了一般，再也没什么人去叩响它的门环了。自始至终，我们都没下车，也没说话，但是，萨默少爷此番带我前来，终归是要开示我的。良久之后，它指了指眼前的园子，再一指远处一座刚刚拔地而起的企业总部大楼，盯着我，很明显，它是在问我："你是要去这里，还是去那里？"

"当然是去那里，"我遥望着企业总部大楼，几乎是斩钉截铁地回答它，"谁不想把自己过成人上人？"

萨默笑了，而且是溢于言表地笑了。然后，它先是轻轻地拍了拍自己的胸，再伸出手来，扶住我的肩膀，就像是在对我说："我早就是猴上猴了，你就老老实实跟着我，做你的人上人吧！"

见我一时愣怔着来不及有什么反应，它将我的肩膀攥紧了，就像是在追问我："你不相信我吗？"

紧接着，还不等我回答它，它似乎猛然想起了什么，转向身后的座位，再转身时，手里多出了一个文件袋，也不管我，只顾低着头，忙不迭地，在文件袋里找出了一本青姐的传记，再哗啦啦翻开，翻到了青姐和各路人士合影的照片，这才停下，指指照片上的各路人士，再指指我。我全然被它弄糊涂了，猜测了好半天，才试探着问它："你是说，我也可以跟青姐一样，去跟他们相好？"

它却急剧地摇起头来："……"

我只好继续往下猜："要不，你是要我嫁给他们，做真正的人上人？"

这下子，它甚至挤动了嘴唇，连连对我发出了声："是，是，是！"

它却绝对不会想到，我没有犹豫半刻，接口就跟它说："算了，我还是跟着小桑吧。"

"……谢谢你，"停了停，我的心意，却在刹那里变得更坚决了，干脆直直地盯着它的眼睛，告诉它，"但是，小桑过成什么样儿，我就过成什么样儿吧。"

六

既然我心意已决,那么,萨默少爷也就只好跟我彻底摊牌了。过了几天,那个让我签了卖身契的经纪人,先是给小桑发了个活儿过来,让他去给一个著名的编剧打下手。一开始,因为不知道她的葫芦里到底卖的是什么药,我和小桑都断然拒绝了,但是,小桑的圈子里传来的消息说,因为那著名编剧之前中了风,所以,这一回,给他打下手的编剧,完全有可能跟他联合署名。这么着,小桑便动了心,半夜里,偷偷瞒着我四处打电话,看看有没有别的什么机会,而不是通过那经纪人,就可以得见那位著名编剧。见他如此,我也就对他直说,还不如干脆让那经纪人领着他去拜见对方——我反正已经变成了一个被圈禁的囚徒,我的男人,凭什么就不能有一条活路呢?至于那经纪人是不是又怀揣着什么腌臜猫腻,你也顾不上,我也顾不上,因为我们穷,除了硬着头皮去龙潭虎穴里闯荡,试问,像我们这么穷的人,还能怎么办呢?"马豆芽呀马豆芽!"听我这么说,小桑如梦初醒,红着眼眶,狠狠地、好好地亲了我一遍,立刻就起身出门去找那经纪人了。临出门,又回头,咬着牙跟我说:"你给我记着,明年今天，我要是还养不活你，我就去死了拉鸡巴倒！"果然，小桑前脚去给人打下手，腌臜与猫腻，就一股脑地全都冲着我来了。几乎每天，萨默也好，经纪人也罢，都要带着我去参加各种各样的局，金融新秀局、制片大佬局、大中华区总裁局，等等等等，实在是太多了。实际上，至少萨默打的是什么主意，我的心里门儿清得很，它无非是想让我赶紧挂上一个它看得上的男人，以此将小桑忘得干干净净。

　　作为影后青姐的宠物，诸多神奇的传说早已是萨默的标配，就譬如，青姐挑什么戏去演，向来都只听它的；又譬如，但凡它参加过开机仪式的电影或电视剧，票房一定大卖，收视率一定在前三；甚至，青姐的前男友中的一个，那个专做一级市场的证券大佬，连重整什么企业，兼并哪只基金，都得它点头才行。所以，几乎在每一个局上，我都亲眼看见了萨默受欢迎的程度——有人问它买哪只股票，它反倒避而不谈，只是莫测地笑着，再指一指对方的身后，对方先是糊涂，突然又连连点头："我的背后，是正北方向，正北方向是承德，我明白了，你是在让我买承德的麒麟化工，对不对？对不对？"又有的时候，有人故意去试探它的话到底灵不灵，便问它，自己被抓进去的朋友会被判多久，它也还是笑着，伸出一根手指，在半空里随便比画了几下，对方呆愣着，苦苦回想着它的比画，一下子又如遭电击，一把抓住它，几乎哭出了声："你刚才写的，是不是一个'无'字？我错了我错了，要被抓的人不是我朋友，他妈的其实是我！我再问你一句，这个'无'字，是说我压根没这个朋友，还是说我压根都不会坐牢？"我也得老实承认，目睹着萨默身上如此种种神奇之处，有好多回，我都惊呆了，张大的嘴巴好半天都合不上，再看它，却是见惯不怪。通常，它也不会在局上待很久，众人还在惊诧呢，它却早已飘然而去，回到了自己的保姆车上。见它要走，作为保姆，我自然也要跟着走，却总是被经纪人和更多的人拉扯住，再被人灌下一肚子的酒。

这天我们参加的，是一个画家局，据说，一幅画的卖价不能从三十万起的画家，根本就没有资格参加这样的局。之前的种种局上，为了不让自己酒后犯下什么错，我都做过诸多防备，唯独这次，低估了画家们。一个个地，上来就说我跟他们其实是一样的人，我现在的没着没落都是暂时的，就像他们，也都是从没着没落里过来的。话听多了，酒喝多了，我居然当了真，觉得他们说得对，姑奶奶我，现在没着没落算什么，迟早有一天，我会变成和他们、和青姐一样的人！如此，我喝得越来越多，他们也就对我下手了。趁我醉醺醺地去上洗手间，又或者，趁我去屋子外面透会儿气，要么冷不丁就有人凑上来亲我，要么就有人霸王硬上弓，将我按倒在洗手间的盥洗台前，丝毫都不能动弹。当然，凭着仅存的一丝理智，我挣脱了他们。结果，我的经纪人却也喝多了，见我从洗手间里奔逃出来，一把拽住我，非要让我去认识她的朋友。我没听她的，执意要从会所里逃出去，结果，我越想逃，她就越是将我堵在门口。正僵持着，突然，我特别特别想小桑，他要是在这里，一定不会让我被人欺负的吧？于是，我不管经纪人了，当着她的面，给小桑打去了电话，一心想要他赶快来带我走，但是，我一连打了好几遍，小桑都没有接。霎时间，我看看门口的冬青树，再看看冬青树边那些据说是从日本京都空运过来的落地夜灯，而小桑却不知道在哪里，一股汹涌不止的委屈就在瞬间里攫住了我，不管不顾地，我竟然哇哇哭了起来。

见我哭起来，喝多了的经纪人也烦了，一抬手，将手中的红酒劈头泼在我脸上，再呵斥我："马豆芽，你他妈给我听好了，再这么矫情下去，就给我滚蛋！"

听她这么说，我倒是笑了："我天天都想滚蛋，不过是签了卖身契，不敢滚蛋罢了……"

"你还知道你签的是卖身契啊！"对方也笑了起来，睥睨着我，"我叫你滚蛋，你才能滚，你要是敢自己滚蛋，我他妈就去法院，告你一个永世不得翻身，我倒想看看，你他妈有多少钱能赔得起违约费——"

"对，所以我怕你们，我也赔不起……"对方的话像一盆冷水泼过来，我便稍微清醒了些，喃喃对她说，"我……不滚蛋了。"

我已经对她认了，她却仍然不打算放过我，相反，还越说越来气了："都是那只死猴子，好几年了，天天逼着我找到你，为了找你，我他妈费了老劲了，那些小演员的资料都被我翻遍了！要不然，我认识你是哪根葱！"

尽管我对经纪人叫萨默"死猴子"稍微震惊了一会儿，但是，她也让我确认了一件事：我之所以陷身在如此境地里，果然是萨默在这几年里一心要找到我的结果。不自禁地，我朝着远处的停车场看去，今天的局上，为了让我被更多的男人勾搭，萨默又早早离席，回保姆车里养神去了。"姐，我错了——"到了此时，我已经彻底冷静了下来，一如既往地开始低三下四，"我给你认错。"

经纪人却像是被怒火烧得再也不能自已，一句接一句地质问我："还有，那只死猴子，中了他妈的什么邪？天天逼着我给你找男人！搞没搞错？我分分钟做的是多大的生意！我他妈好不容易不当老鸨了，现在又被它逼着活回去了！"

"姐，我错了——"我只好再对她重复了一遍，"我给你认错。"

是的，只要不把事情闹得更大，就算对方要我认上一整夜的错，我也会照做的。可是，无论如何，她接下来的话，却把我逼到了死角里。"你知道你那个穷男朋友为什么不接你的电话吗？"她闪身进门内，又给自己倒了一杯红酒，一边倒，一边告诉我："实话跟你说了吧，他以后都不会再接你电话了。"

"为什么？"她的话刚一出口，骤然间，我的脑袋便嗡嗡作响，差点就站立不住。好不容易，我扶住门口的一棵冬青树，再问她："……为什么？"

"为什么？"一大口红酒喝下去，经纪人的嗓门更高了，"因为那只死猴子给我下了任务，叫我死活都不能让你那个穷男朋友再回来了，以后，它来带着你做人上人。实话跟你说了吧，刚才，来这儿之前，我给它，也给你，把这事儿给办妥了！"

"……怎么办妥的？"说话间，我的声音都在打着战。

"再简单不过，"对方又灌下去一大口红酒，"你那个穷男朋友，现在跟的老大，金牌编剧，答应给他署名啦，所以，他也答应了我，以后不再接你的电话啦！"

我当然不信她的鬼话，掏出手机，就要给小桑再打过去。不料，猛然间，萨默从斜刺里冲了出来，几乎使了全身力气，当头就给了她一巴掌，这一巴掌，将她全然打蒙了，手里还端着酒杯，身体趔趄了几下，竟然一弯腰，哇哇吐了起来，随后，她便倒在了满地的呕吐物里。而萨默却愤怒已极，根本就不打算放过她，一脚踹在她身上，一脚又踹在了她脸上。到了这时，她才稍微醒了酒，也才看清楚恨不得将她置于死地的人究竟姓甚名谁。"萨默哥……我错了……"现在的她，变作了此前的我，满嘴巴的呕吐物让她说出的话全都含混不清，她还是一边躲避着萨默的脚，一边近似奄奄一息般哀求着萨默："别打了，我给你认错，我给你认错……"萨默的殴打还没停止，它蹲下身体，想要将经纪人从地上拽起来，我却阻止了它，再指着经纪人问它："她说的，到底是不是真的？"一反常态地，它竟不敢看我，它的眼神刚一触到我的眼神，便慌忙闪避了过去，但是，就是这一闪避，让我立刻就明白，那经纪人，说的是真的！这怎么行？这他妈的，怎么行？我拼命倒吸着凉气，低下头，又等了好一阵子，一直等到发着颤的手平静下来，这才赶紧地再一回拨打了小桑的号码，只是，这一回，小桑的电话，干脆关机了。

当即，我没有再管她们，一把推开试图阻挡住我的萨默，撒腿就跑出了会所所在的园区，跑上大街，再迎着四起的秋风，认定了顺义方向狂奔而去。是的，我知道，小桑和他正在跟的那个老大，就住在往顺义方向的一片别墅区里。跑了没多久，糊里糊涂地，我的一只鞋子跑掉了，我并不停歇，干脆脱掉另外一只鞋子，双脚都光着，继续朝前跑。等我快要跑出主城区，双脚之上，已经满是血疱，地上的小石子硌上去之后，直让我钻心地疼。不要紧，既然不能再跑起来，走，我也得走过去。一路上，朗星高悬，一轮下弦月将郊区的河流照得银白银白的；白杨树也摇晃不止，有节奏地哗啦作响，就好像，它们正在提醒沉睡着的人们，黎明，已经近在咫尺了。即使在如此漫无边际的夜幕里，星星和河流，月光和白杨树，都在显露出永不止息的生机。可是，唯有我，一边往顺义方向挪过去，一边却觉察到，一股巨大的、我压根无力制止的丧失之感，正在将我困得死死的。没用了，一切都没用了，那些但凡被人宣告过的，全部都将成为事实。果然，天快亮的时候，就在我快要走到别墅区的时候，我的手机突然响了。拿起来一看，竟然是小桑发来的短信，短信的内容只有一句话："咱们好聚好散吧。"对着手机屏幕，我看了好半天，看着看着，我还是笑了，笑完了，就像是跟自己或者对方开个玩笑，我仍然给小桑打了一遍电话，跟我预料的一样，他又关机了。

所以，那天晚上，跟我之前想象过的全然不一样，直到最后，我也并没有真正走到别墅区去。撒泼耍横，互扇耳光，又或者抱在一起痛哭流涕，以上种种，全都没有发生。看着眼前的一切，我反倒困了，一时间又无处可去，我便走进了河边的一片荒草丛里，席地躺下，没过两分钟，我就睡着了。这一晚啊，像是把我余生里所有的睡眠都攒起来了的一晚，过路的货车声没有吵醒我，草丛里不时飞掠着来来去去的鸟雀们也没有吵醒我，等我醒过来，已经到了第二天的中午。在草丛里，我呆坐了一会儿，并没有因为前一晚喝了太多酒而觉得头疼，反倒像是回到了自己十五六岁的时候。那时候，总是在一觉醒来之后，哪怕脑子里再懵懂再糊涂，我也只觉得，世界无边无际，时间才刚刚开始。是啊，至少在今天，我的时间才刚刚开始。之后，我慢慢踱到河边，用河水洗了把脸，再回到马路上，先坐公交，再转地铁，一个多小时后，我便回到了平日里栖身的那间所谓的高级公寓里。没想到的是，才过去这么点时间，经纪人和我们的萨默少爷就泯了恩仇，齐齐坐在沙发上，见到我推门进来，她们先是吓了一跳，而后就朝我狂奔了过来。

"哎呀我的小祖宗，我的小姑奶奶！"经纪人的脸已经肿胀到了我快认不出的地步，嘴巴里也仍然含混不清，"你可算回来了！得，姐姐先给你认个错，今儿是要杀还是要剐，你来说了算！"

我推开她，往卧室里走过去，她还要拉扯我，我便对她说了一句："滚。"

她一愣，又朝着萨默，哀求一般："萨默哥，要不，你来劝劝？"

"对了对了，"还不等萨默朝我走过来，她跑到沙发边，掏出几张纸来，冲我抖动着，"这是你的合约，我们两个刚商量过了，现在，就当着你的面，把它给撕喽，你看怎么样？"

"萨默哥的意思是——"停了停,她又补了一句,"只要你不走,什么事都好商量。"

我仍然对她说:"滚。"

卧室里,三下两下,我就将自己的行李收拾好了,然后,我拎着行李,再也不多看萨默和经纪人一眼,越过她们,直直往外走。没想到,见我再不停留,萨默竟大叫了一声,让我下意识地止了步,再眼看着它将一个LV旅行包砸在地上,也砸在我眼前。我呵了一声,冷眼看它,它却早已蹲在地上,再去打开旅行包,也是怪得很,之前,它明明慌乱得很,可是,当它从包里掏出几件首饰来,那种我再熟悉不过的倨傲,就迅速回到了它脸上,这种倨傲,不仅让它稳住了心神,甚至还能让它同时挤动喉咙和嘴唇,硬生生说出我能听得懂的话来:"很贵的……"它将首饰递得离我更近一些,又对我说:"都是你的。"见我仍然只是冷眼看它,它竟难以置信地低下头,对着首饰看了又看,最后,它放弃了它们,又从旅行包里掏出了一块手表。"值好多……值好多钱,"它继续对我说,"都拿去吧。"它没想到的是,我还是呵了一声,再去推开它。瞬时间,它便又翻了脸,脸上的五官急剧扭曲起来,当它们真正扭曲着堆积在一起,它的整个表情,也确实能够算得上是狰狞了。随即，它拽着我，来到落地玻璃窗前，先指着公交车站里排队候车的人们，再指着从地铁站里拥出来的人们，一句一句地，就对我接连咆哮了起来。咆哮完了，它仍不打算放过我，继续拽着我，一起转过身去，面对着满屋子的装置摆设，它又开始了咆哮。经纪人显然听不懂它到底在咆哮些什么，一头雾水地看看我，再看看它，而那一句一句，我却听得明明白白——起先，它是在气急败坏地问我："外面那个世界，究竟有他妈的什么好？你要像那些穷鬼们一样去坐公交赶地铁吗？"随后，它是在更加气急败坏地问我："好好看看这间屋子，配不上你吗？你他妈的，非要放着好日子不过了是吗？"

只是，它不知道的是，"够了，"反反复复地，我一直都在心里对自己说着这么一句，"什么都够了。"说完了，我便示意它放开我。它还以为我听了它的劝，慢慢将拉扯着我的手松开，再看我慢悠悠地踱开去，一直踱到了敞开式厨房边上，先拎起一壶橄榄油，再慢腾腾地将壶盖打开，然后，从厨房开始，沿着餐桌和沙发，一滴滴地，我将那满壶的橄榄油泼洒了一路。不用说，见我突然如此，经纪人也好，萨默也罢，既不明所以，又大概是觉得我正在撒娇般要发上一会儿疯，也就没有阻止我。经纪人刚要说上一句什么，萨默立刻伸出一根手指，嘘了一声，要她闭嘴，再眼看着我将那壶橄榄油继续往前泼洒，直至满壶的橄榄油一滴也没剩下。可能是觉得我已经撒完了娇发完了疯，当我往回走，萨默的脸上竟然浮泛出了笑意，那笑意，是为我的迷途知返准备的。它却怎么也不会想到，往回走之前，我用打火机点燃了一路的橄榄油。猛然间，火焰从墙角里升腾而起，再蔓延向前，不过一眨眼的工夫，酒柜和电视机，沙发和敞开式厨房，就连那棵高耸至天花板的摇钱树，就全都烧着了。再看我们的萨默少爷，哪里会想到事情突然变成了这个样子？眼看着酒柜被烧得乌漆麻黑，耳听得电视机在焚烧之中发出噼噼啪啪的声音，一时之间，竟然忘了自己是该接着抓狂，还是该去救火。而那边厢，经纪人早就尖叫着，跑过我和萨默，一把将门打开，一溜烟地飞奔了出去。房门还洞开着，于是，满屋子的浓烟也紧随着她奔涌了出去。这时候，我也不再理会萨默和越来越大的火势，缓缓走出了门去。临要出门，我听见萨默好像对我说了一句什么，如果我没猜错，它应该是在背诗："君问归期未有期……"我接口就回了它一句："去你妈的。"

它仍然接着背:"巴山夜雨涨秋池……"

我又回了它一句:"去你妈的。"

七

"独自莫凭栏,无限江山,别时容易见时难。"按理说,这几句南唐后主李煜写的诗,八竿子跟我也打不上什么关系,我的最高学历,不过是个艺校的黄梅戏班,不管什么时候什么场合,哪里轮得上我来吟诗弄句呢?奇怪的是,有那么几年,时不时地,我的脑子里就会涌出这几句诗来。说起来,它们还是我在一家幼儿艺考培训中心里当老师的时候,从一本小主持人培训教材上读到的,读完了,就放不下了,有事没事,有人没人,我总是忍不住将它们念个不止。可是,这几句诗为什么就偏偏缠着我不放呢?想来想去,我也算是想通了。在我彻底告别演艺圈的这几年里,不管是当培训老师,还是跟人合伙开了个小小的会展公司,甚至短暂地去卖过一阵子保险,在这些场合里,我都曾遇见过跟我一样在演艺圈里混不出来只好转行的人。我们聚在一起的时候,终不免要说起种种旧事,就譬如,现在红了的谁当年跟谁住的是同一间地下室;某某当年先追的是谁，哪承想，被闺密半路里截了和，要不然，现在的大导演夫人就该是她了。说实话，这些八卦，我也没少说，总是说着说着，我才突然发现，想在人堆里混出个人样来的念想，从来就没在我的身上断绝过，弄不好，我一直都是身在曹营心在汉呢。可是，那个演艺圈，今天出一个跨界明星，明天又出一个少年偶像，据说，我从前认识的那些还算是小有名气的演员和导演们，一天天地，也都捞不上什么戏拍了，又笨又傻如我，哪里还回得去呢？"算了吧马豆芽，你就老老实实认命吧！"往往这时，我便要费好大的劲，将自己劝服下来，再去念一遍李煜的那几句诗："独自莫凭栏，无限江山，别时容易见时难。"

好在是，离开演艺圈之后，尽管每样工作都干得不容易，兜兜转转也跟几个男人好过，最终也没有一个能结得了婚，但是，我的日子，倒算能过得下去。从去年开始，我转了型，成了一个活动讲师。所谓活动讲师，其实就是"成功学"讲师的一种。一开始，当我被人发掘出来做讲师的时候，我的心里还直打鼓：就凭我这艺校黄梅戏班的最高文凭，还能上台给人做讲师？再说了，这辈子到现在，我连一次成功的滋味都没尝到过，配得上给谁讲"成功学"？实际上，是我想多了，发掘我的人先是将我送到了深圳的一位"成功学"大师门下受训，一上来，大师就给我解了惑，他告诉我，一次都没成功又怎么样？从现在开始，你要把忽悠住那些来听课的人当作自己唯一能够成功的机会。果真是，一语惊醒了梦中人。再加上，毕竟有过做演员的底子，唱跳也好，声泪俱下也好，我都没问题，最后，从大师门下结业的时候，我竟拿了个第一，就此开启了我作为活动讲师的职业生涯。别说，这条路，我还真是走得顺风顺水，说白了，举目四望，那么多城市，那么多老鼠会，总不会缺我一个上台的场子。我唯一的困扰，是总在失眠：今天在成都卖床垫和保温杯，明天又在三亚卖加湿器和颈椎治疗仪，时间久了，生物钟就全乱了，常常躺在酒店的床上听着电视节目到天明。但是，我还是熬着吧，要知道，只要等到天亮，我的场子开场，要不了多久，那些来听课的冤大头，就会将我捧成一个无所不能的女王。

也就是在我受到邀请去河北一个叫作马妃店的地方讲课的时候，真是倒霉啊，又一回，我遇见了久违的小丹东和萨默。现在，它的名字又变了，在马妃店，认识它的人竟然都管它叫二领导，对，我没说错，它的名字，叫二领导。这天的日暮时分，我抵达了马妃店，在那家名叫北方圣殿的酒店一办好入住，我就将自己关在房间里熟悉起了产品资料，为了第二天下午的活动完美举行，我还仔仔细细将各种要点和话术都写了一遍。说起来，这家老鼠会卖的产品，还是我之前从来没有卖过的，别人无非是卖些床垫和保温杯，卖些加湿器和颈椎治疗仪，这一家，卖的却是金融产品。我早已听说，马妃店这地方，因为临近海边，国家在这里规划了一座超大型港口，并且还要配套建设一个极高等级的经济开发区，所以，几年下来，许多来自全国各地的资本纷纷提前下注，在这里修建了大量的厂房、酒店和娱乐城。与此同时，好多骗子和传销组织也来到了这里，跟这里相比，别的地方的老鼠会简直太小儿科了，在这里，小到日杂用品，大到政府批文，没有一样东西不能用来传销。如此，渐渐地，这座滨海小镇就成了全国各地的老鼠会心目中的圣地，一家家，纷纷迁来此地，传销的产品和花样更是日日翻新。这么说吧，尽管时常也会遭到有关方面的打击，但是，每天进出马妃店的人中间，至少有一半的人都是野心勃勃的骗子。这么好的地方，不光成了老鼠会和老鼠会之间厮杀的战场，很显然，也成了活动讲师们扬名立万乃至缔造神话之处。我，一个讲师界的后起之秀，怎么能不如临大敌和枕戈待旦呢？

入夜之后，就在北方圣殿酒店内的一间会议室里，我和老鼠会的同仁们，为第二天下午的活动做了一次彩排。因为之前的精心准备，彩排的效果非常好，直引得老鼠会的老大，人称知了哥的，一个劲地带着高管们给我鼓掌不说，彩排完了，他还非要请我去酒店里的中餐厅吃个夜宵不可。这位知了哥，其实是马妃店本地人，年轻时是卖知了的，在外闯荡多年之后，又回到马妃店，成了本地十年来一等一的地头蛇。别的不说，单说这一整座北方圣殿大酒店，就常年被他包下，又将其打造成了一座真正的传销圣殿。可以说，住在这酒店里的人，没哪个吃的不是知了哥给的饭。知了哥既然要给我这个面子，我也只好接住。不料，他的手下们，却纷纷劝说知了哥打消掉吃夜宵的主意，原因是，他们的对手，另外一家老鼠会，已经放出话来，无论如何，都要制止第二天下午的活动，为了这个目标，对方就算杀人放火也全不在乎。再说了，眼下，这酒店里，从各地来参加活动的人实在太多了，万一对手派了人混进来，做下什么不测之事，这可如何是好？不料，知了哥却被他的手下给气坏了。"丢人不丢人？丢人不丢人？"知了哥站在中餐厅门口的旋转楼梯上，指一指大厅里乌泱乌泱的正在排队等着领入住房卡的客户们，又再指着数十个正在酒店各处巡查游走的保安，"这他妈还是不是我的地盘？"

"大哥你是知道的，"那手下仍在阻止知了哥，"二领导这个人——"

"它是个人吗？"知了哥被手下给气得笑了起来，"它不过就是一只死猴子！还他妈二领导，到底谁是你的领导？"

"您是您是！"那手下慌忙接口，却仍不忘提醒知了哥，"那死猴子是个畜生啊，它就算杀了人，也算不上犯法啊！"

"那好，那你们现在就出门，找到它，做了它，"知了哥仍在笑着，耐心地提醒手下，"你杀个猴儿，顶多也就违反个野生动物保护法。"

"一直在找它。"那手下惭愧至极，却也有些委屈，"那猴子上天入地的，我们天天都在找，可怎么都找不到。"

"乖，"知了哥捏了一把手下的脸，再对着酒店之外努了努嘴巴，"那就再接着找。"

说实话，当我听他们说起"死猴子"和"二领导"，有那么一刹那,我想起了小丹东或者萨默。可是,我又告诉自己,虽说青姐前两年因为被人爆出和一个假活佛同居生子,甚至还牵扯进了假活佛的诈骗案,直至被立案调查,声誉受损之后不得不息了影。但不管怎么说,瘦死的骆驼总归比马大,身为影后的心头肉,小丹东或萨默无论如何都不会像我一样,落到混迹于马妃店的地步吧?所以,一闪念之后,我便被知了哥分外热络地带进了中餐厅他的御用包房里,巨大的餐桌上,各种饭菜早已悉数上了桌。我看得出来,知了哥明显是想泡我,一个劲地劝我喝酒不说,有意无意,他的手便要碰到我的肩膀上来。恰恰这时候,一桩算得上石破天惊的事情发生了——在我对面,临街的那扇窗户突然被推开,所有人都还来不及明白发生了什么,一个身影闪现在窗台上,毫不废话,对准我和知了哥所在的方向,直直地扔过来了一个什么物件。一下子,知了哥的脸色就变得煞白煞白的,他满桌的兄弟们,脸色全都变得煞白煞白的,一个个慌忙起身,再奔突着或者蹲下或者跑开。但是,来不及了,一阵爆炸声骤然响起。是的,那被突然扔进包房的物件,不是别的,竟然是一包炸药!再看包房里,炸药炸响之后,满桌的酒菜腾空而起,飞溅到四处,尽管没有人被炸药送走性命,但是，好几个人被炸伤了，就连知了哥的脸上，被炸碎的红酒瓶划伤之后，也流了一脸的血。

等到知了哥从桌子底下站起来，再狂奔到刚刚被推开的窗前，上下左右地搜寻了一遍敌人的踪影却根本无果之后，他回过头，已近歇斯底里，也不管满脸的血，只顾对着他所有的兄弟咆哮起来："今天晚上，你们要是再找不到那只死猴子，就他妈全都别回来了！"

"怎么会是它？"随后，知了哥的兄弟们得令而出，剩下我，仍然蜷缩在桌子底下，愣怔着，喃喃去问自己，"……怎么会是它？"

是的，千真万确，哪怕就只有转瞬即逝的工夫，我也看清了知了哥的敌人，那不是一个人，那是一只猴子，而且，这只猴子，最早的时候，叫作小丹东，后来又叫萨默，现在，则是人人口中的二领导。我知道，就在我认出它来的时候，它也认出了我，所以，它才会呆滞了一两秒，那炸药，最终只落到了餐桌上，否则，说不定，我也好，知了哥也好，瞬时就会没了性命。可是，怎么会这么巧？我和它之间的因缘，为什么拿刀都砍不断？我还正在漫无边际的震惊里无法自拔，知了哥却一边擦着脸上的血，一边问我："你认识那只死猴子？"

我先是愣怔着点头，又赶紧摇头："不……不认识。"

此时的我，暂时还不知道，接下来我要度过的，是我这辈子活到现在最漫长的一夜。知了哥去了医院包扎治疗，他的手下们却几乎倾巢而出，在并不大的马妃店逐条街逐幢楼地对二领导展开了搜捕。我并没有回到自己的房间，而是忍不住，跟随着知了哥的手下们跑出了酒店。其实，我也说不清，我为什么要跟着他们跑出去，是想再见它一面，还是想弄清楚它何以至此？好像都不是，但是，不自禁地，我还是跟着他们跑出去了。也亏得我跑出去，没多久，七嘴八舌地，那些怒目圆睁的兄弟，就将一个胆大包天的二领导送到了我眼前：它是去年冬天来这马妃店的，之所以人人叫它二领导，是因为它所在的老鼠会里还有个大领导，那大领导据说曾经是某个假活佛的大弟子，就算那假活佛的真实身份早就被揭穿，还去坐了牢，其座下仍有不少弟子聚在一起不肯散去，再往后，他们就在大领导的带领下，转行做了老鼠会。说来也怪，虽说大领导是老大，可是，平日里的大事小事，却都是二领导说了算，只因为，在假活佛坐牢之前，二领导就早早开了天眼，满身都是法术和神通，本就最得假活佛的喜欢，就连转行做老鼠会，也是二领导出的主意。只可惜，它是一只猴子，要不然，这天底下，哪还有它干不成的事情？

然而，来到马妃店之后的情形，却全然出乎了二领导的预料。一开始，他们的生意还不错，确实骗了不少人，也挣了不少钱，但是，随着知了哥在此地逐渐做大，北方圣殿大酒店成了托拉斯式的老鼠会，不少小一点的老鼠会便认了命，纷纷自毁门庭，加入了北方圣殿。再说二领导的队伍，连假活佛被抓时都是铁板一块，不料，到了这马妃店，兄弟们见过了大钱，也就开了眼界，前前后后，绝大多数人竟然脱离它的队伍投奔了知了哥，直到最后，围拢在大领导和二领导身边的人，压根就没剩下几个了。这么一来，二领导就不干了，亲自登门，跟知了哥用手势比画了好多个来回，比来画去的意思是：不能这么欺负人，它原先的兄弟们，知了哥得给它还回来。知了哥怎么会把一只猴子的话当回事，当场就将它扫地出门了。据说，二领导被扫地出门的那天，满眼里射出来的，都是红光，咬着牙，大喊大叫地在海边的滩涂上来回狂奔了好半天。也是自那天以后，它就展开了对知了哥的报复。它反正是只猴子，不管犯下什么罪孽，江湖也好，警察也罢，能拿它有什么办法？而且，它的目标也明确得很，那就是毁掉北方圣殿。今年以来，北方圣殿简直被它折腾坏了：断水断

091

电，几百个房间里的厕所同时坏掉，甚至入住者的饭菜里被投毒，诸如此类，每隔几天就要来上一回，不用说，这些全都是二领导干的。时间长了，知了哥也受不了了，愤怒之下，他还真是没少派手下们去抓捕那二领导。无奈，二领导的身手实在太好了，一时飞檐走壁，一时又跳进海里河里扎猛子，好长时间过去，手下们竟然无计可施，而那猴子也就越来越嚣张了。就像今天，它先是叫人传了话过来，让知了哥明天要办的活动马上停止，否则，它就要痛下杀手，闹他一个无法收拾。知了哥当然对活动做了完全防备，可是，谁能想到，那猴子竟然会直接投炸药包来要把知了哥给炸死呢？

正是初春季节，从远处的大海上传来的咸腥气息太浓重了，直让人止不住地打喷嚏，而漫长的搜捕还不知道什么时候才能结束，我跟随着知了哥的一个手下，一步步地，来到了一家娱乐城的门口，据说，这里经常被二领导当作自己的藏身之地。"独自莫凭栏，无限江山，别时容易见时难"，没来由地，这几句诗，我在心里念了好多遍，却也明白无误地知道，现在的二领导，再也不是当年的小丹东或者萨默了。一连打了好几个喷嚏之后，我问那手下："既然如此，你们老大咋没想着和气生财，跟它好

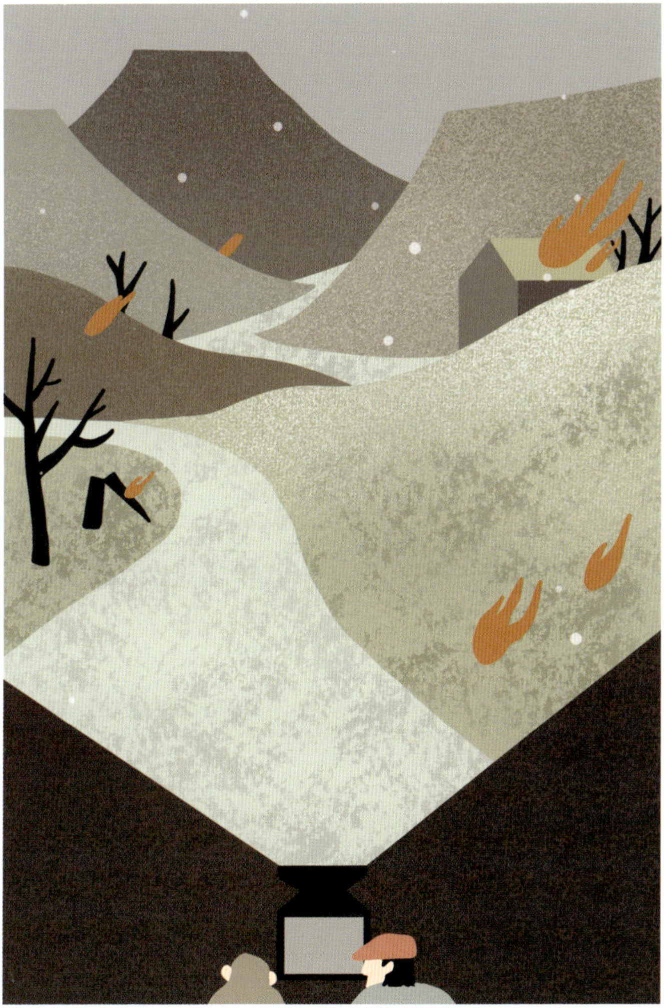

满天细碎的雪花里,小丹东那嗓子都快喊破了的声音都还在回旋不止:"君问归期未有期,巴山夜雨涨秋池。何当共剪西窗烛,却话巴山夜雨时……"

——《夜雨寄北》

好谈谈，实在不行，给笔钱也行啊……"

"它不要钱，它只想把北方圣殿给毁掉。"对方回答我，"它说了，它要当老大，跟我们老大一样的老大。"

"所以，它跟我们老大，不是你死，就是我活了。"稍停了会儿，对方苦笑起来，"你说说，我这是啥命？每天跟只猴子打打杀杀的！"

"……报警呢？"迟疑了一会儿，想着一只猴子再怎么也不会是这么多人的对手，或早或晚，这二领导都只怕落个横尸街头的下场，我便再问对方，"找个动物园，把它关进去，不是把它的命也保下来了吗？"

"你以为没报过警吗？"对方继续苦笑着，"可是，人家早就给自己办了合法的收养手续，它的收养人，就是那个大领导。人家有合法收养手续，派出所就没法把它给关起来！"

"这样啊，"我没想到，从前的小丹东或萨默，已经让我意外到了这个地步，也只有下意识地说，"……这样啊。"

"你别说，我们老大，真叫一个苦啊！"那手下，见我想听，也就说了下去，"好多回，我们老大，花了大钱，使了大力气，想把那只猴子送进动物园里去，你猜怎么着？它已经成了精了，比孙悟空和六耳猕猴还要精！来马妃店就这么一点儿时间，公检法、街道办、报社记者，一大堆人都被它搞定了。尤其那个记者，每回只要那猴子要被派出所抓进去了，他就到处写文章，说派出所违反野生动物保护法！"

八

临近夜里十二点，二领导仍然远在天边，天上的月亮却被滚滚浓云迅速吞没，眼前所见的一切，都转为了暗淡乃至黑暗。与此同时，雷声隐约响起，从大海上刮来的风在刹那间凶猛起来，说话间，一阵急雨说来便来，敲击在海面上和大街上，也敲击在知了哥的手下们的头顶上。我能看见的每个人，都放弃了搜捕，纷纷钻到就近的屋檐底下去，垂头丧气地躲着雨，这时候，我决心离开他们，回酒店里去。小丹东、萨默、二领导，虽说你的样子又在我脑子里转悠了一晚上，可是，事已至此，接下来，你是死是活，我也实在是爱莫能助了。奇怪的是，还没走出去几步，我的身体，竟蓦然一震，顿时就呆立住了。是的，雨水不仅没有遮掩洗刷掉什么，反倒将一股我再熟悉不过的气味送到了我的鼻子跟前，这气味，不管是在当年的通州，还是在后来朝阳公园附近的高级公寓里，都终日在我身边萦绕不去——除了我的故人，这气味还能属于谁呢？我呆立在当场，左看看，右看看，一边巴不得它现身，一边又巴不得它不要现身，毕竟，到处都是知了哥的人。没想到，就在我身边，一辆一直黑着灯的越野车突然开了车门，紧接着，我被人一把拉扯上去，随后，车灯亮起，车被发动，却并不急吼吼，而是缓慢地驶过了街边的店铺和知了哥那些失魂落魄的手下，所谓的灯下黑，说的就是现在这样的情形吧？

越野车里，除了我的故人，还挤坐着另外四五个人，其中的一个，三十多岁的样子，像是听故人说起过我，跟我打起了招呼。三两句下来我便明白了，这个招呼着我的人，就是所谓的大领导，但显然，他不过是个摆设，还没跟我说上几句，就被故人不耐烦地制止住了。再看我的故人，暂时并没有理睬我，而是警觉地透过车窗向外张望不止，眼看着越野车驶进了一条僻静的巷子里，故人才有空回头来看我。好久不见，虽说它的嗓音跟从前相比，不仅没有更清亮，反倒像那些动过喉咙手术的人，越发显得尖细和刺耳，但我不得不承认的是，它却越来越擅于说人话了。它盯了我一小会儿，像是盯着一个陌生人，这才问我："你……怎么会来这里？"

"二领导是吧？"所谓英雄怕见老街坊，我自然不怕见故人，可是，万一人家不愿意见我呢？再说了，江湖上厮混了多少年下来，许多时候，我都只能把自己扮成没心没肺的样子，所以，我嘻嘻哈哈地笑着，"我来讲个课，混口饭吃。"

"给那个王八蛋讲课？"听我这么说，它的脸色一变，满眼里都是怒火，又深吸了一口气，强迫自己压制住，再问我，"给谁讲课不好，为什么……非要给那个王八蛋讲课？"

"看在钱的分上——"过去，我曾无数次地设想过，它能够像此时此刻一样，和我聊起天来，可是，一旦变作了现实，我还是如在梦中，被一阵巨大的恍惚给裹挟了起来。好半天之后，我的心神才稳住，再对着它实话实说："他给的钱多，我也不怕钱多，对吧？"

它没有接我的话，背靠着椅背，仰起头，闭上了眼睛，养了一会儿神，终不免还是问了句俗话："……这些年，过得怎么样？"

"不怎么样，但是也没饿死，"我想了一会儿，对它笑着,"以后可就指望着你帮衬啦!"

我们的二领导,可能是在琢磨着我的话究竟是在吹捧它还是在挖苦它,沉默了下来,不再说话。见它沉默了,我的心里也慌了,正想着是不是真的把话说错了,要不,我给它赔个不是?恰在这时,眼前这条巷子的尽头在转瞬之间亮若白昼,好几辆车早已缓缓停下,堵住了我们。而后,一辆车的车门打开,头缠着绷带的知了哥,从车灯的亮光汇集在一起之后形成的巨大光晕里现出了身形。显然,大事不好了,当二领导和车上众人慌忙回头,又发现更多的车辆堵在了背后,一时之间,可谓是两头堵,可谓是上天无路下地无门。只是,二领导是何许人也?这些年下来,它明显身经过百战,突遭如此绝境,反倒嘿嘿冷笑起来,这冷笑,是我从前绝没有听到过的,像乌鸦的叫声,像武侠小说里大魔王出场的前奏。只见它,一边笑着,一边命令司机狠踩油门,让整辆越野车疯了一般朝着知了哥,朝着那片巨大的光晕冲撞了过去。知了哥愣怔了片刻,赶紧躲闪到一辆车的背后,再呼喊着命令他的手下,一个人也不许躲开,一辆车也不许躲开,今天,非要把那死猴子耗死在这里不可!哪想到,我们的二领导,根本没有上他的当,临到快要撞上一辆车的时候,它仍然冷笑着，抢过司机的方向盘，让越野车猛然转向，撞向街边的一家水产铺子。铺子的大门轰然被撞开，越野车继续向前行进，撞翻柜台，玻璃鱼缸也应声破碎，而越野车还在化作猛兽，将铺子后院的院墙推倒在地。一路上，人人都被剧烈地颠簸着，也上下翻飞着，最危险的时候，眼看着一整扇院墙扑向挡风玻璃，我不由得闭上了眼睛，等我睁开眼睛时，不可思议地，还是二领导在晃动着方向盘，而我们的越野车，却正在穿过一片农田，一条宽敞笔直的马路，已经近在眼前了。

雨还在下，天上的雷声也还在持续轰鸣，而我们的越野车，一直在雨幕里兜兜转转。大概二十分钟后，车停下了，我还没从之前的险境里摆脱出来，正捂着胸口大口大口地喘气，二领导却一把打开车门，跟我说："你下车吧。"

"什么？"我蜷在车里，伸出头去看了看漫天遍地的雨幕，隐隐约约地，我总算看清，越野车好像是停在一片城中村附近，再回过头来问它，"这么大的雨，我能去哪儿？"

二领导却不再看我，甚至有些不耐烦地朝我挥了挥手，意思是："别废话了，快走吧。"

见我还迟疑着赖在车上不肯下去，那大领导像是有几分过意不去，看看二领导，掂量了一下，再径直对我说："别跟着我们了，我们要去绑架了。"

"什么？"我又惊呼了一声，赶紧追问他，"你们，要绑架谁？"

"还能绑谁？"大领导呵呵笑着，"去把那个傻×的私生子给绑了呗！"

停了停，大领导又接着说："老大的意思是，万一出了什么事，就别连累上你了，老大，对吧？"

跟我想的一样，所谓的大领导，不过是二领导放在面子上的摆设，真正的老大，是二领导。听大领导这么问它，二领导不禁有些烦躁起来，很明显，它是嫌对方的话太多了，也懒得搭理他，而是仍然背对着我，再朝我挥了挥手。如此，见它心意已决，我只好再不废话，老老实实下了车，匆匆旁顾了一会儿之后，跑到了街对面的加油站里去躲雨。再看着越野车在雨幕里越开越远，也不知道是怎么了，稍微躲了一会儿雨，我还是跑出加油站，跟在越野车后面，跑进了城中村。这城中村，可不是普通的村子，除了极少数看上去一般模样的民房，更多的房子，却是货真价实的别墅。倒是不奇怪，这几年，随着在马妃店落地的产业和老鼠会越来越多,地皮也就一天比一天值钱,但凡本地的居民,就没有哪一个不是祖坟上终日都在冒着青烟的。所以,越野车在村子里没开多久,就停在了一幢格外气派的别墅前,随后,车门打开,一个身影几乎是飞蹿着从车里奔出来,跑到了院墙前。院墙高耸,却丝毫也难不倒它,那身影便手脚并用,跳跃腾挪,十几秒的工夫,迅速翻上了院墙。一道闪电袭来,将那身影照得雪亮,这要不是二领导,还能是谁?一刻不停地,二领导跳进院内,再打开院门,将等在门外的众兄弟放了进去。见他们忘了将院门关上,鬼使神差地,我也从一棵堪称巨大的槐树背后闪身出来,想要跟过去。可是,我刚刚一探身,两个人影一左一右就猛扑过来,将我死死按在了地上。我正要大声呼叫,对方却低声亮明了身份,他们不是别人,正是早就在此地布好了包围圈的警察。再看不远处的别墅,骤然间,屋子里,还有院子里,灯光齐齐亮了,打斗声,一连串什么东西破碎的声音,还有警察们呵斥着要人立即停止反抗的声音,渐次响起,乱成一团,很快又消失了。不久之后,二领导,还有它的众兄弟,就悉数被警察押解了出来。走在最前头的,正是二领导。我原本以为,遭此大劫之时,当此功亏一篑之际,它定然会负隅顽抗，定然会嘶吼和抓狂，哪知道根本就没有，它反倒乖乖听话，被警察们控制得死死的，一脸的笑意，却还是不可捉摸的样子，唯有看见我的时候，它才吃了一惊，一边往前走，一边不住地回头朝我看。

不用说，我也被带进了当地的派出所里去接受审讯。但是，我为什么会和二领导混在一起，其中的原因，三言两语即可说清楚，所以，很快，我就被释放了。但我并没有就此离开，先是装作离开了，走到大门口，趁人不注意，再折跑回来，就一直蹲在一座并不高的水塔上，俯视着审讯室里的二领导，就此，我也见到了一个从未见过的二领导。不不不，那也是一个我从未见过的小丹东和萨默少爷——再没有了倨傲，再没有了阴森乃至阴鸷，更没有手扔炸弹时的不可一世，而是彻头彻尾地变成了一只猴子。只见它，不管警察再怎么拍桌子砸板凳，它都笑嘻嘻地蹲在椅子上，和大街上卖艺的猴子一样，一会儿低头去挠痒，一会儿又觍着脸从警察的烟盒里抽出了一根烟，待到警察们手持着警棍抵住它的脑门，它又怕死了，委屈地瑟缩着，一步步后退，退到角落里，屈膝坐下，双手抱着腿，看看这里，看看那里，横竖就是不看警察们和它的兄弟们。这骇人的一幕，不仅令我诧异得难以置信，就算是终日跟随着它的兄弟们，虽然早就见识过它的演技了，但是现在，眼见它把一只寻常乃至平庸的猴子演得这么好，每一个关口，每一处分寸，全都拿捏得这么好，一个个地，也忘掉了自己正在受审，纷纷去张望它的表演，愣是活生生将审讯室变成了正在耍猴的过街天桥。

然而，二领导并不知道，今天晚上，却是它和它的兄弟们之间的分水岭。知了哥的车，就停在派出所院子里，看起来，他是作为受害的一方在录口供，实际上，二领导的那些兄弟，却分别被警察们带领着，去他的房间里跟他见了面。每进去一个，都从他手里接过了满满一袋子现金，分别的时候，他还要挨个跟他们抱一抱，再凑在他们的耳朵边上立下有福同享有难同当的誓，如此，收买就算完成了，等他们再返回到先前的审讯室里，那只猴子绝不会想到，现在的它，已经变成了孤家寡人。果然，重新回到二领导的身边之后，那个名义上的大领导，竟然冲着二领导嚷了起来："老大，别演啦，回回你都这么演，演完了，再让我们去背锅，对不住了，今天，这锅，我们不背了！"

可是，他还是低估了二领导，只见二领导，怔怔地看着他，眼神里满是清澈之色，表情又是茫茫然的，那表情的意思是:"现在,我只是一只平庸的畜生,哪能听懂你在说什么,好心人啊,你还是行行好,给我点吃的喝的吧!"这么一来,大领导竟然觉得有些亏心,但毕竟有在场的警察们可以依仗,他忍不住,为自己辩解了起来:"人家知了哥,早就给你带了话,说只要你收手,他就送钱给咱们,老大,咱拿上钱过太平日子不好吗?非要打打杀杀吗?你睁眼看看,多少涉黑的人,都把自己给洗白了,上岸搞房地产去啦!"

二领导仍然在怔怔地看着他,它的意思仍然是:"现在,我只是一只平庸的畜生,哪能听懂你在说什么,好心人啊,你还是行行好,给我点吃的喝的吧!"

"回回都这样,你演完了,我们这帮兄弟,就得被拘留,就得去坐牢!"见它还是冥顽不灵,大领导骤然间便发作起来,"别他妈痴心妄想啦臭猴子,你当不了老大的!要想当老大,再怎么你也得当个人再说吧?今天,我就跟你把实话全都说了,我们他妈的,受够你了,打明天起,兄弟们就全都是知了哥的人了,知了哥也不亏待你,要把你送到四川的一家动物园去,好地方,我听说,还是国内十大动物园之一呢——"

结果,大领导还是想多了,区区马妃店,区区一家派出所，怎么能够困得住上天入地的一时奸雄呢？大领导还在自说自话的工夫里，有人推开审讯室的门，来给熬夜受累的警察们送夜宵，趁着铁门打开，又忘了被关上，二领导先是装作一脸垂涎着夜宵的样子，四肢伏地，爬行到警察们身边，再直立起身体，还是觍着脸，笑嘻嘻地伸手去抢一块煎得焦黄焦黄的带鱼，当即就被一把推开了。正是在这被推开的一刹那里，它猛然发力，蹿出铁门，众人惊呼着追撵上去，它却早已在走廊里奔出去了老远，真是厉害啊，等它快要跑出派出所的大门，却突然折返，再沿着楼梯往上跑，派出所一共只有三层，很快，它便来到了天台上，天台上堆满了杂物，杂物高耸，形似山丘，却根本难不住它，它便在这山丘与山丘之间攀爬腾跃，只在偶尔之间，才露出被我看见的峥嵘，只是尽管如此，它还是低估了脚下身边的危险——不知道有个什么东西刺中了它，又或划伤了它，它惨叫了起来，那惨声，凄厉得很，惊得我都忍不住从蹲伏着的水塔上直起了身。那声音却不得不戛然而止，只因为，警察们也都追上了天台，正在一步步缩小包围圈，这时候，它总算从最靠近一棵银杏树的地方现了身。而后，它趔趄着，奔出了天台，再朝着银杏树飞扑而下，只不过，可能是之前受了伤的关系，它的身体不敢有太多动弹，四肢都僵直着，硬生生砸在了树冠上，它不由得再一回发出了一声格外凄厉的惨叫。

眼见得二领导踏上逃亡之路，我也慌忙从水塔上下来，跑出了派出所。尽管警察们也鱼贯而出，向着它刚刚落下的那棵银杏树跑了过去，我却比任何人都更有把握找到它。是啊，这世上，只怕没人比马豆芽更熟悉它的气味了，同样地，也没什么人或畜生比它更熟悉我的气味了吧？所以，我压根就没去凑警察们的热闹，而是慢腾腾地在街上溜达，我知道，它绝不会在那棵银杏树上坐以待毙，拼了性命，它都会溜之大吉的，但是，它毕竟受了伤，只要闻见了我的气味，它总归还是会现身来找我的吧？事情和我预想的竟然一模一样：在离派出所并不算远的一家农家乐饭庄门口，幸亏雨后刮起的微风，将它的气味送到了我的鼻子跟前，我循着那气味，推开虚掩的门，走到了后院里，最后，在一座高大的灶台背后，我找见了穷途末路的二领导。显然，远远地，它也闻见了我的气味，看见我之后，一点也不觉得惊讶，而是先对我惨笑了一下，再低下头，用两只前肢死死按住了右后腿上的一处伤口，但是，无论它怎么按，鲜血都在汩汩地往外涌，我便赶紧脱下自己的衬衣，递给了它。它接过衬衣，只愣怔了一小会儿,马上就明白了我的意思。接下来,它张开嘴巴,用利牙咬住衬衫,三口两口,将衬衫撕成一条一条,如此,简单的绷带就算做成了。随后,我赶紧在它身边蹲下,再用撕碎的衬衫将它的伤口绑缚好,每回稍一用力,它就疼得浑身打战,满脸也都是汗,可它终究还是忍住了,没发出半点声息来。

"这样下去不是办法——"眼见得鲜血还在从绑好了的绷带里渗出来,我只好去提醒它,"得赶紧去医院!"

它却先对我挤出个笑来,又摇了摇头,吐出两个字:"不去。"

也是,现在去医院,弄不好就是自投罗网,但我们总不能一直待在这里,想了想,我问它:"能找个什么落脚的地方吗?"

"没有,"它先痛快地回答我,再喘了口气,告诉我,"……我还要赶路,去找个人。"

我多少有些糊涂:"找谁?赶多远的路?"

它又疼得连嘴角都抽搐了一下,跟我说了个地名,可是,那地方离这里至少有两百公里,我被它吓了一跳,连忙问:"你疯了吗?"

它却深深地吸了一口气,扶着灶台,龇牙咧嘴地站起身来，往前走出去了两步，再转过身来，面对着呆滞的我，说："……你走吧，别管我了。"

九

怎么可能不再管它呢？最后的结果，是我终究没有一个人跑掉，而是先搀着它，再背着它，一路奔向了后半夜的大海边。这一路啊，为了逃脱警察们的追捕，我们走得太难了，也幸亏它是一只猴子，张望着去眼观六路，再突然停住去耳听八方，这些，全都是它从娘胎里带来的本事，凭着这些本事，最终，我们逃过了警察们布下的好几个卡点，几乎是连滚带爬地，一步步，挪向了大海边的一片芦苇地里。说实话，要不是当年在艺校里念书时每天练早功打下的底子，我背着它根本就跑不了多远，可是，谁能说清是何缘故呢，就连它自己也提醒了我好几次，要我放它下来，它自己走，我也还是强撑着没听它的。直到我们钻进了芦苇地，我才将它放下来，再搀着它，走向它的目的地。它的目的地，是在这片芦苇地的尽头，据它说，在那里的一块礁石之下，它常年都藏着一条船，之所以要藏这条船，为的就是事情紧急的时候用它来跑路。"你疯了吗？"听它这么说，我不再搀它，停下步子，再一指芦苇地之外的大海，"这么大的浪，你有命下去，还有命上得来吗？"是的，雨虽说停了，刮了一整晚的大风却从未止息，一遍遍拍打着海浪，再迫使海浪升高，一道道砸向礁石和芦苇地，以至于，我们越是往它的目的地走，海浪砸在礁石上之后变成的余浪就越是重重地扑向了我们两个，实际上，跟我们正在淋着一场暴雨也差不了多少。

二领导自然不会轻易被我劝住，就算它跟跄着被芦苇绊倒了好几回，但是，每一回倒地之后，它都把自己那条不争气的腿当成了别人的腿，恶狠狠地看着它，满脸都是恨不得要举刀将它砍断的样子。哪怕爬，它也还是要朝着它的目的地爬过去。我终归看不下去，到头来，还是搀起了它，像电视剧里被打败的匪兵甲和匪兵乙一般，残喘着，奔向了从礁石上飞溅而来的余浪之中。其实，在来的路上，我背着它的时候，它已经对我说过了，就算死，它也要死在大海上，原因是，从前，每回犯了事，当它被派出所抓住，就演回一只平庸的猴子，出来给它顶着的，就是今天被我过了目的众兄弟，尤其那个名义上的大领导，早已不知道代替它被拘留了多少回。今时却不同于往日，队伍散了，都被知了哥收买过去了，光被收买过去，其实也不打紧，大不了，以后它再去纠集新的队伍，可最要命的是，从前，它之所以能回回脱罪，凭的是众兄弟众口一词地将它排除在了各个案子之外，它只需要做回一只猴子即可，现在的情形则完全不是当初了，别的不说，单说今晚的爆炸和绑架，只要那大领导带着剩下几个兄弟一口咬定它是主犯，再签字画押，那么，它的下场，就只能是乖乖被送到四川的动物园里去，果真如此的话，它还怎么当这马妃店的老大？果真如此的话，叫它活着，还不如让它直接淹死在大海里拉鸡巴倒！当然了，它也不是被吓唬大的，能在这马妃店待这么久，它也给自己留了不少后手。它留下的最大后手，是一个报社记者，后来从报社辞职了，专做自媒体，在网上有好几十万粉丝。他们两个，堪称是结拜兄弟，就连对方辞职后创业的启动资金，也是它投的。现在，它虽说迎来了灭顶之灾，但是，只要它避开了今晚的搜捕和盘查，去到某地，找到它的结拜兄弟，再让他放出猛料来，它就不信，它会被关到四川的动物园里去，它就不信，马妃店这地方从此会没了它的名号！

"你都有什么猛料？"芦苇地里，海水汹涌着倒灌进来，我们的腿脚被浸泡的时间长了，身上打着寒战，就连我的嗓音，也是哆哆嗦嗦的，"……要是有猛料，为什么要等到现在才放出来?"

"谁的猛料都有,凡是他们的一把手,我都跟踪过——"听我这么问,二领导竟忘了疼痛,咧着嘴巴,不自禁地笑了,"行贿的,违规卖地的,搞破鞋的,睡未成年小姑娘的,什么料我都有。"

"为啥要等到现在才放出来?"它竟自问自答了起来,"因为今天摊上的事儿够大呗!猛料,可不都是用来救命的吗?"

"可是,你的兄弟们,都已经签字画押了,"我提醒它,"口供都录完了。"

它接着笑起来,但是,可能是一直在失血,它越笑,脸色就越是显得惨白:"口供录好了,就不能翻供吗?"

停了停,它又说:"他们会翻供的。"

这时候,好不容易,我们两个——匪兵甲和匪兵乙,总算来到了芦苇地的尽头,可是乖乖,平日里的滩涂早就被奔突不止的海水淹没殆尽了,就连那块藏了船的礁石,也仅仅只能从海水里冒出个头来,可偏偏,那条电动船却还好好的,虽说一直在浪头与浪头之间颠簸游荡,但竟然一直没有倒扣倾覆。见它还好好的,二领导一下子来了精神。"你走吧,"它定定地看着我,意思是,再也不用拖累我了，又利落地告诉我，"我也得走了。"然而，我并没有走，眼见激浪仍在升高着迫击过来，又听见更远处的大海上也在不停传来交错的涛声，琢磨了一小会儿，我试着去提醒它，如果它此行只是去找做自媒体的兄弟放猛料，那么，它其实完全可以不用这么铤而走险，打个电话，告诉对方，那些料都有什么，相关的视频和录音又放在哪里，不就行了吗？要是词儿太多，这个电话完全可以让我来打，它又何必非要大半夜地跑到大海上去自寻死路呢？它却全然听不进去我的话，嗤笑了一声，像是在嘲笑我的幼稚，再告诉我，它现在要是不跑，到了天亮之后，光天化日之下，它就想跑也跑不掉了。今天晚上，动静弄得这么大，那傻×，也就是知了哥，已经把这一仗当成了自己的最后一仗，至少，平日里他跟派出所之间还是遮遮掩掩的，今天干脆就彻底摊牌了，为了啥？为的就是那场我马上要登台讲课的大活动。这场大活动，吸引了各地来的好多人不说，本地的领导也跟知了哥许了诺，这活动要是大功告成，领导有了面子，活动一结束，他就要专门为那傻×举行一次庆功会，授予他某某荣誉称号，到了那时候，那傻×不就彻底洗白了吗？他在这马妃店的老大位置，不就坐得更稳了吗？所以，无论如何，这一回，他都不会放过自己,所谓的要把自己送到四川的动物园里去,不过是个幌子,他真正的目的,是要杀死自己,既然如此,它还待在这马妃店才叫自寻死路。再说了,过一会儿,等它渡过眼前的大海,找到了自己的兄弟,兄弟连心,其利断金,兄弟的手里拿着猛料,再一一打去电话宣称采访,实际上则是逐个威胁,到了那时候,试问马妃店各位真正的大佬,谁他妈还敢不紧急叫停那傻×要办的大活动?

眼看着二领导不再理会我,顶着越来越大的风,走进了齐腰深的海水,再向着它的船一步步挪动,可是,脚底下的淤泥实在是太沉重了,被困住之后,它想赶紧拔出腿脚,稍稍动弹一下,又疼得不敢将它们拔出来,我便再也忍不住了,扯着嗓子问它:"万一,你那兄弟,不给你放猛料,咋办呢?"

"非放不可。"它的身体僵直了一会儿,再回答我,"他要是不放,我就放他的。"

事情竟然是这样!见它又挪出去了几步,莫名地,我竟哽咽了:"为什么非要当老大不可?你让傻×接着当老大,不好吗?"

听我这么问,它的身体轻微地抖动了一下,转过身来，冲我笑，也不知道为什么，它越笑，就让我觉得越凄凉："我都变成这个样子了，你，你们，才让我停下？"

"……停下吧。"我的眼睛里，也涌出了眼泪，"跟我走吧小丹东，咱们还是像在通州一样，有我一口吃的，就不缺你一口吃的。"

二领导却耐心地弯下腰去，轻轻拔出了腿脚，试探着，又往前蹚出去了一步，这才回头："停不下啦——"

它顿了顿，像是叹息了一声，又接着说："别忘了，我是被你们惯坏的，也是被你们玩坏的。"

我压根一句话都答不上来。

它便又凄凉地笑了，环顾着海水、礁石和芦苇地，像是在对我说，也像是在对夜幕笼罩下的一切说："这他妈的，不就是个动物园吗？"

说罢，它闭上嘴巴，像是与我和它身后的一切都彻底了断了，再不往回看，继续往前走，每走一步，就停顿一会儿，耐心地拔出自己的腿脚，一点点，奔向了它的那条船。然而，漫天的大风在骤然间变得更加狂暴起来，海水便只能被它们驱使着，几乎快吞没那块只冒了个头的礁石，就连那条电动船，接连撞上礁石之后，也卡在一处石尖上，停止了颠簸和游荡，如果就此下去，再有那么两三分钟，激浪定会将无法动弹的船彻底吞掉。眼见得如此，二领导心急如焚，它先是定定站住，再吼叫一声，为自己鼓了劲，接着，它便忍住剧痛，不要命地在海水里奔行了起来。只是，它怎么都不会想到，和它一起奔行的，三两步就跑到它前面去了的，还有我。对，我仍然没有丢下它。它还呆愣着不明所以呢，我却已经跑过它，甚至又放弃了奔跑，直接扎入水中，扬手，蹬脚，朝着那条电动船游了过去。等我游到那块礁石边上，脚踩着礁石，先解开系着船的绳子，让它终于能够动弹，再坐进了船身，天知地知，我的全身，就像是被什么东西给掏空了，仰卧在船里，跟着它颠簸游荡了才几秒钟，我便觉得一阵无法抵挡的恶心，张开嘴巴就要呕吐起来。可是我，哪里还敢浪费分毫时间？最后，也只好强忍住接连不断的恶心，坐直了，再去拉响发动机，随即，电动船朝着二领导利剑一般驶去。你说巧不巧，就在我和电动船离开那块礁石的一瞬间，那块礁石便被海水彻底吞掉了。

"你这是要干什么？"见我将电动船停到它跟前，二领导不自禁地退后了一步，连连问我，"你这是要干什么？"

"这不是，一命还一命吗？"我伸手去拉扯它上船，它却没有回应我，我只好再跟它说，"你救了我一命，我还你一命。"

它却疑惑了："……我什么时候救过你的命？"

"行啦行啦，你就别跟我在这儿装啦——"我嘻嘻笑着，再擦去脸上的海水，"你扔炸弹的时候，再往前扔一点，我还有命跟着你到这儿来？"

"没有，我是故意只扔到饭桌上的，"它愣怔了一下，连连摇起头来，"你想，我要是真把那王八蛋给炸死了，事情就闹大了，我反倒做不成老大了。再说了，那炸弹的威力，本来就不大，炸不死人的。"

停了停，它朝着那片被海水冲击后弯腰倒伏下去的芦苇，努了努嘴巴："别管我了，你快走吧。"

它没想到的是，我不但没有被它说服，反倒拉响了电动船的发动机，顿时，电动船呼啸着，驶离了它，但也只稍稍离开了一小段距离，我就让电动船又停下了，再回头，笑嘻嘻地去看它，意思却是再明白不过："要么赶紧上船，要么，我他妈就把船给开走了！"它盯着我，看了好半天，总算看明白，我绝不是在跟它开玩笑，这么着，它便也只好慢慢地蹚到船边，再一咬牙，爬上了船。到了这时，我才看清楚，它右后腿上的那条绷带，早就被海水冲走了，鲜血仍在汩汩涌出，那条右后腿，也一直在止不住地抽搐着战栗着。"还他妈的跟我在这儿装！"不知何故，我竟嗔怪起它来，敲了敲船舷，再跟它说，"我就不信了，你一只死猴子，比我还会开船？"事已至此，除了任由我来做主，它还能怎么办呢？它认了命，默默坐下，平视着兴风作浪的大海。我一边将船开出去，一边又想起了当年在通州，我第一回见到它时的样子。那时候的它，孤零零地坐在一棵香樟树上，像个走丢了的孩子一般，既不攀爬，也不张望，只是安安静静地坐着，就跟现在一模一样。所以，有那么一小会儿，我差点便忍不住，想去摸摸它的头，还有它的脸。可是，当我时隔这么久之后才好好去看看它的时候，却一眼看见，它的脸上，竟然多出了好几条疤痕。我当然不知道这些疤痕的来由，但也大致能猜测得出，正是它们，才让它发了疯一般要做这马妃店一带的带头大哥吧？

果然，并没过去多久，它就发起了疯。趁着一拨海水退回到大海之中，我们的船，也顺风顺水地往前行进了一小会儿，但却只是暂时的，等到另一拨海水咆哮着堆成巨浪，再向我们涌来，不可抑制地，我们的船竟然再也不能向前，反而被浪头裹挟着，一步步地后退，一步步地后退，直至最后，巨浪降下，我们也跟着降下，巨浪再化作稍缓的波涛，我们又被波涛与波涛夹杂着，翻卷着，回到了最早出发的地方。天啦天啦，这可如何是好？正在我六神无主之时，它，小丹东、萨默少爷和二领导拼凑成的那个它，猛然间便发作了。它一把将我推开，夺过方向盘，拉响发动机，顺着刚刚退去的海水，再一回，将船开进了大海，转瞬之后，船身便与崭新的扑面而来的巨浪迎头撞上了。就在船与巨浪遭逢的一瞬间，它嘿嘿冷笑着，将马力开到最大，两只眼睛死死地盯着先行奔来的浪头，刹那间它就变了身，变成了顶风作案的雨夜屠夫，变成了马上就要对受害者动手的开膛手杰克，管你是谁，我也要手起刀落，管你是谁，我也要开膛破肚。只可惜，那些巨浪再一次羞辱了它，我们的电动船，已经开到了浪尖的最高处，下一秒就要越过浪尖，一道强风袭来，整道巨浪就像是打了强心针，碾压一切般扑向岸边，到头来，我们的电动船，还是乖乖地再一次回到了最早出发的地方。"你是不是又想跟我说——"到了此时，它不再是一只猴子，而是变作了一头中枪后垂死挣扎的独狼，双眼通红，像是要渗出血来，忽然间，它问我，"你是不是又想跟我说，回去吧，别当他妈的什么老大了？"

"对，"我不知道，它为什么会突然这么问我，但也如实向它承认，"……是的。"

"……哪还回得去？"它又问我，"再说了，回哪里去？"

它问住了我，哪怕搜肠刮肚，我也想不出个答案来。

"我早说过了——"就在我旁顾着左右，拼命地想想出一个答案的时候，它却一把将我推下了船，等我踉跄了好几步，终于没有摔倒，再抬头去看它，它和它的电动船早已远离了我，却又戛然停下。然后，它看看我，再依次指着身边的海水和芦苇地，还有依稀亮着灯火的整个马妃店地区，对我说："都他妈想看耍猴，好吧，我就让他们看看，我这只猴，到底耍到什么时候，才会被耍死！"说罢，发动机又被拉响了，第三回，在顺风顺水地往前行进了一会儿之后，它和它的船，又被铜墙铁壁般的巨浪挡住了去路，不同的是，它竟没有加大马力，而像是跪地称臣的俘虏，被驱赶，被奴役，漂到哪里算哪里。眼看着它已毫无还手之力，须臾之间，那君王般的巨浪也放松了警惕，开玩笑一般，将它颠簸着推上了半空，可是，偏偏是在半空里，在整条船即将坠下的一瞬间，电动船的马力被开到了最大，我眼睁睁地看着，它和它的船，掠过一簇浪尖，再掠过一簇浪尖，最终，整道巨浪被它远远甩在了身后。是啊，它是只猴子，但是至少现在，巨浪和波涛都没能把它耍死，它和它的船都活下来了，此一去，显然还有数不清的风高浪急在等着它们，最后，它们是死是活，也只有天知道，可好歹在此刻里，当巨浪化作余浪，整个海面迎来了暂时的平静。远远地，我竟听见它背起了诗："君问归期未有期，巴山夜雨涨秋池……"我哽咽着，原本想跟着它一起背，话都要出口了，却又莫名地止住，反倒在心底里默念了好几遍南唐后主李煜的句子："独自莫凭栏，无限江山，别时容易见时难。"

十

实际上，许多时候，我都怀疑，尽管我明确无误地去过那个叫作马妃店的地方，但是，在那里，我真的遇见过小丹东、萨默又或二领导吗？还是说，那艰难又虎口脱险的一夜，不过是我为了对付我实在无聊的生活，在一次眩晕和昏倒之后给自己硬生生造出来的太虚幻境？我还记得，那天晚上，当我目送二领导消失在大海上，刚转过身去，想要回到街镇上去，尾随而来的一道巨浪就拍打在我身上，可能实在是因为太累了，我被拍倒在芦苇地边上，就此陷入了昏迷，再醒过来时，已经是两天之后，在马妃店第二医院的病床上。一醒过来，我便逢人就问，是否听说过二领导的最新下落，让我震惊的是，他们竟然告诉我，这几天马妃店就没有过什么爆炸和绑架，而且，在这里，更是压根就没有过一只什么猴子来称王称霸，本地一等一的大哥，除了知了哥，还有谁敢跟他争一争短长？我当然不相信我听到的这些鬼话，我甚至怀疑，我没活在尘世上，而是活在一部什么悬疑电影之中，眼前这些诡异的医生、护士和病人，之所以对我鬼话连篇，不过是因为，他们正在一起对我掩盖着一桩什么骇人听闻的秘密。所以，瞅了个空子，我跑到大街上，还是逢人就去打听二领导的最新下落。更加诡异的是，不管我问到谁，每个人的答案都是一样的，那便是，在马妃店地区，从来就没有过一只我嘴巴里的猴子。哪怕我斗胆跑进了派出所，拉扯着警察们，完完整整地，将那晚的审讯、追捕和逃亡都讲述了一遍，最后的结果，是我被他们当成了一个疯子，再被他们好言相劝着要将我送回到医院里去。最后，我只好跑去了北方圣殿大酒店，心里想着，也许，只有知了哥，才是布下整张大网的人，好歹我也得从他那里知道，整个马妃店的人都想将我一整晚的记忆涂抹掉，到底图的是个啥。可是，你猜怎么着？那知了哥，听完我的问话，先是将我的手拽过去，在他的脸上摸了一遍，再问我："妹子，你好好看看，哥哥我，脸上哪里被炸伤过？"然后，他又可怜起了我："妹子，不就是没让你上台讲课吗？钱我也没少给呀！你看看你，这么点小事就发了疯，这要是下一个风口来了，你可怎么接得住啊？"

但是，我才不相信他们的鬼话呢！在离开马妃店之前的几天里，跟二领导相见的那条僻静的巷子，知了哥养着私生子的城中村，还有我们告别时的芦苇地和那块礁石，以上诸地，我不顾所有人的劝阻，全都去找了一遍，说什么都要找到二领导在此地存在过的蛛丝马迹，终了，却什么都没找到。只不过，找不到又怎样？找不到，就能够说明，我在马妃店的种种遭际只不过是一场镜花水月吗？不不不，要知道，自打我从医院的病床上醒过来，二领导的气味就能随时随地飘到我的鼻子跟前来，有时候，它从医院背后的小树林里飘来；有时候，它又从大街上成群结队的骗子们中间或某个小餐馆里飘来。时间久了，我也就不再找它了，我大概也能猜得出，那晚的奔逃，很可能并未给它带来它想要的结果，也许，它压根就没见到过那个做自媒体的记者,那又怎么样呢?以它的脾性和抱负,很显然,它还是瞒过了所有人,又偷偷回到了这马妃店,深藏了功名,像《水浒传》里说的,"恰如猛虎卧荒丘,潜伏爪牙忍受",假以时日,谁说它不能等来东山再起的那一天?二领导——算了,还是让我回到当年,回到通州的动物园,叫它小丹东吧,毕竟我也要离开这人人都叫它二领导的马妃店了——小丹东,也像是听到了我在心底里说了无数遍的那些话,一直都游荡在我的周边,就连我坐上火车真正离开马妃店的那一天,它也还是来给我送了行,尽管我看不见它,但我分明知道。临别的最后时刻,我越是靠近进站口,它的气味,就越浓。

我还是老老实实地承认了吧,之后好几年,可能是因为我总能闻见小丹东的气味,时间长了,我便能货真价实地看见它了。我离开马妃店之后不久,各城市纷纷展开了对老鼠会的打击,不仅那些老鼠会的老大和核心成员,就连好多活跃在一线的活动讲师,也都被抓去坐牢了,吓得我赶紧转行,跑到三亚的一个高尔夫球场去做了执行经理。在三亚,我嫁了人,又生下了我儿子,要命的是,我儿子,竟然是一个孤独症患者,从他生下来到现在,只会一个人蹲在角落里画画,从来都没有叫过我一声妈。更要命的是，我儿子生下来不久，我才发现，我前夫，其实是个假富二代，债台高筑不说，就连我们的房子，都被他瞒着我抵押出去了好几次。我们离婚的那天，他还要抢走我平日里开着的车，我当然不给，他便当着儿子的面，将我揍了个鼻青脸肿。也就是在这时候，一股我熟悉的气味，从车外的椰子林里飘荡出来，飘进了车里。在这股气味的刺激下，当我再去看窗外的大海，一下子，我便想起了当年在马妃店的大海上小丹东驾船而去的样子。猛然间，我的身体里就生出了崭新的气力，抓起手边的笔记本电脑，迅速对我前夫展开了反击，一下，两下，三下，我用笔记本电脑敲打着前夫的脑袋，一直将他打晕了过去。到了这时，我再往椰子林里看去，依稀看见，一只猴子，在目睹了我的胜利之后，正从一棵椰子树上跳到了另一棵椰子树上。我知道，那就是小丹东，我还知道，如果我力有不逮，它一定会从椰子树林里闪身出来，再跟我一起痛打落水狗的。

离婚之后，我带着儿子，回到了老家生活。回来后没多久，一场大疫发生了，有好长一段时间，我们被封闭在家。我自小就父母双亡，在这城市里，几乎算得上是举目无亲。有一天，我正在租住的小区里做义工，稍没注意，小区的门卫也没看住，我儿子不知怎么就跑出了小区，这下子，可算是要了我的命。不光小区里的人，甚至连防控指挥部都派出了不少人，带着我，满大街里找儿子。其时的城市近于一座空城，平日里的犄角旮旯，现在全都一目了然，要找到一个人可说是再好找不过，可是，那么多号人几乎跑断了腿，整整一天，愣是没找到我儿子。哪知道，到了深夜，当我绝望地回家，刚进小区，我就闻见了那股熟悉的气味，当即，我的身体就战栗了起来。"小丹东，你在哪儿呢？"我站在原地里，不管不顾地对着四下里大吼了起来，"小丹东，我也没人能指望得上，我只能指望你给我把儿子找到啦！"四下里都黑黢黢的，没有任何回应，可是待我稍稍稳住心神，却发现那股熟悉的气味正在越来越浓地飘向我家所在的门洞。这下子，我就像是遭到了电击，赶紧跑进门洞，噔噔噔地一口气爬到顶楼，却一眼看见，我儿子正好好地坐在家门口，拿着一张白纸在上面画画呢！我流着眼泪，赶紧狂奔过去，一把搂住了儿子。就算我明明知道儿子不会回答我任何问题，我还是忍不住去问他："你……是被它送回来的吗？"

儿子一如既往地不理会我，只顾着在白纸上画下一根根线条，一边画，嘴巴里又一边在嘟囔着什么，我蹲在他身边，听他嘟囔个不止，越听，心里就越是发紧。

"却话巴山……夜雨时？"听着听着，我一把捧住了儿子的脸，心都提到了嗓子眼里，再问他，"你背的，是这句吗？"

儿子却不再接着背了，仍在嘟囔着的话，也不再是我之前听到的那一句了。最终，我还是不甘心，牵着儿子，下到一楼，再在小区里胡乱转悠了好半天，可是，漫天遍地里，哪有小丹东的半点影子呢？还有，渐渐地，那股我熟悉的气味也完全消失了，不管我怎么伸着鼻子在这里嗅嗅，在那里嗅嗅，唯一能嗅见的，只有无处不在的、弥散着的消毒液味道。眼看着天色渐晚，上线开直播的时候到了，我只好匆匆牵着儿子回了家——刚回老家的时候，为了多谋一点生计，我考了一个烘焙师的资格证，正好，疫情防控期间，闲着也是闲着，我就干脆在一个短视频网站做起了烘焙直播，却一直都没火起来，我的直播间里，最多的时候，也就十几个人而已。尽管如此，这门庭冷落的直播间却总能让我得到一些收入，原因是，那个网名叫作李商隐的榜一大哥，可能是瞎了眼睛，也可能是酒喝多了，时不时，就会在直播间里给我送火箭送飞机送跑车。每一回，只要收到了礼物，我就会立定鞠躬，连声说着感谢,他却从不跟我多说一句废话,来了就刷礼物,刷完了就飘然而去。我也追到他的主页里去看过,但是,那主页上,除了一个大大的"佛"字用来做头像,别的就只有一片空白。这天晚上,我才上线了十分钟,榜一大哥又来了,可真是豪横啊,他一来,就给我刷了一辆跑车。我刚要起身,去对他鞠躬感谢,却一眼看见手机上的小区住户微信群里,好多人都在说,刚刚,他们看见一只猴子从小区里跑出去,钻进了附近的一片榉树林里。刹那间,我便大惊失色了,也顾不上感谢我的榜一大哥,狂奔到窗前,拉开窗帘,一个劲地张望着小区外的榉树林,可是,到处都是黑黢黢的,我的眼睛都快盯瞎了,也没看见小丹东的只身片影。

算了,我还是暂时放下小丹东吧,要知道,哪怕疫情结束了,我的日子,也并没有好过多少,反倒越来越入不敷出,所以,我得赶紧给自己找出一条新的活路来。琢磨了再琢磨,我决定,还是得做主播,只不过,得转去新平台做才艺主播才行。所以,我先给自己置办了几套尺度大一点,但又不破坏直播间着装规定的行头,就此开始了才艺主播生涯。毕竟有过当演员的底子,唱歌跳舞什么的,于我不是什么难事,这么着,没过多久,我的新直播间里的粉丝，就从几十个人上升到了几百个人，一晚上下来的打赏，已经让我非常满意了。这时候，我儿子的身上，也发生了一件大事——不久之前，一家由权威的专家开办的孤独症诊疗中心在这城里开了张，我原本也知道，我儿子所患的孤独症是重度的，根本就治不好，可时间长了，各种关于那家诊疗中心治好了多少孤独症孩子的传说多了，我也就起心动念，带着儿子去找了医生。哪知道，诊疗中心的主任，马教授，竟一口咬定，我儿子的病还有救，只不过，第一期的治疗费用就得三十多万。当我一听马教授这么说，心脏顿时就狂跳了起来，不要说三十多万，就算卖光我身上的血，这病也得治啊！当天，为了尽早把儿子的首期治疗费凑起来，我打破直播尺度，穿了更暴露的衣服，也跳了更违规的舞，果然，直播间里的粉丝人数就噌噌噌往上涨了好多，只可惜好景不长，播了还不到一个小时，我就被平台做出了封号一周的处理。

在被封号的一周里，我也没闲着，到处去找这城里我相熟的人借钱，但是大家的日子都不好过，借了好几天，收效甚微不说，好几个人干脆删去了我的微信和电话，我也只好作罢，继续蜷缩在家里，好好琢磨别的才艺主播都是怎么做成高人气的，满心里，只指望着我重新开播的那一天会有个不错的收成。这天晚上,我正趴在别人的直播间里偷艺呢,眼见得屏幕上的火箭飞机跑车满天飞,我的心里蓦然一动,想起了我做烘焙直播时候的榜一大哥。李商隐,就赶紧去了他的主页面,再一回看见了他头像上那个大大的"佛"字。不过,这一回,我却有了新的发现:那个"佛"字,其实是写在一座寺庙的墙上的。仔细盯的时间久了,我竟觉得,我其实是在哪座寺庙里见过这个字的,我赶紧拿这张图放进搜图软件去搜索。不料,一放进去,那软件就给了我一个答案,这张图上的寺庙,好巧不巧,正是我刚回老家时就去上过香许过愿的仙童寺。老实说,这一晚,我都没怎么睡着,满脑子里想的,都是那个素昧平生的榜一大哥李商隐,直至最后,我下定了决心,不管怎样,我都要再去那仙童寺里走一走,说不定,在那里,真有什么机缘让我得见榜一大哥,让我把他拽到我的新直播间里来。好吧,我也不怕丢人,实话说了吧,只要他继续给我打赏,乃至打更多的赏,就算他要泡我要睡我,为了我儿子的病,我也认了。

如此,在时隔好几年之后,在经过了漫长的疫情之后,我又一回见到了我的故人,小丹东。说起来,还是它先跟我打招呼的。第二天一大早,我便去了仙童寺。这仙童寺，虽说只是一座建好没几年的新庙，却殿宇众多，石阶漫长，道路也幽深曲折，哪怕正是冬天，我也逛了满身的汗。不知不觉间，我逛到了一座石塔之下，刚坐下来歇口气，哪知道，下一秒钟，我就霍然从石凳上起了身，死死地盯住了塔顶，再不去看别的地方。还有，我的心脏，迅疾之间，就像是被一根钢针扎了上去，一抽一抽的，一抽一抽的。是的，这仙童寺里的所有菩萨都可以给我做证，千真万确，我看见了小丹东，现在，它就端坐在那座石塔的塔顶上冷淡地看着我。其实也不是，与其说它冷淡，倒不如说是我一眼看出了它的疲惫。良久之后，它终于开口问我："……你来这里干什么？"

"他们都说你没去过马妃店——"奇怪的是，我第一时间想到的，竟然是遥远的马妃店。像是沉冤总算得雪，我竟没去管它，对着北方失声喊起来："谁说它不会说人话？谁说它没去过马妃店？"

它却像是什么都知道又随他去的样子，又看了我一阵子，再问我："你来这里干什么？"

我还是没回答它，闭上眼睛，低下头，将我这几年下来身边的古怪事飞快地想了一遍，一下子，全都想通了，就哈哈笑着，再反问它："我就知道，上回把我儿子送回家的,是你!对不对?"

"……不是我。"它不耐烦地看着我笑完,再缓缓告诉我,"自打来到这儿,我就没出过庙门一步。"

"对了对了,我直播间的榜一大哥——"一下子,我又想明白了更多的事,"那个李商隐,其实就是你,对不对?"

"什么直播间?什么榜一大哥?"它越来越不耐烦,指了指远处的庙门,"跟你说过了,我就没打这儿出去过!"

"别演了小丹东!"突然,我的眼眶红了,却还是在笑着跟它说,"我他妈早该知道,你舍不得我,一直在给我当保镖呢!"

"想什么呢?"它皱着眉头,也撇着嘴,"我是被我师父带到这儿来的。"

"你别不承认,"我定定地看着它,"我知道,你就是冲我来的!"

"马豆芽,别烦我啦……"接着它沉默了好一阵子,只顾低着头,攥着一个手机,像是在刷短视频,瞬时里,短视频的背景音急促地在林间响起,却更让它心烦意乱。它叹了口气,突然起身,趔趄着,缓慢走下了塔顶。我还以为,它是要从塔顶上下来,再与我好好相见,哪知道,我等了好半天,也没等来它,等我追过去,塔内塔外,早就没了它的影子,也不知道从哪里幽幽传过来一句话:"别烦我啦,回去吧。"

十一

显然,小丹东低估了我,那天,在那仙童寺里,我跟它两个,捉迷藏一般,周旋了几乎整整一个上午。要我说,它的身手,实在是大不如前了,有好几回,要么是在山石上,要么是在哪棵树的树杈间,眼看着它快要被我逮着,它当然不甘心,先是极力去挣脱我,再就地往下一跃,我还等着它接下来飞奔而去的动作呢,结果,它却摔趴在地上,好半天都起不了身,这么一来,我倒是被它吓住了,赶紧要去搀它起来,手刚伸出去,却又被它满脸的怒意给震慑住,只好将手止住,再眼睁睁地看着它一瘸一拐地走开。如此反复了好几次之后,我决心不再纠缠它,而是径直跑向了方丈室。一路上,我都在琢磨着如何跟方丈介绍自己,再如何请求方丈就此放了小丹东,让它跟我一起走。虽说这仙童寺确实是一处上好所在,可那小丹东，终不过是红尘中的凡夫俗子，还是让我来接着做它的饲养员吧！没想到的是，方丈室的门洞开着，那老方丈，含着笑，也早早坐在室内的正当中，就像是一直在等着我的样子，我还没来得及张口，他便让侍立在侧的小沙弥端给我了一碗茶，然后，不紧不慢地，他便对我说起了小丹东为何至此的来龙去脉——两年多前，老方丈还是马妃店邻县一座深山小庙的方丈，有天深夜，庙门被敲响，闯进来的，正是能说一口流利人话的小丹东，对于小丹东能流利说人话这件事，老方丈深知尘世与法海都广大无边，所以也就见怪不怪。听说小丹东是跟仇家火拼又身受重伤之后，他当即就收留了它，再一天天地，帮它养好了伤。

据小丹东自己说，它是在马妃店一带，跟一个叫知了哥的人火拼后受伤的，它跟这知了哥，实在是宿怨，几年里，不是你差点要了我的命，就是我差点灭了你的口，来来回回，到底交战了多少次，连它自己都忘了，只是这一回，它大意了，中了对方的埋伏不说，被打晕之后，糊里糊涂地，还不知道被人打了什么针，一连睡了好几天，在昏睡中，它被关进了一只铁笼子里，幸亏它给自己留了很多后手，对方才不敢直接要了它的命，否则，它连逃到这深山小庙的可能都没有。话说那天，它悠悠醒来，发现自己已经被送到了马妃店邻县动物园的门口，于是，它干脆一直装睡，等到铁笼子打开，众人抬着它，要将它转运进动物园里去，它这才一声唳叫，变作凶神恶煞，咬伤这个人的手，再咬伤那个人的腿，趁着所有人乱成一锅粥，转眼间，它便一溜烟地跑进了动物园背后的深山密林里。在密林里，它乱转了一天，始终无处可去，直到入夜之时，它突然听到了老方丈做晚课时的诵经声，猛然间，它便呆住了，它觉得，那诵经声，就像歌一样好听，而且，它从来就没听过这么好听的歌！它还觉得，那诵经声，就像一记闷棍打在它头上，但是，它却并没有陷入浑噩，而是迎来了彻彻底底的清醒。它甚至觉得，那诵经声，还像是清凉油和一道光，清凉油让它的全身都神清气爽，那道光却在瞬间里穿透了它，让它变得轻盈，直至身轻如燕。所以，还等什么呢？恍惚了一阵子之后，它长啸着，飞奔着，扑向了小庙。

被老方丈治好伤以后，小丹东并没有离开，而是就此在小庙里住了下来，过上了一个出家人的生活，老方丈还给它起了个僧名，叫作不尘。终日里，它都跟别的和尚一样，过午不食，早晚礼佛，只不过，可能还是之前受的伤太重了，再加上当初糊里糊涂地被人打过让它昏睡了好几天的针，它的身体，大损了元气，动不动地就会头晕目眩起来，经常还坐在蒲团上念着经呢，头晕目眩袭来，它完全支撑不住，只好席地躺下，像是在恼怒着自己，经也不念了，而是刷起了手机上的短视频。恰在这时候，老方丈应了一个大施主的邀请，意欲前往南方，去将疫情之后才建好的仙童寺给振作起来，因为实在放心不下，他便将小丹东也一起带了过来。到了南方之后，老方丈才知道，这座仙童寺，其实是一个无底洞，建起它来的人拖欠了一堆工程款，从他接任方丈到现在，就没哪一天不被堵住要债的。还有小丹东，像是也适应不了此地的气候，头晕目眩更加频繁了不说，还多了个哮喘的毛病，总是还没跑两步呢，就要停下来喘上好一阵子。说起来，还真是多亏了手机上的那些短视频———旦喘得厉害，一旦要死要活了，也不知道中了什么邪，它就要去刷短视频。不仅如此，整夜整夜地，它还赖在女主播们的直播间里不走，为了打赏女主播，它竟然还求一个小沙弥帮它注册了一个账号，拿僧名注册当然不妥，那小沙弥，想着它会背《夜雨寄北》，干脆给它起了个网名，叫作李商隐。

话说到这里，老方丈也就不再瞒我什么了："实话跟你说吧，我活不了几天了，它毕竟是只猴子，我要是死了，它总得找个去处，豆芽姑娘，冲着你们的缘分，你就把它带走吧。"

"不不不！"原本，我是想把小丹东给带走，可是，听老方丈这么说，我又慌忙冲他摆起了手，"您这不活得好好的吗？您得好好活呀，以后我只要得了空，就带上我儿子来拜您！"

"生是去处，死也是去处，你有你的去处，它也得有个它的去处——"老方丈还是含着笑，"带走它吧。我当了一辈子的和尚，也有点道行，知道自己还能活几天。"

我的脑子发了一会儿蒙，再问老方丈："那……它会跟我走吗？"

"这不是已经来了吗？"老方丈一指我的身后，我慌忙转过身去，这才看见，不知道什么时候，小丹东已经站在了方丈室的屋檐底下。

说不定，在我见老方丈之前，老方丈便已经先见过了小丹东，而且耳提面命过了，所以，临别之际，我其实并没看到小丹东有多么舍不得老方丈和这仙童寺，它先是在门口跪下，给老方丈磕了三个头，然后，就头也不回地跟我走了。只是，还没走几步，它又突然转身，三两步蹿进了方丈室，也不打声招呼，当着老方丈和小沙弥的面，它竟拉开了立柜上的一个抽屉,在里面胡乱翻找着什么,只用了几秒钟,它就翻出一张老方丈的照片来,再举起来,在老方丈眼前晃了一下,意思是,这照片,它拿走了。之后,它还是不看老方丈一眼,蹿出室外,跟上我,头也不回地接着往前走。又走了没几步,它突然停住,没头没脑地冲我喊了一句:"高血压、高血脂、高血糖,三高,我可是全都有!"

我呆愣了一会儿,反倒跟它开起了玩笑:"不就是三高吗?落到我这个穷人手里,正好。先跟你打个预防针,我可还是缺吃少穿的,过几天你再看看你这三高降没降下来!"

听我这么说,它不服气一般,撇了撇嘴巴,又对我说:"钱,我也没有了……都打赏完了。"

"知道知道,跟我一样,穷鬼一个。"我自顾自地朝前走,"那我可就得给你立点规矩了——我儿子,你以后得给我看着,好让姐姐我腾出空来,好好挣钱来养着你们!"

这一回,它动了动嘴唇,却没说出话来。

我就往回走了两步,一拍它的肩膀:"不是吧小丹东,我当年没给你当过保姆吗?现在让你给我儿子当个保姆就不乐意了？亏着你啦？"

"对了对了，"突然，我想起了一件要紧的事，赶紧问它，"以后，我是叫你小丹东，还是叫你不尘？"

没想到，听我这么问，它竟收住了一脸的没好气，定定地告诉我："不尘。"

"得，"我想了想，对它点头，"不尘就不尘吧。"

这么着，自此之后，小丹东，不不不，从现在开始，就叫它不尘吧，在时隔多年之后，就又和我住到了同一个屋檐底下。眼见得我的榜一大哥变成了它，我也只好断绝了别的念想，每天晚上，我都会把儿子扔给它，再将卧室的门关得死死的，在里面又是唱，又是跳。做直播的时候，我穿得实在太暴露了，在儿子和不尘面前，根本丢不起这个人！实话说，可能是不尘和仙童寺的菩萨们给我带来了好运气，几天下来，我的粉丝越来越多，收到的打赏也越来越多，照这么下去的话，再收上一阵子的打赏，加上我手里的存款，我儿子的第一期治疗费，就差不多能凑齐了。反倒是那不尘，一天天地，全没个修行的样子，终日躺在客厅的沙发上刷短视频，一刷就是一整天。我明明吩咐过它，要它到点就招呼我儿子吃饭，但是，不管我什么时候去客厅，总能见到我儿子一个人躲在角落里画画，餐桌上的饭菜愣是一口都没吃。我不乐意了，再三提醒着它，它这才不情不愿地，拉扯着我儿子坐到餐桌前。奇怪的是，你说它没个修行的样子吧，每过两个小时，它又会准时离开沙发，对着餐桌，倒头便拜，只因为，餐桌上还供着它师父的照片，拜完了，它又赖回沙发上，很快，短视频的背景音，又急速地变换着在屋子里回响。更有一件怪异之事，也常常让我觉得疑惑不止——这不尘，明明还赖在沙发上，可是，我们的小区住户群里，却又有人发来消息，说他们刚看见一只猴子又跑出小区，钻进了榉树林里，这岂非咄咄怪事？难道这小区内外，还有一只不尘的同类兄弟？好吧，如果从小区里跑出去的那只猴子是千真万确的，那么，我身边的不尘又是谁？难道它只是我的幻觉不成？

幻觉就幻觉吧！我只知道，一天天过去，我挣的钱，是越来越多了，那不尘，也渐渐地开始搭理起我儿子了。有一天清晨，我刚下了直播躺下睡觉，迷迷糊糊地，我竟听见客厅里传来了不尘轻微的呵斥声，我竖起耳朵，听了好半天，终于听清，它在教我儿子背诗，背来背去，我儿子只会呜呜呀呀地背出"却话巴山夜雨时"那一句。不尘就烦了，先是呵斥着他，又再教他从第一句开始背起：

"君问归期未有期，巴山夜雨涨秋池……"我儿子却全不拿它的呵斥当回事，卡在他会背的那一句上，死活都不再背别的。这可把它气坏了，几乎是对他吼了起来："你妈咋生出了你这么个儿子来？"听它这么说，我也不愿意了。"我儿子怎么啦？我儿子好得很！"我便扯着嗓子对它喊，"想当年，在通州，你不也是卡着背不下去吗？"听我这么说，它像是仍不服气，闷哼了一声，之后再无声息了，我却从床上爬起来，将卧室的门拉开一条缝，往外看，竟然看见，不尘拉着我儿子，正跪倒在餐桌前，它还不停地按着我儿子的头，要他和自己一起给它师父磕头呢。还有，当我终于将我儿子第一期的治疗费凑够，去诊疗中心缴费的时候，为了让它也见证一下如此不容易的时刻，我死缠烂打，非逼着它和我儿子同去，因为怕它吓着别人，我租了辆车，开进小区，再开到门洞前，才让它领着我儿子下来。到了诊疗中心，我让他们留在车里，我先去缴费，刚下车，发现自己忘了带上身份证，再回车里去拿，却又听见它在车里对我儿子吼叫了起来："马豆芽怎么生出了你这么个儿子来？给我听好了，君问归期未有期，很难吗？"听它这么骂我儿子，我一点也没生气，反倒笑了起来，笑着笑着，就哭了。

那时候，我也好，它也好，都绝不会想到，才过了几天，我的日子，我们的日子，就陷入了一个深不见底的巨洞里。对，我被那家诊疗中心给彻头彻尾地骗了——我儿子才治疗了一次，第二次再去的时候，它就关门大吉了，别说那个马教授了，一整座诊疗中心里，所有的医生和护士都消失了，大到治疗仪，小到墙上的挂画，全都消失了。这下子，所有带孩子来治疗的人都炸了锅，哭声、捶胸顿足声，回响在整整一条街。随后，有人报了警，警察匆匆赶来，没多久就告诉了我们一个事实：这家诊疗中心，根本就不具备任何合法运营的资格。简而言之，它就是骗子用来收割我们这些"韭菜"的，一旦收割完了，他们就跑路了，而且，我们被骗走的钱，其实是很难被追回来的，只因为，之前，我们在这诊疗中心里见到过的那些人，实际上只是些所谓的职业背债人，骗子们早就把公司的股权转给了他们，而他们，要么身患了绝症，根本就活不长了，为了一点生活费才接受了骗子开出的条件；要么就是当了一辈子的滚刀肉，过一天算一天，你就算明天就抓他去坐牢，他也会乖乖地跟你去，反正，要钱是没有的。而那些躲在幕后的真正的骗子，早就跑到境外去了，又或者，这骗局从布下到结束，他们就从来没踏足到国内来过。这可怎么办？这可怎么办？连警察们都这么说，缭绕在我耳边的哭声顿时就变成了号啕声，那些捶胸顿足的人，有好几个干脆直接晕倒在了地上。而我，先是像死过去了一阵子，不管看什么，都是忽远忽近，最后，警察也好，跟我一样受骗了的人也好，还有更远处的那些高楼、车流和立交桥，终于被我看清认准了，我才一边快要将满口的牙齿咬碎，一边小声地跟自己说："不行，谁他妈也别想骗走我的钱；谁他妈的要是不还我钱，我就要了谁的命。"

那天晚上，回到家里，我疯魔了，除了每隔一会儿就拿起手机，去刚刚建好的受害者群里看看有没有什么新消息，剩下的时间，既没开直播，也没管儿子的吃喝拉撒，一个人，躺在沙发上盯着天花板发呆。多亏了不尘，带我儿子吃了饭，又帮他洗漱好了，再送他去睡觉，一直等我儿子睡沉了，它才回到客厅里，在沙发上找了个位置，陪我一起坐下，然后，短视频也不刷了，就那么怔怔地看着我。它果然还是老了，没坐多大一会儿，它就困了，哈欠一个接一个，终于支撑不住，闭上眼睛，还微微打起了鼾，也就睡了三五分钟，它被自己的鼾声惊醒，先是不好意思地看看我，又再三揉着眼睛，逼迫自己坐直了身体。

就这么，我们两个，睁着眼睛，等来了天亮，又等到了临近中午的时候，突然，受害者群里的一个姐妹发来了消息，她说，她找到了那马教授的行踪，他其实是个三十年前就已经下了岗的化工厂子弟小学的老师，晚期尿毒症患者，每两天就要去一家小医院里做一次透析，现在，他正在那小医院里，而那小医院，离我住的小区，不过一街之隔而已。

还等什么呢？接到那姐妹的消息，我便什么也不顾了，连外套都没披一件，就奔出了门去，我以为，不尘会跟着我出来，哪知道并没有。"你可是只猴子，杀了人都不用偿命的！"我站在门口，提醒它，"你上场的时候，到了。"这下子，它才如梦初醒，慌忙跟着我出了门。实际上，自从跟我住到一起，它就没怎么出过门，现在，大敌当前，它也不再管路人的侧视，还有他们接连不断发出的啧啧声，横竖跟在了我身后。哪怕进了小医院，我问明了做透析的泌尿科在哪里，再狂奔着跑过去，不尘也一步不停地跟着我，迎面而来的人们，突然看见一只猴子跑过来，不由得纷纷惊呼，又躲闪不及，有好几个都跟它撞上了，哪知道，它根本就撞不过别人，总是趔趄着一屁股就坐在了地上，它的脑袋也像是被撞晕了，总要在地上瘫坐好一会儿，再张望好一会儿，才能看清我到底在哪里。我还是没管它，愣生生撞开了透析室从里面锁死的门，只一眼，就看见了躺在病床上的马教授。没想到，我遇到的真是个好时候：这个活该千刀万剐的可怜虫，正透析着，全身的器官突然就开始衰竭，现在，好几个护士，正要推着他去抢救。但是，那怎么行？他要是抢救不过来，我去哪再找谁要回我的钱？所以，二话不说地，我就将门给堵死了，说什么都不让护士们推着那可怜虫去抢救室，即使医院的保卫科跑来好几个人，要将我拽走，我也死死地抓住了门框，绝不把路让出来。就在我快要抓不住门框的时候，我一眼看见了站在人群背后的不尘，就愤怒地质问起了它："你就这么看着？连把手都不搭，你是死了吗？"

它却动了动嘴唇，再看看四周围观的人，可能是它自己也觉得，一只会说人话的猴子，实在太过惊悚，最后，什么也没说。

最终，我的手，还是被保卫科的人给掰开了，马教授的病床刚要推走，我飞蹿出去，又拼尽全身力气，抓住了病床，再任由病床拖着我往前走。眼看着就快抓不住了，我还是绝望地回头，面向不尘，既在呼救，也在嘲笑："你不是也称王称霸过吗？你他妈的，不是也绑过人扔过炸弹吗?"

可是，如此紧要之时，它却还是站在原地没有动弹，又朝我不停地摇头，意思是，叫我千万不要犯糊涂，万一真把马教授的抢救给耽误了，他一个本来就要死的人，反倒会把我牵连成杀人犯。我当然不会听它的，照旧抓着病床，被病床拖行。到了这时，保卫科的人也再无法忍受了，其中一个保安，手持着一根警棍，对准我的手腕就是一记痛击，那痛实在钻心，我只好松开病床，愤怒地回头，对着痛击我的保安蹬去了一脚。哪知道，这一脚也点燃了对方的怒火，他竟操起警棍，对准我的头袭来，我下意识地闪避开去，又想让自己的身体有个支撑，就伸出手去，想要扶住旁边的楼梯，刚扶上去，我的手臂，就被一枚长长的铁钉给划伤了，霎时间，鲜血流淌出来，将小半截手臂都染得通红通红的。对方却还不打算放过我，叫嚷着，拽住我的头发，非要把我拽到保安室里去不可。到了这时，不尘才发作了——它先是低头，攒劲，吸气，再抬头的时候，已被马妃店的二领导附体，双眼里射出的，都是逼人的精光，还有，它的整个身体都变得更年轻了，不断咆哮着，蹿起身体，朝那保安压迫过去，那保安瞬时变了脸色，连连后退，却并没松开我，还用我的身体抵挡着它。这下子，它的怒意更甚，不再管我们，而是径直奔上了楼梯，再从楼梯上高高跃下，继续咆哮着，直直地对准那保安而去，落地之前，它的嘴巴，已早早对准了那保安的手臂，再一口咬了下去。这下子，那保安傻了，看看自己的手臂，再看看不尘，眼见得自己的手臂跟我的手臂一样，都被血给染红了，愣了愣，还是惨叫了起来。

十二

实际上，那天，在那家小医院里，我跟不尘和尚，不管我们的动静闹得多么大，到最后，也并未遇到多大的麻烦，说来说去，还是我沾了它的光。它是一只猴子，它是一只哪怕咬死了人，也没法给它判死刑的猴子。所以，在警察们赶来小医院之前，众目睽睽之下，我们两个，还是从众多保安的包围之中脱了身。而彼时的不尘，已经彻底入了戏：快要走出大门，突然又回头，面朝着仍在尾随着我们的保安，嗥叫着，五官都扭曲着，紧追过去，眼看着一桩血案又要发生，保安们吓得魂飞魄散，嗥叫得比它还要厉害，纷纷跑散了。但是，一回到家中，它便再也绷不住，现出了原形：它先是抱着头，在沙发上瘫坐了半个小时，真就是一动不动地，只要动一下，它的头就会晕。其间，它起身了几次，也试着来回走了几步，结果，刚一迈开步子，它便踉跄着，又赶紧抱着头逃回到了沙发上。还有，它的呼吸声，明显比平日里粗重得多，它的喉咙里，甚至像是藏着一个风箱，呼扇呼扇地，呼扇呼扇地，它压制了这声响好多次，可根本就压制不住。我还在百无聊赖地等着受害者群里发来新消息，它像是终于好受了些，竟然凑到我身边，再提醒我，上线开直播的时间到了，我简直被它气笑了。"要不你去吧——"我恨恨地盯着它，"没准儿，大家还挺爱看一只猴子又是唱又是跳的。"听我这么说，它也就不再招惹我，讪讪地，到餐桌前跪下来，给它师父磕了几个头。哪知道，磕完了头，它又挤到我身边，像是在问我，也像是在自言自语："……也不知道，那个人，死了没有。"

"你搞没搞错——"我当然知道它说的那个人是谁，除了马教授，还能是谁呢？我也早就从微信群里知道，那个王八蛋活下来了，而且，一活下来，他就跑出医院，不知道躲到哪里去了，所以，听它这么问，我又被它气着了："你搞没搞错，被骗了的是我，你怎么不问我死了没有？"

"要不……"千想万想,我都想不到,它竟然这么劝我,"要不,算了吧。好好开直播,把钱再挣回来?"

它的话还未落音,我就腾地站起了身,逼视着它:"我他妈的,可就只用你当了这一回打手!这么快你就嫌我麻烦了?"

"不不不……"它赶紧为自己解释,"我是说,那些人,也全都是些可怜人——"

"可怜人?比我更可怜?"这一次,我不仅被它气笑了,而且还是冷笑,"当过几天和尚就很牛×吗?就众生皆苦我佛慈悲了吗?"

"我的意思是——"见我已是歇斯底里,它停了停,却还是不退让,"我的意思是,都是可怜人,也还不回来钱,还不如再开直播,再挣钱……"

"滚。"我只对它说了这一个字,除此之外,我再也不想对它多说一个字了。

也许,不尘说的其实是对的,但如果我真的能将那些被骗走的钱忘掉,又何至于陷入越来越大的疯魔之中呢?那天,在医院里,我的手臂被一枚长长的铁钉划伤过,按理说,就该好好地打上预防破伤风的针,而我却没有,不尘劝了我好几次,我只嫌它烦,反倒每天带着它出门,再凭着受害者群里发来的多半都会被证明无效的消息，四处奔走，绝望地寻找着那些职业背债人的下落。果然，没过两天，我的身体就出问题了，成天都在发烧，既像活在这世上，又像没活在这世上。看起来，我的腿脚还在大街小巷里奔来忙去，可是，我的魂魄，早就离开了我，不知道飘到哪里去了。时间长了，我的眼前便总是出现幻觉：一时间，我看见了我被骗走的那些钱，甚至更多的钱，都在从天而降，再将我罩得死死的；一时间，我又看见我儿子的病彻底好了，不再被孤独症缠身的我儿子，那可真是一个可人儿啊，一边在我眼前奔跑，一边时不时地回头叫我，妈，妈，妈，我便傻呵呵地笑着答应他，我在呢，我在呢，我在呢。见我这样，不尘又来劝我，赶紧去医院看看，可千万不要再耽搁了，我则呵呵冷笑着，叫它滚一边去，别再跟我废话。当然了，我自己是知道的，当此如丧考妣之际，我可不能让它真的滚一边去，要不然，我怎么拿它来当我的打手乃至武器呢？要知道，在巨大的疯魔中，唯一能够让我觉察出自己尚且不是行尸走肉的，也只剩下它了——那帮活该千刀万剐的混账玩意儿，你们等着，不尘，我手里这把杀人不用偿命的宝刀，迟早会要了你们的狗命！

可是，终究我还是想错了。这天，我和受害者群里众多的兄弟姐妹，突然得到一个消息：另一个职业背债人，当初在诊疗中心里假扮过护士长的一个小姑娘，就住在某某小区里。不用说，一得知这消息，我们便马不停蹄地赶了过去，没想到的是，就在我们赶到之前的几分钟，那小姑娘跳了楼，死了。可能是还在高烧着的原因，我的耳朵特别好使，即使隔得远远的，我也听见了警察们说起那姑娘的声音。他们说，那姑娘其实是个富二代，她爹有钱得很，只不过，她妈死得早，她爹又给她娶了好几任后妈，她才负气跑来了我们这座城里，从来不跟她爹联系不说，还炒起了比特币，这才把自己逼到了去当背债人的地步，但是现在，听闻了她的死讯，她爹已经在来我们这座城的路上了。真可谓是说者无意，而听者有心，越听警察们这么说，我就越愤怒：她爹既然这么有钱，为什么不替她把我被骗走的钱给还上？所以，我也是被怒火给蒙了眼，竟然命令不尘，要它去把那姑娘的尸首从警察手里给抢过来——对，我就不信，尸首在我手上，那姑娘她爹会不还我的钱！

听我竟然这么命令它，不尘诧异得连嘴巴都合不上，最终，它还是叹着气，对我说："……算了吧，好好过日子吧。"

"怎么着,这么快,就把马妃店的打打杀杀都给忘了?真的立地成佛了?"一下子,我又被它气疯了,指着眼前的警车、那姑娘刚刚跳下来的高楼和更加广大的街区,告诉它,"这儿,这儿,还有这儿,全他妈都是我的马妃店!我也得跟你一样,打打杀杀!"

"可这儿不是马妃店。"它竟回了我这么一句,又莫名其妙地跟我说,"……你都脱相了。"

"少吓唬我!"我愣了愣,接着冲它喊,"我他妈脱相又能脱到哪儿去?等着看我的粉丝多了去了!"

听我这么说,它像是完全忘掉了我要它来抢尸首的命令,反倒一把拉扯着我,走到了咫尺之隔的一个湖的边上,再冲着湖水,对我说:"不信你自己看看。"

看看就看看,我伸出头去,好好去看湖水里的自己,要我说,我非但没有它说的什么脱相,而且,因为一直在发烧,整张脸上就像被抹上了一层红晕,看上去,简直比我任何时候都年轻,所以,我还是冷笑着,指了指自己的脸,再问它:"怎么着,你不满意吗?我怎么这么满意?"

"幻觉。"哪知道,它却硬生生地回答我,"你看到的，是幻觉。"

我还正想着怎么去辩解，一瞬之间，它却像是被什么击中了，先是一脸震惊地朝四下里眺望，然后，它闭上了眼睛，嘴唇轻轻地嚅动着，默念了几遍"阿弥陀佛"，再睁开眼睛，定定地看着我："我要回庙里去了。"

"什么？"我难以置信地看看它，再看看正在关上车门的警察们，就这么点工夫，那姑娘的尸首已经装殓完毕，被抬上了殡仪馆的车里。说话间，警察们的车，殡仪馆的车，就要全开走了，一下子，我就哭了，我哭着冲它喊："其实，我也知道，你这是觉得我疯了，你要是还在我身边待着的话，仗着手里你这把刀，杀人不偿命，我还会更疯，所以你不想搭理我了，想让我停下，可你想过没有，你要是走了，钱更要不回来，我他妈不就更疯了吗？"

"回去开直播吧——"我们的不尘和尚，却压根不理会我的话，而是径直对我说，"我师父，死了。"

"至于吗？"见它铁了心，又见警察们的车和殡仪馆的车双双呼啸着开走了，我笑了起来，"你要滚蛋就滚蛋吧，何必咒你师父死呢？"

"我师父——"它双手合十，又对我说了一遍，"就

153

在刚刚,死了。"

说罢,这不尘,就这么离开了我,一步一步地,消失在了夜幕之中,自此之后,我便再也没有见到过它了。只是,我其实根本就不相信,它会真正地远离我和我儿子,即便在它宣称自己要回到仙童寺的当天夜里,我蜷缩在沙发上睡去,迷迷糊糊地,我还是闻见了它的气味,正从小区外的榉树林里一缕缕飘荡过来。"小样儿,我还治不住你了?"我睡眼惺忪地歪了歪头,对着隐约可见的榉树林喊了一声,"有本事你别回来呀!"到了白天,我的疯魔还在继续,它的气味也越来越浓。日子一天天过去,不仅是我,受害者群里的几乎所有人,都越来越抓狂,终于,有一天,大家做了一个决定,那就是,接下来,这些受害者,将会各自抛弃自己的孩子,任由他们失踪,失踪的孩子多了,媒体关注多了,我们被骗走的钱,也就有了还回来的可能了。当然,这些孩子的失踪,其实是我们刻意制造出来的:我们不过是把自己的孩子送到另一个受害者的家里藏起来了而已。说实话,这主意是我想出来的,那么,第一个将孩子抛弃的人,也应该是我。那天,在我送儿子去另一个受害者家的路上,越往前走,不尘身上的气味就越浓,我四处张望了好多回,一如既往,并没能看见它的影子，但它分明就在我边上，我甚至还能听见，它对我冷哼了一声，我也知道这声冷哼的意思，无非是对我的不齿，可是我能怎么办？不尘长老，请你听我说，这些年，我一直在失败，这一回的失败，不过是提醒了我，也许，这一生，我都将被漫无边际的失败给裹得死死的，也许，我只有成为更大的笑话，迎来更多的失败，才能摆脱近在眼前的失败，一句话，我对我的失败上瘾了。

更大的失败很快就来了。我儿子在另一个受害者的家里才待了三天，我已经去派出所报了失踪，也请好几家自媒体的人喝了咖啡，并且再三拜托他们，写报道的时候，标题一定要耸动一点，哪知道，我儿子，竟然真的丢了。这天下午，藏着我儿子的家庭里，有个老人突发了心脏病，只好送去医院，就没什么人顾得上我儿子了，也不知道是什么时候，他一个人溜了出去，等这家人从医院里回来，我儿子早就没了踪影。这家人当然报了警，也查了监控，而且已经知道，我儿子是被一个人贩子用电影《捉妖记》里的那个名叫胡巴的玩偶给骗走的，他和人贩子最后消失的地方，是一片辽阔而杂乱的城中村。真是报应啊，听到这消息时，我才刚刚在微信朋友圈里读到了第一篇关于我儿子失踪的报道,一下子,我就乱了方寸,赶紧奔出小区,朝着城中村的方向赶过去。紧赶慢赶,四十分钟后,我终于来到了那片城中村附近,却猛然发现,它紧挨着的,不是他处,而是久违了的仙童寺,我也总算明白了,为什么我离这城中村越近,不尘身上的气味就越像是无处不在。既然如此,我便没急着进村,而是绕到了仙童寺的门前,再冲着寺内,一遍遍地喊叫着不尘的名字,但是,除了一群乌鸦被我的叫声惊动,嘶鸣着从几棵乌桕树之间飞了出来,满世界,都没有什么别的动静,我只好就此作罢,一个人,不要命地疯跑着进了城中村。

说来也巧,我刚刚进村,劈头就碰见了那个人贩子,他怀里抱着的,正是我儿子。一见之下,我当然就声嘶力竭地叫起了我儿子的名字,我儿子听见我的声音,也蹬踏着大哭起来,那人贩子当然不会就这么与我撞上,而是掉转身,往村里跑回去,我儿子手里攥着的三张画画的白纸,也撒在了半空中,很快就被风吹远了。到了这时,我才想起来去提醒那人贩子,一口一个"大哥"地叫着,再央求他:"大哥你就放了他吧!我儿子是孤独症,不对,是白痴,是傻瓜,你留着也没用,放了他吧!"只是,他怎么会信我的话呢？见我儿子还在不停地蹬踏着，他心生了恼怒，一边往前跑，一边握紧拳头砸在了我儿子脸上，把我的心都给砸碎了，也让我咬牙切齿地想要变身为一头母狼，一定要追上他，一定要撕碎了他。可是，这村子，跟迷宫没什么两样，我追着追着，一转弯，就把人贩子和我儿子给追丢了。天啦天啦天啦，这可怎么办？饥不择食一般，我只能胡乱地拐进一条巷子，再疯跑着，大声喊着我儿子的名字，好在是，我儿子还在继续哭，他的哭声在哪里，我就能紧追到哪里去。很快，我竟然跑出了偌大的城中村，再眼睁睁地看着人贩子跑上了背后的一座并不高的山峰，那山峰之下，正是仙童寺。这时候，我实在是没力气了，刚追到半山腰，我就摔倒在了一堆乱石中，头也磕得不轻，眼前全是小星星在半空里胡乱飞舞。不过，多亏了这一磕，让我冷静下来，爬起身之后，眼观了地势，没再径直追上去，而是往与那人贩子相反的方向跑远了。是的，这人贩子只要一意向前，迟早都会抵达仙童寺的后门，而我跑远的方向，才是离那里最近的。

最终，在仙童寺后门口的一块巨石背后，我甚至埋伏了一小会儿，喘够了长气，才等来了人贩子和我儿子。显然，这个混账王八蛋也没了力气，脸色煞白煞白的，呼哧呼哧着,一步步地往前挪动着,还等什么呢?我再也等不了一秒钟,从巨石背后现身,愣生生跳下去,死死抱住了对方。对方吓了一跳,先是将我儿子砸在地上,紧接着,他操起身边的一块石头,说话间,便要朝我的头上猛击过来,但是,正在此时,我儿子,却含混不清地喊了一句什么,反倒让那人贩子稍一愣怔,举着石头的手也僵直在那里,迟迟没有对我动手。他没听清我儿子在喊什么,我却听清了,我儿子喊的是:"……却话巴山夜雨时!"

我的傻儿子哎,都什么时候了,喊这些有什么用呢?罢了罢了,你妈我,今天,只怕要死在这里了。正在我胡思乱想着,想要跟他交代一句临终遗言的时候,他却又喊了起来:"却话巴山夜雨时!"

接下来,奇迹发生了。之前,在城中村里随风飘走的那三张白纸,不知何时,飘到了这里,听到我儿子的呼喊声后,它们停在我刚刚跳下来的那块巨石上空,定住了,再也不飘走了,那三张白纸上,无非都是我儿子胡乱画下的线条,现在看起来,却有一种说不出的诡异,活似三张从天而降的神符。我也好,人贩子也好,全都呆住了,怔怔地看着它们,以至于,他忘了用石头砸我,我也忘了抱起儿子夺路狂奔。紧接着,更加诡异的事发生了:在微

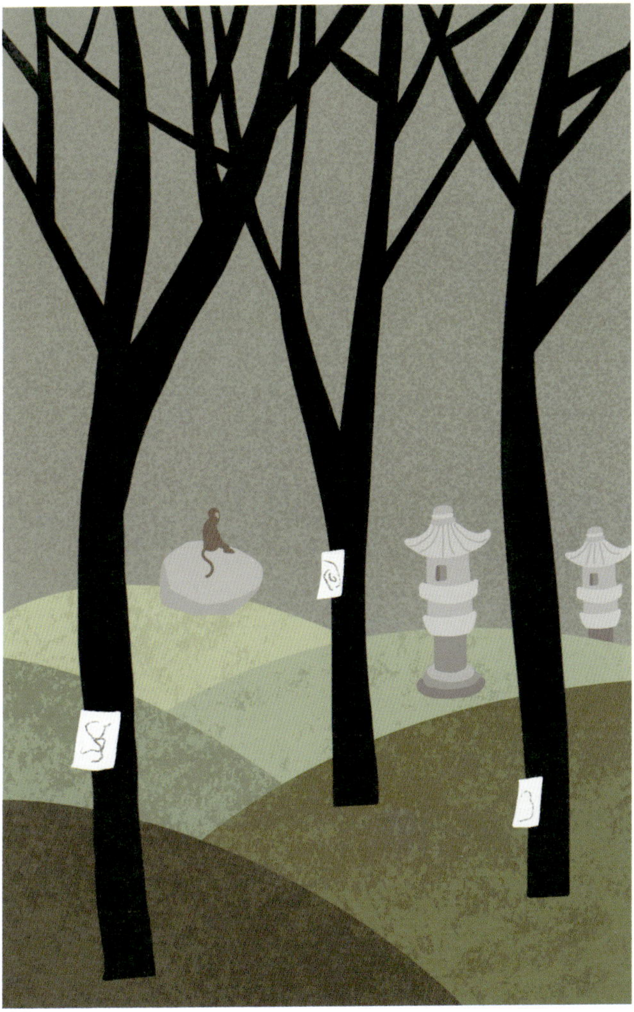

它甚至觉得，那诵经声，还像是清凉油和一道光，清凉油让它的全身都神清气爽，那道光却在瞬间里穿透了它，让它变得轻盈，直至身轻如燕。

——《夜雨寄北》

风中，那三张白纸开始挪动，再上下排列，合为了一张完整的白纸，等我再定睛看时，竟赫然发现，那些被我儿子胡乱画下的线条，凑在一起之后，变成了一幅画，画上画的，是一只猴子！而且，这猴子，哪怕化成灰我也认得它，千真万确，它是我的故人，从前，它叫过小丹东，也叫过萨默和二领导，现在，它叫不尘和尚。好吧，诸佛在上，在这慈悲之地，我还是叫它不尘吧。画上的不尘，一直高悬在半空，那双眼睛，精光四射地看着我，还有人贩子和我儿子，以至大地上的一切。我也好，人贩子也好，一时之间，都像是刚刚触犯过天条才流落至此，于是，只好被震动，被慑服，不自禁地，低下了头去。待我们再抬头时，那只画上的猴子不见了，取而代之的，却是一只真正的猴子！只见这猴子，精气四溢，不怒而威，满身油亮的毛发都在证明着它的年轻和利落。这还是不尘吗？如果不是不尘，那么，它又是谁？再看那人贩子，已经全然被眼前之事给吓傻了，那块本来要砸向我的石头，也早已掉落在地。良久之后，他才恭恭敬敬地，给巨石上端坐的那猴子磕了三个头，再站起身来，一边后退，一边双手合十，不停地参拜着，渐渐消失了踪影，留下我，仍然被震动，仍然被慑服，仍然觉察出一股巨大的罪孽正在我的体内涌动，并且时刻都想从我的体内冲出去，被清理，被洗刷，直至片甲不留。而那只我再熟悉不过却又觉得根本不认识的猴子，还在带着笑意看着我呢，不不不，它其实是在看着大地上的一切。最后，可能是它已经看见，我和我儿子，全都安然无恙了，于是，也就不再留恋，它站起了身来，也没给我留下一句什么，就往密林里走了进去。它刚往前走了两步，在它的身边，花叶开始了颤动，百鸟开始了欢鸣，之前，因为它的现身而止住的微风，现在又开始了吹拂，真是说不出的清凉。

"你到底……是不是不尘？"最后，我还是止不住地去问它，"还有，你是要回庙里去吗？"

它沉默了一会儿，回答我："……哪有什么庙？"

它的话还未落音，我便被焊死在了原地，只因为，当我不经意地回头，再举目四望，却赫然发现，我们根本不在一座名叫仙童寺的寺庙中，那些宝殿与禅房，那些僧寮与石塔，无缘无故地，全都消失了，而它也在消失。所以，顾不上震惊，我扯起嗓子，对它大喊了起来："你跟我回去吧，我接着开直播，接着养你！"

到了这时候，它才轻轻地笑了起来，是的，尽管我看不见它的脸，但我也知道，它是在笑着的，它笑着跟我说:"那我就接着给你刷火箭刷飞机刷跑车。"

然后,它继续往前走,花叶仍在颤动,百鸟仍在欢鸣,转眼之间,枝杈和藤蔓就遮住了它,我再也看不见它了。可我终究不甘心,一手抱着儿子,一手拨开枝杈和藤蔓,跟了上去。一路上,我这里嗅嗅,那里嗅嗅,寻找着它的气味,一直往前走,走着走着,我就像走到了一面镜子之中,在镜子里,我先是看见了开直播的我,那个我,刚刚从烤箱里端出烤好的核桃酥,正打算开始我这辈子的第一场直播;我还看见了身在马妃店的我,那个我,快步如飞地走出了火车站,就好像,一笔天大的讲课费正在等待着砸向我;接下来,我还看见了身在一间高级公寓之内的我,那个我,煎炒烹炸,莳花弄草,忙得那叫一个不亦乐乎;最后,我也看见了在"最可爱"大歌厅里当服务员的我,那个我,一边恨恨地打扫着包房,一边又忍不住掀开窗帘,时不时地去眺望远方的动物园。可是,不知道为什么,在镜子里,我一直都没有看见小丹东和萨默,也没看见二领导和不尘和尚,一直到最后,当我从镜子里走出来,往四下里看去,也只见到满山苍翠,身前身后,都是说不尽的郁郁葱葱。站在山头上,我闻见了鲜花的味道,闻见了草籽的味道,甚至闻见了从天空中掉落的鸟粪的味道，可就是闻不见一只猴子的味道。"好吧，"我便目送着早已看不见的它，再对它说，"我就把你送到这里了。"

木棉或鲇鱼

即将登陆的这场台风，菲律宾给它起的名字，叫作木棉。可是，这名字冒犯了老挝的一个少数民族，音译过去，恰好与他们膜拜的一位神灵同名，因此，老挝气象局打破惯例，自行给它起了个名字，叫作鲇鱼，意思是，这场台风，就像河底的鲇鱼，以淤泥、腐殖和小鱼小虾为食，是不洁和令人厌弃的。不用说，于慧的新婚丈夫，老欧，喜欢第一个名字——木棉，想当年，释迦牟尼在灵鹫山说法，又拈花示众，众皆默然，唯有迦叶尊者破颜领会，于是得传金缕袈裟，这金缕袈裟，另外一个名字，就叫作木棉袈裟——自打中风又恢复以后，老欧便信了佛，也不光是信佛，道观、关帝庙、龙王堂，甚至杭州西湖边的岳王庙，只要见到，他便一定会长跪不起，为的是他那没有好利索的半边身体，赶紧彻底底地好起来。直到今年春天，机缘殊胜，老欧认识了一位上师，这上师，开设了一门课程，名叫悉达吠陀，真是神奇啊，自从上了这门课，老欧的半边身体，竟然一点点好转起来，不用说，也是因为上师的开示，老欧和于慧，这对新婚的夫妻，才横穿了小半个中国，来到这座岛上。但说实话，关于那场即将到来的台风，要是问于慧的意思，在木棉和鲇鱼之间，她更喜欢鲇鱼这个名字：上岛以来，各条海岸线上，浊浪拍岸，海水穿过一道道防浪堤，不停地灌进岛内；还有那些塑料做的沙滩椅，被狂风卷上半空，一遍遍拍打着他们租住的酒店公寓窗户，这不是成千上万条鲇鱼精从大海里爬上岸来作魔作妖，还能是什么？再说了，这岛上的淡水湖里，原本就出产一种鲇鱼，但满身都是剧毒，那剧毒的名字，叫作金黄色腺体脱氢鳞状细胞毒素，早些年，好多人吃过它之后食物中毒，送了性命。一度，这种鲇鱼，还上过好几种药学辞典，后来，岛上的人对它们展开了灭绝式的捕捞，渐渐地，就再没有人见过它们吃过它们了。

其实，老欧非要来这座岛，和于慧还是有关系的。自打他们相识，她就没少跟老欧说起这座海岛，年轻时，她至少来过这座海岛十几二十次，怎么能不对他常常提起这里呢？她的第一个丈夫——小田，对，她一直叫他小田——就在这座岛上当兵，那时候，作为一个炊事兵，每隔几天，小田就要去几十海里外的另外一座小岛上，给在那里驻守的战士们送菜；只要她来探亲，便会陪着小田一起去。通常，他们会在晚上出发，小田开船，她就坐在新鲜的蔬菜中间，看着天上的星星、海面上涌起的白雾，还有偶尔从海水里跳出来的鱼，再闻着海风味道、茄子西红柿的味道和小田身上散出的汗味，每逢这样的时候，她总是忍不住，搂住了小田，在他脸上，在他身上，不要命地亲，到了那时，小田便将船停下，也去搂她亲她，甚至，他们会将自己脱光，做爱，海浪溅在他们赤裸的身体上，凉凉的，却只能让他们粘得更紧。可惜的是，自始至终，她都没能给小田生个孩子，是她的问题，多囊卵巢综合征，她却一直不死心，每一回，当他们在船上做爱，最后的时刻，她都会把两条腿夹得紧紧的，生怕错失了怀孕的机会。小田却总是笑着，让她平缓下来，又对她说："没孩子就没孩子呗！这辈子，我给你当儿子，你给我当闺女……"

俱往矣。现在，她已经五十好几，和小田早早断了缘分，当她以为自己注定孤身终老之时，传说中的黄昏恋竟然来到了她这里：经人介绍，她嫁给了老欧，想当年，老欧绝对算得上是名动一时的人物——倒回去二十年，作为国有机械厂的厂长，他雷厉风行，一手主导了企业改制，几乎一夜之间，他让两千多工人下了岗；然后，自己从银行贷款，买下了工厂；再经过多年经营，企业起死回生不说，更是连年都成了利税大户，各种荣誉称号，什么什么突击手，什么什么时代先锋，就没有哪一年从他身上丢掉过。他唯一的女儿，早早移民到了波士顿，要不是突然中了风，他给自己定下的时间，是把企业干到七十五岁再谈退休。事实上，他也真是有一颗虎胆，哪怕中了风，也丝毫都不信邪，医生和女儿叫他卧床静养，他偏不，咬着牙，硬是从床上爬起来，报名参加了悉达吠陀课程，渐渐地，奇迹发生了：除了右侧的半边身体还没有那么灵光，试问当初那些跟他一起住进医院的中风病人，谁比他恢复得更好？也就是在这个时候，老伴去世了六年的他，全不管女儿的反对，一心想要再婚，于是，有人给他介绍了刚刚从一家民营医院退休一年的护士于慧，两个人认识还不到两个月，火烧火燎地，老欧就娶了于慧，大概的原因是：于慧根本不像之前跟他接触过的别的女人，别说惦记他的钱了，她连过去的他是何等人物，竟然一点都不知道；不光他，医院之外的任何事情，她都像是不知道，他跟她说起当年自己如何九死一生才安排好好几千号下岗工人，她睁大了眼睛，又可怜他："这样啊！"他跟她说起自己为了使企业重新上路，跑到广东别开新路，出了车祸差点死掉，她又睁大了眼睛，还是可怜他："这样啊！"更别说，中风之后的恢复期内，没有哪一回不是于慧搀着他去上悉达呋陀课；按照上师的开示，下了课，他还要勤练吐纳打坐慢跑，等等，于慧更不拦着，专门找僻静的地方，陪他去吐纳打坐慢跑。这样一个女人，不赶紧把她给娶了，还在等什么？

老欧自己也承认，在于慧面前，他根本不像是比她还大十多岁，反倒变成了个小男孩，一会儿见不着她，他就急得快跳脚，一刻也忍不住地打电话对于慧撒娇："你怎么还不回来？再不回来，你就别回来了……"

还没过多大一会儿，他又给她打去了电话："我饿了！"

以中风为界，跟过去相比，老欧的确变了个人，苏东坡的诗、戏曲频道播放的歌剧《洪湖赤卫队》选段，尤其是一周三次的悉达呋陀课程，如此种种，都令他伤怀不已：这一辈子，错过了太多好东西了。现在，他再也不想继续错过了：那天，他和于慧，一起看一部冗长的泰国连续剧，看到男女主人公去普吉岛结婚旅行，他当即便攥住了于慧的手，告诉她，他也要带她去结婚旅行，不去别的地方，就去她经常说起的那座岛，于慧吓了一跳，脱口说："这样啊！"紧接着，老欧拨通了上师的手机，向他报告了可能的行程，得到了上师的肯定，然后，他放下电话，再坏笑着去看于慧："我得去感谢一下小田，要不是他，你还说不定在哪儿呢？"如此，这件事，就这么定下来了，距离出发的日子还有三天的时候，老欧的女儿打来了电话，打算紧急叫停他的荒唐，女儿先是历数了他身上残存的一样样毛病，又告诉他，她查过了，一场史上未见的巨大台风，正在太平洋上生成，它要经过的路线，恰好就是他和于慧要去的那座岛，"到了那时候，有命去，没命回来，看看你怎么办？"哪知道，女儿的话彻底激怒了老欧，挂掉电话之后，老欧命令于慧，赶紧把订好的三天之后的票改掉，一刻也不等了，明天一早，他们就走。

第二天，他们坐的是早班机，当飞机结束轻微的颠簸，开始平飞时，老欧问于慧："九九八十一难，你知道吗？"

"八十一难？"于慧没明白老欧的话是什么意思，茫茫然再问他，"……是唐僧西天取经的八十一难吗？"

"正是。"可能是中风之后太久没有出过远门，老欧的脸上，笑嘻嘻地，"实不相瞒，我就是唐僧，我也有八十一难。"

"……"显然，于慧越发不知道该如何去接老欧的话了。

"不过呢，都快度过去啦，"老欧下意识地动弹着右侧的半边身体，"盘丝洞的妖怪，火焰山的魔王，都他妈被我打倒了，我他妈的，不对，还有你，咱们两个，离木棉袈裟护体的时候，不远啦！"

没想到的是，一上岛，老欧就吃起了小田的醋，先是在废弃的军营里，老欧非要去他和于慧当年住过的营房里去看一看，结果，真找到了那间结满了蛛网的营房，又听于慧说起，在这营房里，她和小田，一起学跳过水兵舞，做过麻辣火锅，有一回，还把床给睡塌了，老欧顿时就黑了脸，扔开她的手，一个人气鼓鼓出了营区；当他们路过海岛东岸的一块竖立起来的屏风般的礁石，于慧说起，当年，她和小田，往几十海里外的那座小岛上送菜的时候，每一回，他们的船，就是从这里下水的，老欧冷笑起来，手指着大海，他发了狠："几十海里而已，也没多远嘛，你再等我几天，等台风过去了，我也划船，把你送过去！"

到了晚上，于慧的偏头疼犯了，疼得要死要活，却发现自己这趟出来忘了带药，只好忍着痛，顶着大风，出门去买药，临出门，老欧撒娇，堵在门口，不让她出去，说要买药也应该是男人去干的事，两人正僵持着，风刮得更大了，一只沙滩椅被风卷上半空，砸在他们的阳台上，这么着，事情就没的商量了，她差不多算是生气了，冲他喊："你不要命了吗？"这才让老欧听话，乖乖待在公寓里等她回来。之后，她出了门，步行了差不多二十分钟，总算找到了一家二十四小时都开门的药房，回公寓的时候，却麻烦了：海水灌进了岛内，来时之路全都被海水淹了，不一会儿的工夫，那水就淹到了齐腰深，她只好重新再找一条路，可是，她的头疼得厉害，也晕得厉害，光是在一个空荡荡的美食广场里，她就来回闯荡转悠了半个多小时，死活也走不出去，刹那间，看着在台风季里歇业的那些黑洞洞的店铺——小湘厨、铁锅炖、三千里烤肉——她还以为自己来到了阴曹地府。最后，她总算是冲出了美食广场，风也刮得更大了，闪电一道接连一道，雨水当空而下，几分钟就成了瓢泼之势。完了，当街里站着，于慧一边冻得瑟瑟发抖,一边绝望地想,今天晚上,只怕是回不去了。哪知道,几分钟过后,远远地,她听到,老欧正在喊着她的名字,她盯着前方仔细看,果然,闪电里,老欧朝她奔了过来,天知道他是怎么找到她的!一下子,她的眼泪都快掉了下来。接下来,老欧蹲下,让她趴到自己的背上,对,他要背着她,蹚水回公寓,她当然担心老欧的身体,执意不从,但老欧却发了大脾气,到最后,她也只好乖乖听话,让他背自己回去。刚走出去没多远,老欧便快喘不上气来,她问了一句他还吃不吃得消,"小田,看见没?你老婆,我背着呢!"老欧却愣生生地将脖颈一挺,小跑起来,又对着茫茫雨幕大喊了一句,"我的老婆,我背着,你就别瞎操心啦!"

回到公寓,老欧显然是冻着了,上下牙都在打战,四肢也在哆嗦不止,于慧赶紧打开淋浴,给他冲澡,冲完了,再手持一块干浴巾,将他的身体一点点擦干,擦到他的两腿之间,那里似乎有了反应,动了一下,她看见了,他更看见了;但只动了一下,他们也都只好装作没看见。突然,老欧右侧的半边身体,僵直着,再不动弹,嘴巴也打了结,喊出来的话,一瞬之间就变成了大舌头:"糟,糟了,我好像……我好像又中风了!"这下子,她的魂都快给他吓没了，毕竟是护士，她一把拉开浴室的门，冲到客厅里去找药，临到要出门，老欧却又一把拉住了她，哈哈笑着，对她说："吓你的，我故意吓你的！"紧接着，他坏笑起来，看看自己的两腿之间，再盯着她："再过几天，我会让你知道厉害的——"没等老欧的话说完，于慧这回，是真的翻脸了，将两只手在自己的心脏上捂住了好一会儿，这才没好气地，一把将他推出了浴室。老欧也知趣，不再纠缠，乖乖回到了客厅里。于慧关上门，先是打开水龙头，将水温调凉，拼命冲刷着自己的头，好半天，刀割一般的头疼才稍微减轻，她眼前的一切，也不再是忽远忽近忽明忽暗，她这才拉开窗户，拼命地朝着闪电和雨幕里张望，拼命地找着小田的影子。

是的，就在于慧和老欧短暂分开的这段时间里，一件断然不可能发生的事，发生了：天哪，她竟然，遇见了小田。遇见他的地方，不在别处，正是之前的美食广场，远远地，她看见一个人影慢慢走过来，和她一样，站在铁锅炖的屋檐和招牌底下躲雨，恰好，一道闪电，将他们两个人照亮，霎时间，他们看着彼此，各自难以置信，等到下一道闪电来临，转瞬即逝的光亮里，两个人再一次看清楚了对方——就这么一小会儿，他们的眼睛里，都淌下了眼泪——虽说过去了这么多年,他们都老了,但是,化成灰,她认得他;化成灰,他也认得她。

最终,还是小田先跟于慧说话了:"……我知道,你现在,过得挺好的。"

于慧完全说不出话来。

沉默了一小会儿,还是小田继续说:"你们上岛的时候,我看见你们了……你们,过得挺好的。"

又有什么不能承认的呢?她干脆吸了吸鼻子,对小田说:"是还行,挺好的。"

停了停,她反问小田:"你呢?"

"我?"小田低头,看看自己的厨师服,那厨师服上,东一块油渍,西一块油渍,于是,不无凄凉地,小田笑了,"……我还能怎么样?"

于慧追问他:"这么多年,你一直躲在这里?自己开店,还是给人烧菜?"

"对,躲在这里……在民宿里给人烧菜。"小田又低下了头,可是,再抬头时,眼神里却多出了一丝嘲弄,还不只是嘲弄,那甚至是恨意,他的笑,也不再凄凉,而是像一支箭射过来:"为了嫁给他,没少下功夫吧?"

"不是你想的那样——"于慧慌忙回答他。真的是孽债，这一辈子，只要小田生气，她就会慌张；一慌张，说话时，就像她最早认识的老欧一样说不利索。

小田的嘲弄越来越明显："当初，你不是说好了，不管活到什么时候，都要守着我的吗？"

"是说过，"听小田这么说，一股巨大的委屈，还有愤懑，也迅速地攫住了于慧，她径直反问他，"那你呢？你又对得起我吗？"

如果不是老欧喊着于慧的名字远远找过来，两个人的争辩，只怕还会无休无止地继续下去，所以，当老欧背上于慧，又冲着茫茫雨幕大喊起来："小田，看见没？你老婆，我背着呢！"实话说，彼时彼刻，于慧的心，差点被这句话吓得跳出她的身体：要是依了小田当兵时的脾气，这下子，老欧还有命活着回去吗？奇怪的是，小田像是没听见，一点声息都没发出来，于慧趴在老欧的背上，头脑里倒是止不住的错乱。就好像她和小田，全都回到了年轻的时候，要是有人胆敢逗弄她那么一两句，要么像一把剑，要么像一块铁，或刺或砸，小田都会从各种斜刺里跳将出来，不要命地朝着对方冲杀过去。然而，今时不同往日，于慧等了一会儿，并没有等到小田跳将出来，便只好任由老欧背着自己，一步步往前蹚。也是，其实当年的小

178

田，自打转业，进了工厂当厨师，他就不再是当兵时的小田啦。只不过，即使这样，于慧也知道，小田没离开，他一直都在跟着自己和老欧朝前走，这不，路东的槟榔树与槟榔树之间，路西的凤尾蕉与凤尾蕉之间，总有一个人影，忽而闪现，忽而消失，这要不是小田，还能是谁？

老欧是何许人也？打这晚开始，他便看出，于慧不太对劲，但是，看破却不必说破。第二天，于慧在床上几乎躺了一整天，老欧倒是跑进跑出，给她买吃的喝的，还专门找到岛上的医院，给她买了更对症的头疼药；第三天，一大早，天刚蒙蒙亮，他便叫醒了于慧，要和她去赶海。糊里糊涂地，于慧就被他拉扯着，来到了大风摧折了一晚之后肮脏的海滩上。一路上，头顶上的广播里，正在播报着一则新闻：菲律宾和老挝，还在为几天后那场台风的名字争吵不休。她忍不住去想：还别说几天后，就现在，海滩都已经够脏的了，何止海滩，前后左右，无一处不像个垃圾场，这台风，不叫它鲇鱼，还能叫什么？老欧也听完了广播，却像是对昨晚的风级很不满意，甚至有些恼怒地问她："你说，这场台风，他妈的为什么还不来？"她哪里答得了老欧的话呢？她的头还在疼，世间万物，仍在忽远忽近、忽明忽暗，心底里，也禁不住暗暗疑惑：这么长的海滩，一个人都没见到，海面上，暂时也风平浪静，都没有一道海浪朝他们涌过来，他们两个，这是赶的哪门子海？做梦一般，不知不觉间，她被老欧拉扯着，来到了那块屏风般的礁石前，然后，老欧让她站着别动，当当当，当当当，他用嘴巴给自己奏乐，转而跑到了礁石后面，再现身时，于慧看到，老欧竟然拽着一条船出来了。天知道他是怎么办到的呢？可不管怎么说，他的意思，于慧却很明白：他要兑现自己发下的狂言，划着船，从这里出发，送于慧到几十海里外的那座小岛上去。显然，老欧的疯狂超过了她的想象，她只有愣怔着，站在海滩上，看着老欧将那条船推入海水，再看着他跑回来，攥起自己的手，并排朝着船走过去，临走到船边，于慧如梦初醒，问老欧："你这是不要命了吗？"老欧接口就笑答："谁说不要命了？我的命，硬得很，这点子海水，拿我有什么办法？"话音未落，老欧再将她往前一拽，她趔趄着，几乎倒下去坐在了船上。

好吧，他们出发了，风平浪静的大海，真是好：薄雾正在散去，浑浊的海水也在慢慢清澈起来，一点点细雨降下，打湿了于慧的脸和头发，使她差点觉得，自己回到了特别年轻的时候，那时候，她连小田都还不认识，一切都没开始，一切都像大海一样，空旷，无边无际。可惜的是，他们两个的船，并没划出去多远，就碰到了海警的巡逻船。一见到他们，巡逻船上的大喇叭立刻响了起来，喇叭里的声音警告着他们：台风就要来了，他们必须赶紧回到岸上去，否则，巡逻船就要动用强制手段驱离他们。老欧恨得牙痒痒，可是没法子，他也只好挥动双桨，把船往回划。回到海滩上，老欧生着气，也不理于慧了，一个人，再去将船藏在礁石后面，以待来日，于慧想过去搭把手，哪知道，老欧却一把推开了她。她只好止步，看着他一个人拖拽，一个人忙活，只是，等到老欧消了气，从礁石背后跑出来，举目四望，却再也看不见于慧了，不用说，这是于慧跟他生气了，一个人先回了公寓，这下子，老欧认输了：罢了罢了，还是回去认错吧。于是，朝着公寓的方向，他先是小跑起来，然后变成了狂奔。

但是，于慧并没在公寓里，在公寓里等了好半天，老欧也没等到她回来，他不再等了，出门去找她，这时的他尚且不知，几乎大半天，自己都将奔跑在找她的路上。海滩边的树林、十好几家餐厅、美容院和水疗洗浴中心，好几处网红打卡景点，以上诸地，他全都去找过了；中间，他甚至还哭了一场——经过他们早上分别时的海滩，看着空荡荡的海面，猛然间，他有了不好的预感：难道，就因为自己冷落了她，还推了她一把，她便想不开，一气之下，跳进了大海？果真如此的话，他该怎么办？接下来的日子，又该怎么办？一念及此，老态发作，两行眼泪夺眶而出，怎么忍也忍不住，好在是，一阵伤情之后，他又转念想，无论如何，于慧总不至于去跳海，这才戛然止住，接着去找她，终于，在那条人烟稀少的商业街，快走到头了，一抬眼，老欧看见了于慧。她也看见了他，像是被他吓住了，一哆嗦，消失在了路边的一条巷子里，但是，老欧却看得真切，她不止一个人，在她边上，还有一个男人，两个人还挨得特别近，近得就像是一对夫妻。

接下来，一个追，一个躲，他们两个，兜兜转转，跑遍了商业街和它周边的好几条巷子，在一家良品铺子的门店前，老欧终于截住了于慧，她身边的那个男人，却没了踪影，躲了这么久，于慧也跑不动了，好似待宰之羊，背靠在仿古建筑的粗大门柱上，喘息着，脸色煞白地看着老欧，老欧也不废话，上来就问她："他是谁？"

于慧避无可避，只好照实承认："小田。"

巨大的惊愕袭来，老欧的嘴巴都差点合不上："他，这些年，一直在这岛上？"

"对。"于慧点头,眼神却是涣散的,像是在看老欧,又像没看他,想了想,又补了一句,"我也是刚知道。"

猛然间,一阵眩晕,将老欧裹挟,他的眼前发黑了一阵子,这短暂的发黑,和他第一回中风之前的情形一模一样,顿时,他的心狂跳了起来,站也站不住,往前跟跄了两步,但他拼了命,活生生将自己给定住了,再看看四周,确定自己并不是再一回中风,这才问于慧:"他,想让你留下来?"

"是。"于慧继续承认,"……他想让我留下来。"

"我问你——"到了这时候,老欧才想起那个要命的问题,"你们就这么,就这么逛了一个上午?"

见于慧不解,他便追问了一句:"没干点别的什么,这一上午?"

这一次,于慧明白了,慌忙摇头:"我头疼得厉害,走一阵,就要歇一阵。"

老欧放了心,巨大的怒意却没消退,天上下起了雨,不同于清晨里的细雨,雨珠粗硬得很,老欧干脆仰起脸,任由它们砸在脸上。可能是经受了不小的刺激,哪怕背靠在门柱上,于慧也站不住,想走,又怕老欧不同意她走,捂着头,看看老欧,再看看四周,身体一软,差点倒在地上。罢了罢了,看她这样子,老欧的心也软了,暗暗地,叹了口气,走到她身前,蹲下,让她趴到自己的身上,他要把她背回去,于慧也明白他的意思,听话地趴好。真是奇怪啊,按理说,这辈子,他也没少碰别的女人,可是,每一回,只要于慧挨着他,那两只乳房只要轻轻地蹭一下他的什么地方——他的胳膊、他的脸、他的后背——只要蹭上去,他便什么都忘了,哪怕早已无法做爱,他也只想着跟她腻歪在一起。现在又是如此:在越下越大的雨里,满街的芭蕉叶,片片都显得碧绿肥大,还有那些蕉干,直挺挺向上耸立,全都顶着一朵两朵的瓣叶微张的芭蕉花,而它们,竟然让老欧脸色潮红,直喘粗气,他觉得,那蕉干,是自己,那芭蕉花,是于慧。

老欧并不知道,实际上,于慧对他说的,是假话。在小田的出租屋里,小田推倒过她,也几乎将她的衣服给脱掉,她一直不让,双脚蹬踏不止,其中一脚,蹬在了小田的胸前,看她这样,小田也泄了气,站到窗前,抽着烟,背对她,嘿嘿冷笑:"你也是这样踩他的吗?"她当然无言以对,小田却不打算放过她:"你今年,五十几了?"小田扫视着她,又自问自答:"五十六了。还好,胸还是胸，屁股还是屁股，腰粗了点，不过呢，他喜欢，人人都知道，他最喜欢骑大洋马，我没说错吧？"而于慧，从床上坐起来，将衣服整理好，也不敢看小田，低着头，盯着自己的脚，这双脚上穿着的鞋，是两个人拿证之前，老欧买给她的，产自意大利，漆皮，厚底，每只鞋面上各嵌着一只蝴蝶结，暗暗发着光，小田也看到了这双鞋，"嫁给他，你没少花心思吧？"小田拿自己的脚踩在她的脚上，踩着踩着，他突然喊起来，"对了，你他妈的，不会从那时候就开始想嫁给他吧？"他说的那时候，于慧自然知道是什么时候，她连连摇头，不知道她想起了什么，突然，眼睛就红了："那时候，我怎么可能认识他？"

"也是……"见于慧哭起来，小田也大概猜出了她为什么而哭，声调低下来，问她，"想起烧鞋子的那天晚上了吧？"

于慧抬起脸："你也还记得？"

怎么可能不记得呢？那天，是于慧从厂医院下岗之后的第一个春节，腊月二十八，再过两天，就要过年了，而他们，因为前一年小田的妈妈住院动手术，所有的积蓄花完不说，还欠下了不少债，越近过年，上门要债的人就越多，所以，哪怕已经是腊月二十八，他们两个，还在火车站前的广场上卖衣服。衣服是于慧批发来的，最贵的不超过五十，最便宜的只有五块，下岗之后，她就一直在做这门生意。入夜之后，天上下起了大雪，他们害怕早回家会被债主堵门，就一直熬着，熬到半夜了，才敢往回走，他们的家，在郊区，从市区西北角出来，得翻过两座山，才能到达他们的厂区门口，这天晚上的雪下得太大了，山路上都结了冰，一开始，小田还骑着自行车，驮着于慧，于慧的怀里，抱着一堆没卖掉的衣服，渐渐地，冰层越来越厚，几乎寸步难行，他们刚打算推着自行车往前步行，一个打滑，连人带自行车带衣服，全都跌下了山路边的深沟里。那深沟，连同里头的树和灌木丛，全都结着冰，仅靠徒手，无论如何都攀不上去；而漫山遍野里，除了他们夫妻，再没有过路人，到后来，他们都快被冻死了，为了暖和一点，小田手持着打火机，想去点燃没卖掉的衣服来烤火，可是，它们早就都被大雪浸湿了，根本点不着，这时候，于慧想到一个法子，她找小田要过打火机，再脱下自己的鞋子，将打火机伸进去，点燃里面的人造毛，渐渐地，一整只鞋子都烧着了，起了火，借着火势，他们接着去烧那些没卖完的衣服。一件烧完了，再烧另一件，从五块十块的，直烧到五十块的，全都快烧完了，总算来了一辆过路的货车，他们拼命地喊，那辆货车的司机终于听到了喊声，停下来，扔给他们一根绳子，才将他们吊回到了山路上。

"留下来吧，别跟他回去了，"小田的脸上，淌出了眼泪，他明明白白去求于慧，"留在这里，跟我一起过。"

"你也别骗你自己，我有这个把握，你还是想跟我一起过的。"停了停，小田继续紧盯着于慧，"要不然，在海滩上，我对你一招手，你就乖乖跑过来了？"

于慧自然没法子去反驳他，是啊，真是贱啊，就那么一会儿工夫，老欧还蹲在礁石背后，吃力地将那条船系牢在石孔里，她也只是远远地依稀看见小田对她招了招手，便什么都不管，撒开腿，跑到了他的身边，再任由他将自己带到了他的出租屋里。可是，现在，时隔多年之后，她的合法丈夫，是老欧，她还怎么可能留得下来？隔着窗户，她已经看见了好几遍老欧在岛上来来回回地找自己，再不回到他的身边去，他要是动了雷霆之怒，事情又该如何收场？算了，该走了，她不再犹豫，起了身，要往外走，"你可别后悔，"小田冷声对她说，"我不会拦你的。"他的话虽这样说，见她照旧出了房门，他还是追了出去。

只是这么一来,老欧可就跟发了疯差不多了:之前,清淡的饮食、适量的运动、戒烟戒酒,这些中风病人恢复期内必须做到的戒律,他一直都在坚持;现在,他更要坚持,唯有适量的运动这一项,他下定了决心,不再遵守,而是擅自加大了运动量,以使自己早日变成和小田一样的"正常人",是的,承认了吧,他其实还远远不是一个"正常人":右侧的半边身体,那些看起来的自如,都是他强撑出来的,一旦前后左右都没人的时候,他便撑不动了,再往前走路时,多半只有左侧的半边身体拖拽着剩下的部分吃力地挪动。为今之计,除了加大运动量,还有什么别的法子呢?于是,除了早晚各一次的环岛跑,一有时间,他就要划船,对,那条藏在礁石背后的船,一回回被老欧拖拽出来,再推入海水,自己坐上去,挥桨,一点点划远,远到变成一个海面上的黑点,远到让一直站在公寓窗户边看着他的于慧手脚冰凉,心都提到了嗓子眼里,他才往回划。

这天晚上,天都快黑了,海面上的那个黑点,还没划回来,眼看着天上海上风浪大作,一整座岛上的树都被风吹得纷纷扑倒,海浪也在骤然间升高,一道道向海滩挤压，本地电视台中断了正常节目，反复播报着台风很可能今晚就将经过此地的突发新闻，于慧再也坐不住，攥着手机，冲出公寓，奔到了海滩上，再踮起脚，死命地朝海上张望，可是，茫茫海水间，怎么都看不见老欧和他的船，她给老欧打了几十次手机，每一次，听筒里传来的，都是"您拨打的用户已关机"。这可怎么办？这可怎么办？于慧全然没了方寸，除了对着大海连喊了几十遍老欧的名字，她也再也没别的法子，只有在遍地的淤泥里来回地走，每走一步，鞋子陷进淤泥，要使老大的劲，才拔得出来，好巧不巧地，小田却像个鬼魂一般，悄无声息地，又站到了她身边。

"别喊了，说不定，他早就回去了。"小田提醒她，"这里的风太大，我敢打赌，他是换了个地方，上岸了。"

夜幕浓重，于慧看不清小田的脸，不过，听他这么说，她也好歹松了口气："……是吗？"

"在水库里捞鱼的那天晚上，刮的风也有这么大——"小田却不看于慧，幽幽地，去看被夜幕席卷的大海，黑黢黢的海面上，一点亮光都没有，足以说明，就连那条四处围追堵截的巡逻船，也回到了避风港，小田侧过脸，问于慧，"我没说错吧？那天晚上的风，不会比现在的小吧？"

听见小田这么问自己，于慧的身体，猛然定住，不再左右走动，没敢继续朝着大海张望，也没敢去看小田，只是低着头，鼻子一酸，哭了："我当然记得，怎么可能忘得了？"

是的，只要她愿意，在水库里捞鱼的那个晚上，随时都能像她看过的那些电影一样，招手即来，在她脑子里飞快地过一遍，就像现在，当她抬起头，大海已经凭空消失，换作了当年的那座水库——这座水库，距他们当年的工厂并不远，却与四县接壤，仅水域面积就有六十多个平方公里，因为它接纳的支流甚多，并且还纳入了不少的潜流和暗泉，所以，出产的鱼种便格外多。在所有的鱼中，最被食客们视若至尊的一种，是产量极少的白甲鱼，此鱼其实属于鲤鱼科，但因为常年只吃水底岩石上的着生藻类，别的食物则一概不碰，肉质便格外鲜美，只引得多少董事长、总经理竞折腰。这天，节令正是霜降，小田得到命令，非要去水库里捞回几斤白甲鱼不可，只因为，第二天，好几位大人物要驾临工厂，厂长要招待他们好好吃上一顿。来通知小田去捞鱼的人说，白甲鱼要是捞不回去，他便就地下岗，再也不用回去了。可是，那白甲鱼，从来只在夏天从水底游向水面，其余的时间，一律在水底的岩石附近游荡，霜降时节，他有什么法子把它们捕到手里来呢？

晚上，于慧收了卖衣服的摊，匆忙便往那水库里赶，风刮得那么大，她实在不放心小田一个人待在水库里，果然，等她到了水库边上，小田划着船去接她，大风袭来，她差点就一头栽进了水里。和她想的一样，船舱里，一条白甲鱼都没有，他们两个，瑟缩着，继续划船，来到小田之前布好渔网的地方，一道道拎起来，除了零星的杂鱼，根本没有白甲鱼的半点影子，时间一点点过去，风也大到了快将他们的船掀翻，又检查了好几遍渔网，还是一无所获。终于，小田下定了决心，吩咐于慧在船上坐好，他自己，则准备下船，扎猛子到湖底的岩石边上闹一闹，看看自己究竟能不能把白甲鱼们往水面上赶一赶，听他这么说，于慧一把拽住他的裤腿，"不行，"她失声喊起来，"这会没命的！"风太大了，哪怕她拼了力气喊出来的话，一下子就被风送远了，但是，小田听明白了，他的身体，发了一下颤，苦笑着，问于慧："要不，你说说，还有没有别的法子？"于慧当然没有别的法子，只是拽紧了小田的裤腿，一点也不松开，"听话，"小田将她的手掰开，再轻声叮嘱她，"你坐好，我去去就回来，实在不行的话，咱们就认命。"说罢，他一把推开于慧，从船上跳下去，于慧再怎么阻拦，都已经来不及，下意识地，喊了一声小田的名字，眼睁睁地，看着小田从水面上消失，只剩下水面上扩散开去的波纹，在大风之中，迟迟无法聚拢。好在是，没让她等多久，离船不远的地方，小田现身了，他仰卧在水面上，一口口，吐出了灌进嘴巴里的水，于慧手慌脚乱，刚要挥动船桨朝他划过去，他却一个猛子重新钻进了水下。

回忆至此，戛然而止，就像年轻时看露天电影，胶片烧着了，银幕上不再有什么画面，变作了一块白布，于慧的眼前，水库也消失了，取而代之的，仍是夜幕下的大海。现在，海浪冲破夜幕，犬牙一般，正在一点点向着她和小田奔涌。她刚要往后退避两步，突然，小田的脑子里，也像是过完了好几部电影，又像是明白了一切——整个身体，都在止不住地战栗；他的脸，激动到了近乎扭曲的地步，然后，他一把抓住于慧的胳膊，脸都快贴到她的脸上去。"我知道了，我知道了，你一直都在守着我呢，"几乎是一字一句地，他的眼睛，逼视着于慧的眼

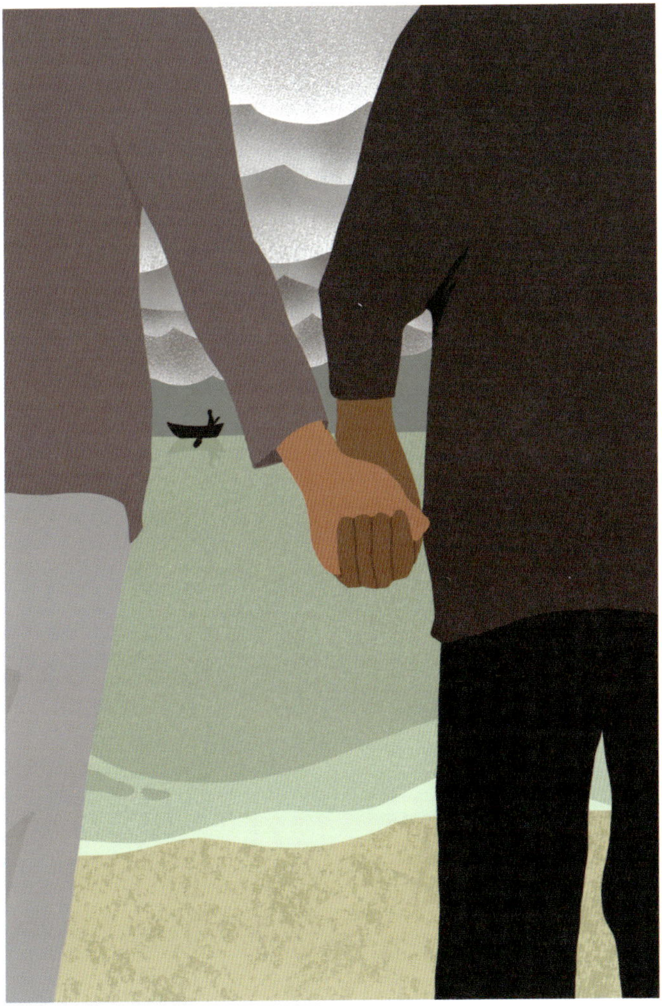

那时候,她连小田都还不认识,一切都没开始,一切都像大海一样,空旷,无边无际。

——《木棉或鲇鱼》

睛,"你带他到这里来,是想要他死在这里,对不对?对不对?"

"……"天大的秘密就此被小田戳破,于慧的眼前,还有她的脑子里,全都又只剩下了一块白煞煞的电影幕布,她看着小田,又像是没看他,再转过身,去看一整座岛,这座岛上,全部所见,树和灯杆、公寓和商业街、灯塔和玻璃栈桥,齐齐地,像躺倒的巨人猛然站起身来,再往下倾塌,说话间,便要将自己和小田埋进海滩上的淤泥里,她赶紧再往后退,退进了大海,全身上下,都被海浪砸中,湿漉漉的,幸亏了小田,一把将她拉回到身边来,而她,却在短暂的时间里经过了好几轮天旋地转,再也忍不住,蹲在地上,呕吐了起来。

小田放下被他戳破的秘密,着急地弯腰,俯下身去问于慧:"你这是,生了什么病吗?"

好吧,也没什么好瞒着他的了,于慧抬头,告诉他:"抑郁症……"

停了停,她又说:"得了好多年了。"

小田迟滞地蹲下,抱着膝盖,看向扑过来的浪头:"我知道,肯定是因为我,你才得的这个病。"

"对,"于慧下意识地回答他,"因为你。"

话都说到了这里,小田也就痛下了决心,"既然你都把他带到这里来了——"小田咬了咬牙,径直对于慧说,"剩下的事情,交给我吧。"

于慧的病又犯了,头疼得厉害不说,眼前的小田忽远忽近忽明忽暗不说,之前,那些倾塌的巨人们,树和灯杆、公寓和商业街、灯塔和玻璃栈桥,一根根,一座座,忽然起身直立,将她托举了起来,所以,她又眩晕着呕吐了,她明明还蹲在淤泥里,却觉得自己身在半空之中,一边吐,一边答应着小田:"剩下的事情……交给你了。"

这天深夜,回到公寓,跟小田提醒过的一样,于慧果然看见,老欧早就回来了,于慧进门时,他正站在硕大的电视屏幕前,盯着电视新闻看,一步也不挪。屏幕上,新闻主播总算宣布,经过好几天的争吵,在国际气象组织的干预下,菲律宾和老挝终于达成了一致,正在到来的这场台风,它被最终定下的名字,还是叫作鲇鱼,这名字当然令老欧不满。"鲇鱼!"见于慧回来,他一指电视屏幕,气恼地问于慧,"你说说,这是他妈的什么破名字?"而此时,那场传说中的台风,果然正在到来,气恼是气恼,也不知道怎么了,这场台风的到来,却让老欧异常兴奋,也是,连日里,他一直都在抱怨,抱怨真正的台风为什么还不来,现在,它总算来了。老欧捏紧了拳头,呆立在原处,就像被多么殊胜的神迹给震慑住了,屏住呼吸,看向窗外,整个身体纹丝不动,之后,他仍不满足,又牵着于慧的手,拖拽着她,一起站在了窗边:一整座岛上,连日里被风吹倒过的树,现在已经彻底匍匐在地,看上去,好似被踩躏过的奴隶们全然放弃了抵抗;狂暴的雨水击打在各处,都发出了轰鸣之声,这轰鸣声,由远及近,像是一旦开始就再也不会结束;比雨水声更加轰鸣的,显然是雷声,那雷声,每响一声,就如十万吨炸药在天空里炸开,不仅让于慧的耳边嗡嗡不止,更让楼下街道上的两只不知去往何处的野狗完全没了方向感,屈膝、低头、蜷缩着,任由雷声一遍遍碾压着自己。然而,老欧的脸上,却越来越兴奋,当他看见一棵槟榔树被拦腰折断,树冠被风吹得东游西荡,迟迟无法落地,反倒飞奔到了自己的窗前,他笑了,闭上眼睛,早早张开双臂,就像是,隔着窗户他也能将它抱在怀里——当然不能,他深吸了一口气,睁开眼睛,告诉于慧:"我这八十一难,快过去了!"

这不是于慧第一次听说他的八十一难了,为了不影响第二天她和小田商量好了的事,再加上,她觉得身边的老欧兴奋得让她几乎不认识,她的心底里顿生了巨大的不祥之感，所以，有那么一阵子，她想好好问问老欧，到底什么是他的八十一难，话要出口，她却变成了刚认识他那时候的样子，脱口就说："这样啊……"

一清早，刚起床，名叫鲇鱼的台风还在它拉开的序幕之中，于慧却头疼得连半步路都走不了，于是，按照前一晚她跟小田商量好的，她问老欧，他们两个能不能换个地方住下，原因是，这家公寓楼的地势太高了，他们住的楼层也太高了，自从住进来，她就一直在头疼；好一点的时候，头也在晕个不停。现在，台风又来了，眼睛一睁开，看到的全都跟地动山摇差不多，再住下去，她只怕真的是一分钟也活不下去了。哪知道，老欧听完她的话，一点犹豫都没有，连声答应了她，赶紧在手机上打开了好几个App，去搜合适的地方，没两分钟，他便挑出了几家中意的，再让于慧来选，于慧捂着头，选定了一家。那是一家紧靠着大海的悬崖上的民宿，其实，说是悬崖，那座山，不过才几十米高，民宿老板耸人听闻，将民宿的名字叫作了"悬崖"。一刻也没停，老欧把电话打过去，订下了一间套房，然后，他便搀着于慧出门了。出门前，于慧问他，没有车，他们怎么走，他却哈哈一笑，回答于慧："放心吧，山人自有妙计。"的确如此，接下来的一切，老欧都成竹在胸——下了楼,老欧让于慧稍等一会儿,他自己则在倾盆的雨水里跑远了;再回来时,开来了一辆电瓶车,他便招呼于慧坐上来,一起向着那家悬崖边的民宿开过去。

离民宿还有一段坡路,大堂门口的那处网红打卡点——一座绿色金属做的风车,已经在望,电瓶车进了水,只好停下,老欧手里拎着两个人的箱子,却蹲下来,还要背着于慧跑过去,于慧跟他说,她完全可以走过去,老欧不听,非要伸出手去拽她,也不知道怎么了,老欧手上的劲,比往日里都要大,他轻轻一拽,她便倒在了他的肩膀上,老欧背好了她,起身,向前跑,一边跑,一边对着茫茫雨幕喊:"小田,看见没?你老婆,我背着呢!"听他这么喊,于慧不禁打了个哆嗦,就连躲在那座风车背后的小田,也打了个哆嗦,于慧隔着雨幕,去看越来越近的小田,小田也张大了嘴巴看着她,但是,他们两个都来不及再多想了,说好的目的地,马上就要到了——离金属风车还剩下十几米。于慧差不多是在求老欧,说她在他背上实在头晕得厉害,这才让老欧放下了她。接下来,两个人一起往前走,快走到金属风车底下的时候,于慧故意拖慢了步子,让老欧一个人走在前面。这时候,小田动手了，只见他，抹了一把脸上的雨水，后退两步，使出全身力气，再将金属风车推倒，那风车，应力倾斜，直直地朝老欧砸了下去，可偏偏，不远处，一根电线杆突然倒下，好几根电线先于风车下坠，又稳稳地兜住了风车，轻轻松松地，浑然不知地，老欧便逃过了这一场劫，站在民宿门前，连连挥手，直招呼着于慧走快一点，再走快一点，于慧只好看了一眼小田惊骇的脸，不自觉地加快步子，来到了老欧的身边。

此时，天空里堆满了黑云，黑云挤压着微弱的天光，加上屋外的电线杆又倒了，电就停了，因此民宿里到处都是黑洞洞的，明明是白天，四下里，却跟天黑了一模一样，老欧和于慧的身上全都淌着雨水，在大堂里办理入住的柜台前等了好半天，模模糊糊之间，总算等来了小田——台风季节，民宿老板提前给员工放了假，自己则去了云南旅游，现在，一整座民宿，就只有小田一个人。小田给他们办入住的时候，于慧一直紧张得想挪动几步，又一步也不敢挪，是啊，她生怕老欧把小田认出来。好在并没有，一来是，小田也冷静得很，直到把房卡递给他们，他都没抬起过头来；二来是，老欧只见过小田年轻时照片上的样子，毕竟，现在的小田也老了。果然，一切都在正常进行，办好入住，小田帮他们拎着行李，走在最前头，领着他们，穿过枯山水式的庭院和一条长长的甬道，来到了他们的房间门口，临要进房间时，于慧回头，看见小田正捏紧了拳头，又对她深深点头，她这才稍微安心，关上了房门。

并没有让小田等多久，于慧就动手了：房间里，通向阳台的滑动门开着一条不小的缝，不断有雨水透过那条缝射入房间，靠墙的桌子，挂在墙上的电视屏幕，还有一小块地毯，都被雨水打湿了，这些，于慧一进门就发现了，但故意装作刚刚看见，惊叫了一声，快步跑到门前，去将它关严实。门外，就是厚厚的玻璃做成的阳台，嵌挂在崖壁上，正对着大海，不过，小田早就将玻璃给偷换了，只要老欧站上去，那新换的玻璃，必然会马上碎裂，到那时，老欧便只有活活掉到崖底里去的结局。于慧站到门前，使出全身力气，去拉扯着它，那门却像是被卡住了，丝毫也不滑动，这下子，就只有轮到老欧上了。老欧见状，赶紧唤回于慧，自己上，还是不行，那门照样不滑动，于是，他便将自己置身在那条缝中，一只脚还踩在房间里，另一只脚迈起来，打算落到阳台上，再对着那滑动门侧面去用力拉扯——果真如此的话，老欧离掉到崖底下摔死，就只有一步之遥了，可是并没有，他的那只脚刚刚抬起来，好巧不巧，一只空调的挂机猛然间重重坠下，擦着老欧的身体，坠向阳台，砸穿了玻璃，直直地奔向崖底，转眼，便消失在了空茫茫和黑黢黢的雨雾之中。

又落空了，于慧止不住地愤懑了起来，她恨不得对着不知身在何处的小田喊叫一通："你是个废物吗？你他妈的，到底还能干什么？"急火攻心之后，她不再管老欧了，而是一个人气冲冲地拉开房门，跑向了大堂，去找小田兴师问罪。再看老欧，即便是在这场台风里越来越兴奋的他，也呆呆地看着阳台，深陷在后怕里，后怕了一阵子，他从箱子里掏出了一尊小小的神像，这神像，是第一期悉达吠陀课程结业时，他的上师送给他的。现在，他将这神像供在桌子上，倒头就跪下了，嘴巴里，还在不迭地念诵着上师教给他的经文。另一边，穿过枯山水庭院和长长的甬道，于慧跑进了大堂，来到了办理入住的柜台边，阴冷地，盯着柜台里的小田，不用说，此前在房间的阳台上发生的事，小田都看见了，此刻，他只有硬着头皮，告诉于慧："再过一会儿，就要开饭了，吃饭的时候，解决问题。"

于慧被他气笑了："你知道，有多少回，我都打算在他吃饭的时候解决问题吗？"

小田："……"

于慧也不再看他了，继续笑着，张望着刚刚离开的房间，房间里，桌子上的那一尊小小的神像，闪烁着微弱的铜光："土豆发芽了，生龙葵素；甘蔗发红了，长节菱孢霉；黄花菜要是不焯水，本身就带着秋水仙碱，对中风的人来说，全都要命，可他妈的，这些，我都做给他吃过了，还是不死，我才带着他到这岛上来，你他妈的，以为我嫁给他之后是白活到现在的吗？"

"我保证，他活不了了，"小田被于慧的神色吓住了，往后退了一步，又喃喃地，"鲀鱼，我准备好了。"

"鲀鱼？"听他这么说，于慧又糊涂了，却咬着牙，"就他妈的这场台风吗？"

"你忘了吗？这座岛上，有一种鲀鱼，人要是吃了，只要抢救不及时，就得死，这些年，大家都以为它们被灭光了，其实没有，我捞了好几条，一直养着。对了，就刚刚，我还做了一条，端给狗吃，狗一吃完，就死了……"一边说着，小田一边弯下腰去，从柜台底下抱出来一条死了的狗，"今天，他要是还不死，我去死。"

"我查过百度了——"眼见于慧还在死死地盯着自

己,小田对她举起了手机,"这种鲇鱼身上的东西,叫作金黄色腺体脱氢鳞状细胞毒素,真的是剧毒。"

可是,小田的话,还是落空了。正午时分,开饭之前,小田顶着大风,到屋外的库房里启动了应急的发电机,这样,偌大的餐厅里总算亮堂了些,但是,跟往日里相比,吊灯、餐桌、窗户上的纹饰,甚至桌上的菜,看上去,还是都影影绰绰的。老欧和于慧刚刚在餐桌前坐下,就像准备了一辈子,小田便一道接连一道,端上了他做的菜,尤其是那一条肥硕的鲇鱼,刚出锅,汤汁饱满,撒着紫苏和葱花,散发出浓郁的香气,被小田摆在了老欧的正前方,如此,根本用不着于慧劝他多吃两口,老欧的筷子,早已直直地奔向了它,一连吃了好几口,却一点事情都没有。不仅如此,于慧还突然发现,这才两分钟的工夫,老欧的脸,竟然一下子变年轻了,就好像,老欧一直都在等着的什么丹药,现在终于找到了,服下了。一场返老还童的奇迹,在于慧的眼前,就这么发生了。这到底是怎么回事?于慧慌忙转头,朝四下里看,去找小田的影子,小田却不知道躲在哪个旮旯里,全无踪迹,就在她张望了一阵子,再回头去看老欧的时候,只一眼,她便呆愣住了:就过了几十秒而已,老欧的脸,跟刚才相比,更年轻了，还有他右侧的半边身体，也自如了，天知地知，自打中风，老欧都是用左手拿筷子，现在，于慧明明白白地看见，老欧拿筷子的手，变成了右手，这叫她怎么不被他吓住？莫非，这鮊鱼，这鮊鱼身上的金黄色腺体脱氢鳞状细胞毒素，不光要不了他的命，反而，恰恰是跟他对症的药？

实际上，即使老欧，看着自己自如起来的身体，也有点不相信，他放下筷子，起身，站在餐桌边，也不理会于慧，自顾自地甩动双臂，再原地踏步，结果却不由得他不信，他的右臂、他的右腿，全都恢复到了没中风之前的样子。既然这样，他干脆先不急着吃饭，而是在偌大的餐厅里小跑了起来，他越跑，就越年轻；他越跑，于慧的眼前，就越像是在过电影一般，看见了好多个当年的他。那些他，是自己还没嫁给他之前的他：一时间，他在登台领奖，只见那领奖台上，两条红色的缎带斜挎在他的肩膀上，两条缎带上，都是烫金的字——什么什么突击手，什么什么时代先锋；一时间，在当年的机械厂会议室，企业改制工作会还没结束，他接了一个电话，于是中断会议，发下了命令，要食堂的大师傅小田连夜去机械厂旁边的水库里捞白甲鱼，如果捞不到，小田就别回厂里来了。于慧的眼前还在过电影，再看老欧，不跑了，回来了，在于慧对面坐下，先是笑嘻嘻地看了一会儿她，然后，埋下头，专心地吃鱼。那条肥硕的鲇鱼，转眼就被他吃掉了一大半，那些袒露出来的鱼刺，一根根，好似什么怪物的獠牙，说话间，便要像老欧一样变身，再一口咬住于慧的脖子。

老欧真的变了身，这么短的时间，他已经年轻到了于慧快不认识的样子，再看于慧，眼泪倒是流了一脸，良久之后，她咬着牙，问他："……为什么，你就是死不掉？"

老欧却一个劲地，盯着窗外去看，看着看着，他从口袋里掏出了那一小尊神像，供在了快要吃完的鲇鱼边上，再双手合十，低下头，对着那尊神像，也是对着几千公里外的上师，大声喊起来："师父啊，台风过去了，我这八十一难，算是过去啦！"

听老欧这么说，于慧也忍不住，去看窗外，果然，窗外的一切，都令她愤怒：这场台风，居然就这么结束了，不知道从什么时候起，雨没再下了；之前的暴风也渐渐平息，一点点，变成了微风，悬崖边，那些没有被台风击毁的树，轻轻地，被微风吹动，逐渐伸展和苏醒起来——是的，跟老欧一样，它们都活下来了。"我明白了，你跟我到这岛上来，不是冲我来的，也不是冲着小田来的，"事已至此，于慧反倒笑了起来，"……所以，根本就没有他妈的什么结婚旅行，你来这里，就是为度劫来的，对不对？"

"不然呢？"老欧笑着，老老实实地承认，"我师父说了，想要上九重天，就得度这一劫，这场台风，躲是躲不过的。"

"不过呢，还是得谢你，"老欧将鱼汤拌进米饭，再将它们吃得一口不剩，"要不是你动不动就跟我提起这座岛，我哪知道这里就要刮台风呢？这八十一难，还不知道什么时候才能完。"

于慧环顾了一下四周，还是没看见小田躲在哪里，接着问："到底……什么是你的八十一难？"

到了这时，没有什么事还要再瞒着她了，老欧痛快地回答她："师父说了，我从中风到彻底恢复，要经过八十一难，八十一难都挨过去，我就能上九重天，上了九重天的人，都有木棉袈裟护体；只要穿上这木棉袈裟，从此以后，我就有十八罗汉跟着了——左边九个，右边九个，福来接福，祸来挡祸。对了，要不，我跟你说说什么是九重天吧？我们悉达吠陀，共分九个境界，就是九重天：第一重，叫小梵天；第二重，叫长净天……"

"土豆发芽了，你照吃；甘蔗发红了，你照吃；黄花菜没焯水，你还是照吃——"于慧打断了老欧的话，径直问他，"所以，自打我嫁给你，你就是在度劫，这场台风，其实是你他妈的最后一劫，对不对？"

"可不吗？"民宿外的天光渐渐明亮了，从窗子外探进来的一朵紫薇花也清晰可见，老欧对着它，深深地嗅了一会儿，再站起身来，对着于慧，伸出手去，"劫都度过去了，木棉袈裟也穿上了，咱们两个，该好好过日子啦，走，我带你去划船，就划到以前你跟小田去过的那座小岛上去，咋样？"

"既然这样，"于慧终究忍不住好奇，继续问老欧，"你还不跟我离婚？还有，当初，你他妈的，到底是咋想的，非要跟我结婚？"

"离婚？我为什么要跟你离婚？"老欧笑出了一口白牙，反问着于慧，再踱到她身边，攥起了她的手，轻声告诉她，"实不相瞒，这辈子，我还有一个劫，这劫万一要是来了，想度过去，还是得靠你。"

于慧不自禁地仰起头："靠我？"

"非得靠你不可。"老欧捋了捋于慧散乱了一脸的头发，"咱们两个，都是稀有血型，RH阴性，你说，哪天这劫来了，是不是还得靠你？"

至此，于慧也不再盯着老欧看了，她先是几乎躺倒在椅子上，双目涣散地打量着四周，吊灯和餐桌，窗户上的纹饰和那朵蔷薇花，还有那条只剩下了骨刺的鲇鱼，都被她来回看了好多遍。看着看着，她的嗓子像是被卡住了，她的鼻子也像是被堵住了，一口气都喘不上来，她只好仓皇着起身，一把拉开窗户，把头伸出去，大口喘气，这才稍微好受了些，再回头时，眼泪又淌了一脸，"小田，你这个尿货——"不管不顾地，她扯着嗓子，对着厨房大喊了起来，"还不动手，你他妈的，到底还在等什么？"但是，厨房里，没有人来回答她，她的眼前，只有老欧那张年轻得让她快不认识的脸，那张脸，离她越近，就越是让她想手拿一把刀子，再一刀一刀割上去，可是，刀在哪里呢？小田那个尿货，又在哪里呢？一刻也不忍了，她死命地挣脱老欧的手，三步两步，奔向厨房，去找刀子，去找小田，也不知道怎么了，当她一把推开厨房的门，倏忽之间，时空倒转，她猛然发现，自己来到了当年的水库上：已经是后半夜了，一直被云层挡住的月亮都出来了，她还蜷缩在船上，等啊等，等啊等，可就是等不到小田从水底下回到水面上来。她当然不想就这么等下去，有好几回，她顶着风，直起身来，挥动双桨，想往更远的地方划过去，但是没有用，风太大了，她划出去多远，风就又把她和船顶回来多远，实在没法子了，她只好将头伸出船舷，徒劳地，对着水面去喊小田的名字，喊着喊着，船身颠簸了一下，再缓缓荡开，她回过身去，这才看见，小田的身体，卡在渔网上，漂浮着，一动不动，到这时，她反而来不及喊他，赶紧伸出手去摸一摸他的脸，而小田，早就没了呼吸。

"这么说，"水库消失了，眼前所见，仍是一间辽阔的厨房，于慧看着满目的灶台、冰柜和锅碗瓢盆，也不知道是在问谁，"你早就死了？"

"十几年前，他就死了，"于慧转身，看见老欧站在自己背后，还是一脸的笑，又跟她说，"你忘了吗，你嫁给我，是为了让我死，好给他偿命的啊。"

停了停，老欧又说："别管他啦，你管管我，我过得容易吗？"

"是吗？"照旧还是茫茫然地，于慧脱口说，"这样啊！"然而，这一回，她不再指望还会有谁来做她的帮手了，暗暗地，她的手，从身边的橱柜里拽出了一把刀子，紧紧握住，然后，一刻不停地，再举起刀子，对准老欧，用尽所有力气，刺了过去。但是，老欧却像是早早就发现了端倪，她刚一起步，他便闪躲开来，再紧紧攥住她的手腕，现在的他，是恨不得比于慧还年轻的他，所以，她的手、她的刀，哪里还能动弹呢？"听我的，划船去吧，"老欧也没生气，只是轻声地提醒于慧，"别忘了，我都修到九重天了，木棉袈裟都被我穿上了。"只是，于慧怎么会听他的呢？再一回，暗暗地，她的左手，又在背后的案板上摸到了一把刀，闪电一般，她将那刀高高扬起，砍向老欧的脸，刹那间，老欧的脸上就多出了一条口子，这口子，不停地往外淌着血。老欧难以置信，抹了一把脸上的血，再朝四下里看，四下里，并没有十八罗汉跟着，这才惊叫着，又忙不迭地，放开于慧的手腕，转而不要命地往外跑，跑出了厨房，跑出了餐厅，又跑过了枯山水式的庭院和那条长长的甬道，看样子，他是想跑回自己的房间里去，眼看着，于慧就要追不上他了，那一尊神像，却从他的口袋里掉了出来，他想捡起来，又怕于慧追上，只稍稍犹豫了一下，于慧便追上来了，刚一追上，她手里的刀，不偏不倚地，对准老欧的脸，狠狠砍了下去。可是，好死不死，偏偏这时候，高高悬挂在墙壁上的一幅巨大的油画，可能是被台风吹刮了太久，砰地坠落，正好砸在于慧的头上，再看她，先是她手里的刀咣当落地，而后，她的身体一软，昏迷过去，跟随着那把刀，倒在地上，一点动静都没有了。

再醒过来，已经是第二天的黄昏，这家名叫"悬崖"的民宿里，空无一人，倒是不奇怪，台风季节，民宿老板提前给员工放了假，自己则去了云南旅游，现在，一整座民宿，就只有于慧一个人。醒过来之后，她躺在床上，往外看，一眼便看见了玻璃阳台上的窟窿，但是，她捂着头，想了好半天，也想不起那窟窿是怎么弄出来的，不过，她大概也知道是怎么回事：除了她在犯病的时候这么折腾，这一地的狼藉，还能是谁弄出来的呢？电视还开着，屏幕里，主持人正在播报着关于台风马上要来的新闻：即将登陆的这场台风，菲律宾给它起的名字，叫作木棉；可是，这名字冒犯了老挝的一个少数民族，音译过去，恰好与他们膜拜的一位神灵同名，因此，老挝气象局打破惯例，自行给它起了个名字，叫作鲇鱼，意思是，这场台风，就像河底的鲇鱼，以淤泥、腐殖和小鱼小虾为食，是不洁和令人厌弃的。

迷迷糊糊地，她起了床，顺手拿起桌上的药瓶，推开房门，信步往前走，一路上，她经过了两把躺在地上的刀，一幅从墙壁上掉下来的巨大的油画；再往前走，就走进了餐厅，餐厅里，桌椅翻倒，碗碟碎了一地，一桌没有吃完的菜正散发着浓重的腥臭味道。现在，她总算想了起来，她的名字，叫于慧，她有一个新婚的丈夫，叫老欧；而今天，正是老欧赶来这座岛上跟她会合，并且开始他们的结婚旅行的日子。这老欧，真是个急性子啊，悉达吠陀课程刚一上完，也不管什么台风，一点都不听劝，火急火燎地，非要来这里不可，一想到这里，于慧也慌了，只因为，天黑之前，老欧坐的船就要来了，这么一来，她也就没再回去把自己收拾一番，而是一仰头，将大半瓶的药倒进了嘴巴，紧接着，她冲出民宿，往码头上跑，一路上，大风不停地将海水的味道送到她的鼻子跟前，让她一边跑，一边想起了更多当年的味道：深夜里的船上，小田开着船，她就坐在新鲜的蔬菜中间，看着天上的星星，海面上涌起的白雾，还有偶尔从海水里跳出来的鱼，再闻着海风味道、茄子西红柿的味道和小田身上散出的汗味，每逢这样的时候，她便总是忍不住，搂住了小田，在他脸上，在他身上，不要命地亲。

灵骨塔

晚上九点一过，大风忽起，吹动山冈上的密林，紧接着，群鸦嘶鸣，打密林和夜幕里飞出，纷纷奔向白鹿寺，再蜷缩到殿院里的屋檐底下，渐渐地，全都安静了下来。天气预报实在太准了：没过多久，瓢泼大雨开始下，雨水击打在屋顶上，咚咚作响，而后下得越来越大，咚咚声也听不见了，韦驮殿、华严殿、伽蓝殿，每座殿院的屋顶上都像是有一道瀑布正在飞泻而下。在韦驮殿里的两尊凶神恶煞般的金刚像之间，我蹲在地上，耐心地吃完了从厨房里偷来的斋饭，再轻手轻脚奔到窗子边往外看：除了一座偏殿里还亮着灯之外，辽阔的白鹿寺里，几乎所有的灯都灭尽了，恰在此时，闪电一道一道，接连当空而下，照亮了雨幕，照亮了偏殿里依稀可见的人影，也照亮了华严殿背后半山腰里的那座灵骨塔。动手的时刻,到来了。但是,我刚要推门出去,却听见了从偏殿里传出来的吵闹声——那吵闹声竟然高过了遍天遍地的暴雨声,就足以证明,那里的斗争有多么激烈。下意识地,我止住了步子,手机却振动起来。我掏出手机,看见微信群里的小伙伴发来一张照片,照片上没别的,只有一排放满了奶粉的货架,像是刚刚在超市里拍下来的。他的意思再明显不过:我要是再不动手,他连这货架上的奶粉都买不起了。

好吧,那就动手吧。我狠下一条心,跑出韦驮殿,穿过空荡荡的庭院,直直朝着半山腰里的灵骨塔狂奔而去。刚跑到伽蓝殿门口,不过短短几分钟,我全身上下就已经被雨水淋得透湿,好在是那偏殿里的人们还在吵闹不止,根本就没有人注意到,这佛门禁地,来了我这么一个偷骨灰的贼。随后的意外,发生在我推开伽蓝殿的后门奔向后山之时——门一打开,我赫然看见,山坡上几棵菩提树之间,有个人影静静地站着,在冷冷看着我,让我遍体顿生寒意,忍不住打起了哆嗦:难不成,这白鹿寺里,我之前见到的风平浪静,其实都是高人早就布下的迷魂阵?一念及此,我便慌乱回身,想要夺路逃走,又忍不住回头,再去偷偷瞄一眼。好在是,一道崭新的闪电正在落地,借着闪电的光亮，我看清了对方。其实，那不是什么人影，而是灵骨塔右侧的一尊石佛，滑落至此，充作了拦路虎，另外的一尊石佛，还好好地站在灵骨塔的左侧呢。想来是雨水太大了，灵骨塔矗立的地方已经产生了滑坡。可是，我又有什么法子呢？微信群里，又传来另外一个小伙伴发来的照片，照片上是一碗快吃完的泡面，他的意思也再明显不过：我要是再不动手，他连泡面都快吃不上了。如此，我便只好双手合十，嘴巴里默念着"得罪了，得罪了"，硬着头皮，从石佛和菩提树之间挤过去，一步步，往上爬，一步步，去靠近那座在雨幕里影影绰绰的灵骨塔。

所谓灵骨塔，其实就是寺院里供给信众们在死后安放骨灰盒的地方。按理说，这白鹿寺不过是座新建的寺庙，既没什么了不得的渊源，更谈不上什么风水宝地，天知道那林平之的骨灰盒怎么会被放置到这里来。要知道，他可是我们这座城市最著名的老板之一，单是他身后留下的资产，就足以令他的三亲六眷，还有任我行、绿竹翁和刘正风们，直到此刻都还在那偏殿里吵闹得不可开交——对，此番前来，我要偷走的，正是林平之的骨灰。容我多说他几句：因为喜欢金庸的小说，他给他企业的高管们都起了诨名，这些诨名，全是《笑傲江湖》里的人物，除了任我行、绿竹翁和刘正风，当然也还有仪琳、任盈盈和蓝凤凰。即使如此，我也想不通：尽管他原本就姓林，可是——《笑傲江湖》里的林平之，虽说也有过一些高光时刻，说到底，终究是个由正入邪的可怜虫——他为什么就非要拿这个名字来当自己的诨名呢？所以，有那么几回，喝酒的时候，我和小伙伴们都问过他其中原因，豪爽如他，暴戾如他，既没有痛快作答，也没有马上变脸，只是伸出手指，挨个将我们指点了一遍，意思是：别他妈废话，赶紧地，喝酒。

好不容易，我总算来到了灵骨塔前，片刻都没耽误。我喘着粗气，径直去推开塔门，哪里想到，平日里都是虚掩着的塔门，现在却被一把铁锁给锁得死死的，这可怎么了得？要知道，自从我和小伙伴们打听清楚，林平之的骨灰即将安放在白鹿寺里，一连好几天，我们都带着无人机，轮番前来踩点，这寺内和寺外，连同我此刻所在的这一道山冈，就没有一处不被我们打探得清清楚楚。即便今天，天擦黑之前，林平之的三亲六眷齐聚在这灵骨塔前，目送着寺中的住持悟真大和尚将骨灰盒送入塔内，再分头下山，以待明天早上的法事。整个过程里，我还斗着胆，将无人机隐藏在山冈上的密林里放飞了一遍，彼时，我通过无人机传回来的视频看到，塔门并未上锁。到了现在，如此十万火急之时，塔门却被人锁上了，这怎不叫我再一回陷入天天的疑惧：莫非，一场高人布下的迷魂阵，还是早早就为我和小伙伴们准备好了？莫非，此时此刻，就在这重重雨幕里，一只巨手，抑或更多的巨手，正缓缓举起，在朝我逼近过来？情不自禁地，我打了一阵哆嗦，再瑟缩着，掏出手机，对着塔门和铁锁，拍下照片，发在了微信群里，转瞬，之前发给我奶粉照片的小伙伴便回复了语音："……砸了它！"

他说得倒是轻巧，砸了它，可是在我眼前，遍天遍地都是雨水，连块石头都找不见，我能拿什么砸了它？要命的是，紧接着，另外一个小伙伴也发来了文字："砸了它！砸了它！砸了它！"

更有那个发来泡面照片的小伙伴，先打出一连串哇哇大哭的表情图，再冷冷回复我："你要是就这么回来，我就杀了你……"

我只有听他们的，其实，我也是在听自己的。在塔门口，我缓缓蹲下，探着身体，再伸出手去，指望着从雨幕里摸索出一块石头来。摸了好半天，倒是摸到一块石头，却有半人高，我连抱都抱不起来。也不知道怎么了，这时候，我的心底里莫名就生出了一股怒意。这怒意，既向着铁锁和雨幕而去，更向着已经变成了一堆骨灰的林平之而去：我跟我的兄弟们，不过是为了吃口饱饭，不过是想把欠下的债给还清了，你们又何至于如此来对待我们？这么想着，我干脆放弃了找石头去砸铁锁，反倒迎着不停往下奔泻的岩砾沙土，朝着山冈上的更高处爬去。只因为，我早就知道，这座三层石塔的背面，其实层层都有一扇小窗户，只不过，这几扇窗户，平日里都是从塔内将它们关死的，但无论如何，砸开一扇窗户的力气，总比砸开一把铁锁的力气小得多吧？果然是，苦心人，天不负：等我爬到塔背后，连闪电们也在帮我，它们密集降下，让我看得明明白白，一楼的那扇窗户，可能是风太大，竟然将它给刮开了。可是——且慢，它明明被风给刮开了，一愣神之间，再去看时，怎么又重新关上了？这是在闹鬼吗？要知道，这灵骨塔里安放的骨灰盒，足足有好几百个，谁敢说没有一个什么冤魂从哪个骨灰盒里爬了出来，正在这塔内呼喊游移？只是，到了这个地步，管它们有多恐怖，也吓不住我了。厉鬼与冤魂在上，你们听我说，在下，小的，我，除了偷走林平之的骨灰，早已无路可走，所以，倘若我莽撞闯进来，惊扰了诸位，也请你们看在奶粉和方便面的份上，原谅在下、小的和我的小伙伴们吧。

随后，我横下一条心，猛推着窗户，窗户之内，果真有一股蛮力在阻挡着我，来回了好几番。毕竟，我才是走投无路之人，最终，那股蛮力败在了我的手下，窗户洞开了。我生怕再出什么变故，深吸了一口气，一跃而起，钻进了窗户，再跳入塔内。此前，从窗外扫射进来的雨水早已使塔内的青石板地面湿滑不堪，我趔趄了好半天，还是摔倒在地上，头也磕在放置骨灰盒的石壁上，生疼了好一阵子。但我哪里还顾得了那么多，腾地起身，打开手机的手电筒功能，越过众多颜色各不相同的骨灰盒，直直照向左侧石壁的第九层：是的，我的无人机早已探明，天擦黑时，悟真大和尚将林平之的骨灰放在了第九层的第五格。我记得，当时之我，还嗤笑了两声——这能"度一切苦厄"之地，难道讲究的还是九五之尊？可是现在，当我的手机直直照往那里，却被吓得呆立在了当场：第九层第五格里，空空如也，黑洞洞的，什么都没有。这下子，我真的被吓傻了，愣怔了一会儿，赶紧逐层逐格地去找，找完了东边的石壁，再去找西边的。这座塔原本就不算高，又逼仄得很，没花多久，第一层的通体上下，我就找遍了，结果却是，那些小小的洞窟里，每一座都是满的，唯有独属于林平之的那个绿松石颜色的骨灰盒，活生生地没了影子。

"大哥，你到底得手了没有？"偏偏这时，微信群里的小伙伴发来了文字，文字背后，又是一连串问号。紧接着，几乎所有的小伙伴都跟着他，各自打出了一连串问号。

显然，我根本就没法回复他们，只好对准那左侧石壁的第九层第五格，拍下一张照片，发到微信群里。结果是明摆着的，有人继续回复我问号，有人则干脆直接发语音问我："大哥，你可不能这么对我们！好歹，我们都跟了你这么久……"

我知道，发来语音的这个兄弟，将我当成了大难临头自己飞的人，他肯定以为，那个骨灰盒，犹如囊中取物，早早就被我拿下了，我之所以拍下那座空空如也的小小洞窟，无非是要独占那骨灰盒，再也不管他们的死活。兄弟们哪，你们冤枉我啦，我简直快要被你们给急死啦！只不过，当此之时，我又该怎么办，才能让你们不冤枉我呢？更要命的是，就在我全无方寸的时候，猛然间，一阵歌声却在我头顶上响了起来："都说那爱情美呀，我却无所谓，我为爱情流过太多的泪……"随即便戛然而止。稍后，又一阵声响隐约传来，那声响，好似是被故意压低了的脚步声，一点点变轻，一点点变轻。一下子，我便起了一身鸡皮疙瘩，又下意识地死死盯着通向二楼的那条窄窄的石梯：这塔中，难道真的躲着什么厉鬼和冤魂，刚才的歌声，就是其中的一个唱出来的？对了，对了，之前，我在推窗而入的时候，一直就有一股蛮力在与我持续作对，现在想来，这蛮力只可能来自厉鬼和冤魂们了。可是，还是那句话，我本来就走投无路，再加上小伙伴们又把我架到了火上去烤，所以，哪怕就在转瞬之内，僵尸和吸血鬼，《画皮》和《惊情四百年》，诸如此类，全都被我在脑子里飞快地过了一遍，到头来，我还是什么都不管了，闭上眼睛，横下心，踏上了石梯。与此同时，我也压低了自己的脚步声，让它们一点点变轻，一点点变轻。

怪异的是，楼上的歌声自从响过那几句，就再也没有出现，直到我置身二楼，照旧闭着眼睛，再破罐子破摔一般，猛然将眼睛睁开，只等着僵尸和吸血鬼朝我猛扑过来，却压根都没有等到它们。眼前所见，除了更加逼仄，和楼下一点区别都没有，东西两边的石壁上，仍然遍布着装满了骨灰盒的小小洞窟：黑的、白的、灰的、紫檀色的，仍然是什么颜色的都有。一见到满墙满壁的骨灰盒，我便暂且放下了之前的歌声，喘着粗气，盯死了它们，一个都不放过，可偏偏绿松石颜色的那一个，死活也找不到。也就是在这时，我的身体，像是意识到了什么，骤然呆滞，再不动弹，想回头，又不敢回头，而突至的惊骇却一浪高过一浪，让我的心脏急剧地拧紧，双腿一软，差点便栽在地上——是的，我可以确信，这石塔之内，说不定，就在离我咫尺的地方，有人正在和我一样，发出粗重的喘气声。"是谁？"为了将这惊骇驱散，情不自禁地，我大喊了起来，"到底是谁？"而那个和我同样喘着粗气的人，却一点也不打算放过我，幽幽地，又一回唱起了歌："都说那爱情美呀，我却无所谓，我为爱情流过太多的泪……"

"算了，算了，"就在我差不多快要被吓尿的时候，一个女声，在从二楼通向三楼的石梯上传了过来，"怎么都吓不住你，我也是服了你了。"

虽说，几乎在一刹那我便确定了下来，跟我说话的不是鬼魂，而是个年轻姑娘，但是，好半天里，我还是不敢探出头去朝上看她，仍然抖抖索索地问："你是……你是谁？"

"跟你一样，贼，来偷骨灰的。"那姑娘倒是什么都

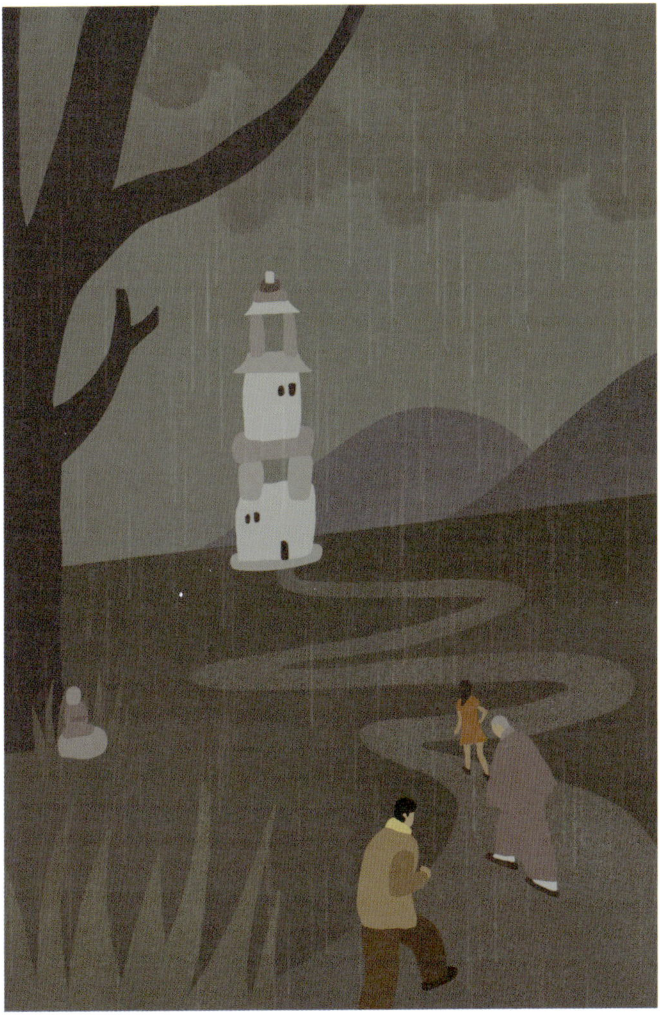

在我们身后,狂暴的浊流已经轰鸣着撞开窗户,直灌入塔内,倏忽之间,便将我们推出去了好远。

——《灵骨塔》

不避讳，痛快地回答了我。

"……谁？是谁在唱歌？"我接着问她。是的，就在她答我话的时候，此前的歌声却一直都没停。显然，她不可能一边跟我说话，又一边唱着歌。

"是谁在唱歌——"那姑娘揶揄地继续回答我，"那我是不是该回你一句'温暖了寂寞'？弄了半天，你是凤凰传奇的粉？"

"不是，不是。"到了这时，我才探出身去，朝石梯上看，终于看清了那姑娘。她手机的手电筒功能，显然比我的要好太多，发出的光锃亮锃亮的，所以，她的脸也被照得锃亮锃亮的。我盯着她，看了一会儿，突然，心里一动，径直问她："你是郭小渝？"

"行啦，别唱啦！"郭小渝却顾不上我，一意低下头去，砰砰砰地拍打着她抱在怀里的一个白色骨灰盒——千想万想，我怎么可能想到，那几乎将我的魂魄都快吓没了的歌声，竟然是那个白色骨灰盒自带的功能呢？不过也不奇怪，想必是，这骨灰盒的主人生前喜欢听什么歌，它就配上了什么歌吧。我还愣怔着，歌声总算被郭小渝给拍停了，正在这时候，我却一眼看见，就在她的脚边，还躺卧着另外一个骨灰盒，绿松石颜色的。一见之下，我恨不得立刻变作恶狼，狂奔过去，叼住它，转身就跑，再冲出这灵骨塔，消失在茫茫雨幕之中。郭小渝却没注意到我眼睛里的凶光，还在自顾自地跟我解释着那歌声："为了把你吓着，才要它唱起来的。"

我没回应她，她却接着问我："这么说，你知道我是谁？要不，咱俩在哪里见过？"

"没见过……"我满眼里只有林平之的骨灰盒，"但是，我在林总的手机上见过你的照片，你抱着孩子的那一张……是他的开机画面。"

听我这么说，郭小渝干脆笑了起来，低下头去，拍了拍林平之的骨灰盒："既然这样，你就不必再跟我争它了吧？"

停了停，她又说："对，我就是他的小三，我抱着的孩子，是他的私生子。"

她不知道的是，她说起的那孩子，别说是林平之的私生子，就算是我的私生子，到了这个地步，也别指望我生出什么恻隐之心；还是实话说了吧，现在，我满脑子里盘算的，全是什么时候动手，将那个绿松石颜色的骨灰盒抢夺过来，再如何一溜烟地逃掉。郭小渝当然也不是善茬，像是看穿了我的心思，又像是早早就知道，这一晚，接下来，她不会好过，正如我，接下来也好过不到哪里去。火上浇油的，是塔外的大风：那风，由呼啸转为暴怒，一似重达好几吨的攻城圆木，一击击，捶打着石塔。终于，哐当一声，三楼的窗户被大风撞开了，雨水哗啦啦奔袭进来，迅疾之间，就泼洒到了郭小渝身后。她忙不迭地站起，一手一个，抱起了那两个骨灰盒，再冲着一楼，努了努嘴巴："要不然，下去谈谈？"事已至此，我当然同意。等她下到二楼，再看着她将那个白色骨灰盒放到了它原本应该待着的一座洞窟之中，然后，我们一起往一楼里去，自始至终，林平之的骨灰都被她死死地挟在胳肢窝底下。那骨灰盒上，影印着一张小小的林平之的照片，一直在手机光里闪烁着，忽明忽暗，却叫我不由得一阵恍惚：这个十几年来一直名动江湖的大佬，就这么，说没就没了？

一年之前的某一天，我突然接到一个电话。当打来电话的人告诉我，他就是林平之，并且希望投资我们的无人机App项目之时，我和我的小伙伴们，没有一个不是当即就惊诧地捂紧了自己的嘴巴。众所周知，这些年，除了他自己所涉足的传统行业，在投资上他的眼光和手段之狠辣，也早已是个传奇。在被他看中的项目里，溢价好多倍被收购的有之，走向资本市场的有之，甚至我还听说，有一个汽车创业项目，就是在林平之的运作下，被世界上最大的造车企业直接运用在了自己的技术系统之中。这么一来，那个项目的创始人们，前一天还像通缉犯一般窝在筒子楼里，第二天，乃至他们余生的每一天，就可以去普吉岛、巴黎、哥斯达黎加这些地方泡妞潜泳住别墅坐游艇啦！事实上，自打我和小伙伴们开始创业，我们的项目书，就一直在通过各种渠道递给他，他并没有过任何回应，现在，在我们早就断绝了念想的时候，却蒙他垂青，受他召见，又怎不叫我们恨不得齐刷刷地对他山呼万岁？当天晚上，乃至以后的很多个晚上，我们都和林平之林总待在一起，他不光给我们投了钱，还动不动请我们喝酒唱歌搞团建。他既如此行事，我和小伙伴们又怎不一遍遍对自己暗暗立誓：拼死拼活，也不能让他投给我们的钱打了水漂！

说起这林平之林总，可真是舔着刀尖上的血走过来的——大学还没毕业，他就开始做起了生意。其最早的生意，并不是像别人那样卖教材办电脑培训班什么的，而是租了大货车去跑运输搞物流，那可是拿拳头和性命才能做起来的生意。果然，没过多久，他就因为寻衅滋事罪被判入狱了两年,从牢里出来之后,大学自然是没法念了,他便一条路走到黑,继续拿拳头和性命去拼杀。几年下来,随着他脸上身上被人砍过捅过之后留下的疤痕越来越多,生意当然也就越做越大了。和他在生意场上的狠气与暴戾不同,另外一边,一诺千金、义薄云天……这些词,全都可以用在他身上。这么说吧,他也有过没钱的时候,但是,不管什么时候,只要是跟他有过缘分的人,男的女的,他都记挂在心上,你只管找他要,他也一定会给——给你起步的启动资金,给你坐完牢出来的安家费,给你重点小学的入学名额,给你免予起诉的决定书。据说,一个前两年才垮掉的大领导,十几年里之所以一直给林平之生意做,是因为自己还是个小领导时,林平之第一回请他吃饭,正好面临破产之虞,口袋里一分钱都没有,但人家却二话不说,卖掉了自己最喜欢的一台相机,才将吃饭的钱凑够。席上,得知了真相的领导,吃着吃着,想起当年的自己,眼眶就红了。所以,在我和小伙伴们终于得窥真颜,有机会跟林平之常来常往以后,KTV里,撸串摊上,有好多回,看见他打着圈挨个跟我们干杯,我的心底里,竟然会生出某种恨意来:恨只恨相见太晚。如果他是刘备,我恨我未能做成他的关羽和张飞;如果他是曹操,我也恨我未能做成他的曹仁和夏侯惇。可是，谁又能想到，这么一个枭雄般的人物，他的死，竟然如此让人欲说还休呢——五天前的深夜里，消失了一个多月的他，突然来到了我和小伙伴们所在的创业园区，说是要好好犒劳我们一番。不巧的是，那天正是我们的App最新一版上线的日子，一个个全都忙得火急火燎。瞅了个空子，我赶紧跟他哭穷，告诉他，在他消失的一个多月里，为了把项目撑下去，我和小伙伴们不仅四处借钱，还各自变卖了自己能够变卖的所有东西，现在，我们连裤子都快没得穿了。他却哈哈笑一笑，连声告诉我，不要急，他马上就来着手解决；随后，他先去了园区之外的一条河边散步，等着我们忙完。可是，等我们忙完，狂奔到河边去跟他会合，却一眼看见，他已经溺死在了那条河中，在他的身下，是一只漏了气的黄鸭船。

"就算这骨灰盒被你偷走了——"回到此刻的灵骨塔中，我和郭小渝下到了一楼，但是，一楼的情形并没比二楼三楼好多少，青石板地面更加湿滑了，塔外的雨水被大风驱使着，扫射进塔内的时候也更加密集和狂暴，我们两个简直无处可容身。郭小渝可能是心疼自己的鞋被水浸泡，几乎是踮着脚在跟我说话，"就算这骨灰盒被你偷走了,他老婆要是报了警,你又能逃到哪儿去?"

"顾不上了。再说,凭什么抓我们?明明是他们违约在先,"我也什么都不瞒她,径直跟她说,"他跟我们的投资合同,是他公司代签的,就算他死了,他公司也得接着给钱。结果呢,他一死,他老婆,他公司,一分钱都不给我们投了。还有,他死之前,我已经有一个多月没见到他的人影了,这一个多月,我们全是靠着借高利贷过来的,花呗的额度用完了,微信借钱的额度也用完了,连水滴筹都用上了。你说说,我还有什么法子?"

稍停了会儿,我痛下决心,掀起自己的衬衣,露出前胸后背的淤青:"高利贷每天缠着我还钱,我他妈的一分钱都还不起了。你看看,这都是昨天被他们打的……"

郭小渝显然被我吓了一跳,却也认真地盯着我身上的淤青看了一阵子,突然叹了口气,再问我:"你是真的不知道……他这一个多月,是被抓进去了吗?"

这下子,轮到我被吓住了,愣怔着摇头:"……不知道。"

"到他这个地步,也会被抓?"恍惚了一小会儿,我还是继续问她,"……为什么?"

"这我可就不知道了,"郭小渝的鞋子已经完全被水浸透，她也不管它们了，盯着我，"要知道，我也就是个小三而已。"

"也是。"我的头脑里，倏忽之间变得一片空茫，两只眼睛，却还是死死地看向她胳肢窝底下的骨灰盒，下意识地又说了一遍，"也是。"

"哎，我说，你好歹是个男人吧！"郭小渝突然一指快要被风吹垮掉的窗户，"看样子，你也不会就这么放过我，咱们还有得谈，你总得去管管它吧？"

也是，我不会就这么放过她和那个骨灰盒，她当然也不会轻易将那骨灰盒乖乖交给我，说不定，漫长的僵持才刚刚开始，而我们两个却早已遍体湿透，都在止不住地打着寒战。没法子，我只好听了她的，试着去将窗户关死，但是，仅凭我一人之力，顶着风口连站都站不稳，更别说让窗户回到当初的样子，如此，她便先将骨灰盒放到了第九层的第五格，再来到我边上，一起用力，去将脱落的窗棂塞回到凹槽之中。我还正在龇牙咧嘴地用着力，她却说起了闲篇，再一回提醒我，就算骨灰盒落在我手里，其实根本没什么用。"哪怕没了骨灰，"郭小渝甚至苦口婆心了起来，"明天早晨的法事，该做，还不是照样得做吗？"她这话，我此前倒是从没想到，不由得心里一惊，也只有苦笑着反问她,除了拿这骨灰盒做最后一搏,给林平之的老婆打去电话,要她履约,继续给我们投钱,我他妈的手里哪还有什么别的武器?结果,听我这么说,郭小渝便干脆开出了条件——她提议,莫不如,放她一条路,让她顺利地将林平之的骨灰盒拿走,只因为骨灰盒在私生子的手里,无论如何都比在我的手上有用得多。更何况,她早就想好了,一旦拿到骨灰盒,她便自行给林平之办葬礼,同时还要在微博上直播葬礼过程,高低都要弄成个大事件,如果有必要,她也舍得花钱,把葬礼买上热搜。另外,快的话就在明天,她就会以私生子的名义去法院起诉林平之的老婆,要求法院先完成资产保全程序,再在她的参与下,对林平之的遗产进行合法分配,到了那时,她也不是差事儿的人,一定会继续来投我们的项目,怎么投,投多少,全都由我和小伙伴们说了算。"我又不是个傻瓜,"郭小渝问我,"我儿子他爹看中的项目,能差吗?我为什么不接着投呢?"

不得不承认,郭小渝的这一番话,就像一支正在发射的机关枪,颗颗子弹都打在了我的心上,不知不觉地,我便走了神。殊不知,就在我走神的刹那,那郭小渝,竟然双手撑住窗台,猛然起跳,待我明白过来她这是要夺路而逃的时候，已经来不及了，她早已跳出塔外，踉跄着，死命地奔入了雨幕。我惊恐地回头，将手机光照向左侧石壁的第九层第五格，天啦，在那里，哪还有骨灰盒的影子呢？我再往塔外看，模模糊糊中，我看见，为了让自己跑得更快，郭小渝弯下腰去，脱掉了自己的两只鞋，转眼之间，我就再也见不到她了。可是，我岂能就这么轻易放过她？我岂能将我最后的救命稻草就这么拱手相让给这个贱人？于是，忙不迭地，我也站上窗台，跳将下去，再冲着郭小渝消失的方向不要命地追过去。跳下窗台的时候，我的胳膊被窗棂上的铁钉给划着了，疼得我倒吸凉气，但是，我管不着了：要是我就这么让那个贱人跑了，那么，破伤风、败血症，就请你们快点来，快点来把我折磨死了，拉倒吧！话虽这么说，等到雨幕将我掩盖和包围，我这才明白无误地知道，雨幕也彻底地掩盖和包围住了郭小渝。举目四望，除了雨，还是雨；我迎头不断撞上的，除了树，还是树；渐渐地，我便绝望了起来，也狂乱了起来，号叫着郭小渝的名字，扯着嗓子，一遍遍地咒骂着她，威胁着她，还有我的手脚，反正闲着也是闲着，每往前跑两步，我就停下来，乱抓不止，乱踢不止，结果可想而知：有时候，我抓在了树上；有时候，我踢在了石头上。这一切，终不过是自取其辱。

也是这白鹿寺里供奉的四方诸佛见我太可怜了，就在我差不多快要号哭出来的时候，它们保佑了我：突然，我的手抓住了一个软绵绵的东西。霎时间，我打了个激灵，死死地，死死地抓住了对方。天可怜见，我抓住的不是郭小渝，还能是谁？对方当然不肯认命，接连闪身来挣脱我，她越是如此，我就越是咬牙切齿地腾出了一只手，准备将她击倒。可是，我根本想不到的是，我还没出手，对方一记重拳挥过来，二话不说地，我便重重地栽在了地上。即使如此，我仍没有放过她，两手并用，使尽全身的力气，紧紧攥住了她的鞋；这个紧要的当口上，我却不停地问自己：这个贱人，不是早早就把自己的鞋子脱掉了吗？也就是在此时，闪电再次降下，照亮了我眼前的鞋子，也照亮了鞋子之上的僧袍，还有一张在雨水里渐渐清晰起来的脸——这张脸，竟然不是郭小渝的脸，而是一张和尚的脸。这个和尚，我也认得他，他不是别人，正是白鹿寺的住持，悟真大和尚。"……怎么是你？"我抬起头，迷迷糊糊地问他。是的，他的那记重拳，几乎是要了我的命，就算身在利箭一般的雨水之中，我的眼前，仍然有一颗颗的小金星在胡乱飞舞，甚至都没有等到他的回答，我便晕了过去。

再醒过来，我已经重回到了灵骨塔之中，远处传来的一阵歌声叫醒了我。这歌声，不是一个人唱出来的，而是好多人唱出来的，再仔细听，总算听真切了：那不是歌声，是诵经声。只是，这大半夜的，白鹿寺里怎么会突然来这么一出呢？懵懂着，我从躺卧着的青石板地面上慢慢直起身，环顾着四周：两边的石壁上，一个个骨灰盒前，一盏盏油灯也都被点着了。按理说，平日里，这些长明灯是一天二十四小时都亮着的，为了让它们不灭，每隔一个小时，就会有专门负责的小沙弥前来挑灯添油。只是在今天，塔门早早被锁死，我埋伏了这么久，也没见到有什么小沙弥前来。迷糊着，我继续朝四下里看：这么短的工夫里，之前朽坏殆尽的窗户也被修好，重新被关死，将大风和暴雨结结实实地给挡在了塔外；就连这青石板地面上的积水，也悉数从塔门里流了出去，地面被人用拖把清理过，坐在地面上，全无湿寒之感。一时之间，我瞠目结舌，这如梦似幻的眼前所见，几乎让我错乱。好在是，白鹿寺的住持，悟真大和尚，在挑完最后一盏灯后，蹲到了我身边，问我："醒了？"

"……醒了。"说来说去，我挨过的那一拳还是太猛了,自打清醒过来,耳鸣声就盘旋不止,我只好不停地拍打着自己的两只耳朵。

"兄弟,我就不跟你客气了,"悟真的手上,端着一盏油灯,再回身一指那第九层的第五格,"骨灰盒,去哪儿了?"

我原本还想搪塞过去,话要出口,却被他脸上的寒意给震慑住了,不禁脱口而出:"被郭小渝给偷走了。"

"……郭小渝?"悟真难以置信地看着我,再问我,"郭小渝是谁?"

我接口便答他:"林平之林总的小三。"

"什么?"悟真几乎是在逼视着我,突然又笑了起来,是哈哈大笑,既笑得眼泪都快止不住,又有几分愤懑和委屈,"我讲个故事给你听,好不好?"

他的语气不容分说,我也只好点头:"……好。"

悟真大和尚讲给我听的故事,是这样的——有这么一个和尚,从十七岁开始,就疯狂地喜欢上了一个姑娘,可是,那姑娘却不喜欢他。接下来的好多年里,他眼睁睁地看着这姑娘跟这个好,再跟那个好,偏偏就是不跟自己好。终有一天,他挥剑斩断情丝,遁入了空门,自此一心向佛,既上过好几次佛学院,又踏遍河山,前去了许多名刹与高僧座前访学问禅,年纪轻轻,就当选了本地佛协的常务理事兼区佛协会长。他原本以为,直到圆寂坐化,自己这一生都要与吃斋念佛为伴。哪里知道,等他人到中年,当年的那个姑娘,现在的某建筑公司出纳,突然来到他担任监院的寺里拜佛,说白了,她来拜佛,就是专门为了见他来的。尽管对方早已不是当初他认识的那个姑娘了,可是,天意弄人,一见到她,他就知道,自己这么多年的修行,完蛋了。从那天开始,他就中了魔怔,每隔几天,他就得脱下僧袍,换上便装,奔出寺院,去陪她逛商场买包包,去给她过生日过情人节。可以想象,这和尚的日子该有多么难熬,一时烈焰焚身,一时又飘飘欲仙;一时在桂林山水里但求岁月静好,一时又在后半夜的如来佛像前想要悬梁自尽。终有一天,释迦牟尼的召唤占了上风,迷途的罪人痛下决心,他要再一次挥起剑来,将情丝斩断,回到慈悲无边的佛法里去。

哪有那么容易呢?当年的姑娘,现在的出纳,却说什么都不肯放过他。可不,要是放过了他,她再怎么逛商场买包包呢?她再怎么装修房子去香港自由行呢?为了让自己彻底安生,这和尚将多年来攒下的钱全都给了对方,还是不够,他再找人凑了一大笔,以求对方放过自己。当初，她也答应得好好的，但是没过两年，她赌起了球，这下子，她的眼前，他的眼前，全都出现了一个无底洞。尤其是他，跪求了对方好多次，就此好聚好散吧，可压根就没有用。对方的回答也干脆得很：休想一拍两散，否则，她就要去举报他，到时候，别说他连和尚都当不成了，判个十年八年也是铁板钉钉的事情。他只好接着给她钱，而他真的是没钱了，也就是在此时，林平之林总——他的救命菩萨，出现了：这林平之，看起来是名动江湖的大佬，实际上，他的企业，乃至他的个人财务，早就入不敷出、四面漏风了，这些年他的日子之所以维持下去，无非是还能从银行里贷出不少钱来。他的精明之处在于，从不找本地银行贷款，一年中的大多数时候，他都在全国各地飞来飞去地找外地银行贷款。所以，不管他怎么拆了东墙补西墙，本地人知道他和他企业内情的，倒是少之又少。时间长了，他也挺不下去了，精神上出了不小的问题，一句话，疯了：每回出门，看起来他还是正常的，该喝酒喝酒，该说段子说段子，该发脾气的时候，照旧少不了大声呵斥和拳打脚踢。但实际上，他的命，这几年一直是靠从医院精神科里开出来的药撑着的；他当然不甘心，越想死，他就越想活下去，除了药，他还求救了更多的东西：酒，KTV，慈善活动，各种越野跑，甚至一个个创业团队——对，这两年，他见了那么多创业团队，也投了他们，压根不是为了赚什么钱，而只是为了跟他们一起喝酒，拉着他们唱崔健的歌，以此来证明，他仍然可以活回自己年轻时候的样子，他也仍然还有重新白手起家的气力。说白了，他不过是将那些投给各种创业团队的钱当成了自己的医药费。

即便如此，林平之还是动不动就想死。为了扼住自己想死的念头，经人介绍，这两年，他也认识了不少和尚道士易学家风水先生，其中就有这个被建筑公司女出纳死死纠缠住的和尚。那和尚，为了离女出纳远一点，不得不从市区的寺院里逃到了这荒郊野岭上的白鹿寺。说起这白鹿寺，可真是个豆腐渣工程啊，只要下雨天，连他的方丈室内都会成天漏雨。他也只有告诉自己，一定要忍耐下去，忍到第三年，他终于等来了林平之。他当即便猛扑上去，将自己的生平所学一样不剩地对他使了出来：大小法事就不用说了，占卦，测字，摆阵，看风水，甚至他从《哈利·波特》里看来的驱魔仪式，隔三岔五，都要给林平之来上一遍。不用说，为了感谢他，林平之林总就给了他不少钱，却还是填不满那女出纳赌球赌下的无底洞。一个多月前,因为一桩行贿案,林平之被抓走,审讯了一个多月,就这一个多月,那和尚又被女出纳逼疯了。五天前的晚上,天刚擦黑,当天才被放出来的林平之来到了白鹿寺之中,告诉那和尚,他又想死,可也想活下去,所以,他希望那和尚赶紧为自己再驱一回魔。可偏偏,又一回前来纠缠的女出纳也正藏在伽蓝殿里,那和尚只好搪塞着林平之,说是最好的时辰还没到。结果,等他好不容易送走女出纳,再回头去找林平之时,林平之已经不见了。

"第二天,我就听说他死在了黄鸭船上。你说,怎么就那么巧,偏偏他蹬着的那条黄鸭船就漏了气?"回到灵骨塔中,悟真的脸上,仍然被愤懑和委屈充满了,噼里啪啦,连连问我,"还有,兄弟,你说我错在哪里了?我承认,以前的我犯了错,而且是大错。可现在,我只想一心向佛,有错吗?"

我却早已快被他的话吓死了,腾地起身,再问他:"你说……林总,没钱了?"

"毫无疑问,没钱了,"他一指山下的偏殿,"任我行和绿竹翁他们,还有任盈盈和蓝凤凰她们,吵成这个样子,你以为他们是在分遗产吗?"

"……不然呢?"我接着问他。

他却笑了起来:"兄弟,他们吵了一个晚上,都是为了逃债。林总这一死,好多窟窿就盖不住了,接下来,他们谁都别想跑。"

停了停,他自顾自地说:"当然了,人家的钱,早就该转美国转美国,该转法国转法国去了。兄弟,咱们这些人,才是最惨的。"

说着说着,他愈加愤怒了:"咱俩是第一回见,该说的话我说了,不该说的话我也说了,一点也没拿你当外人,你怎么能对我这样?"

他这么说,我也糊涂了:"我怎么就……拿你当外人了?"

"据我所知,林总没有小三。这两年,我给他做了多少回法事、测了多少回字?他身上,就没有我不知道的事儿,"悟真左手持灯,右手一把揪住了我的衣领,"你这么给他瞎编个小三出来,骗得了别人,能骗得过我吗?兄弟,我给你把话放这儿,你的同伙,要是不老老实实把骨灰盒还回来,你这辈子也别想从这儿出去。对了,我拳脚上的功夫,你也尝过了,不瞒你说,八卦掌、形意拳什么的,我都还学过几年。"

"我没有同伙——"我的衣领卡在脖子上,几乎喘不过气来，"……也没瞎编，那小三，叫郭小渝，还给林总生了个儿子。"

"是她呀！"听我这么说，悟真愣了愣神，也不知道是怎么了，像是一下子就放了心，竟然笑了起来，又找了个舒服的姿势席地坐下，背靠着满墙满壁的骨灰盒，再对我说，"行啦，咱们两个，就在这儿等着她吧。放心，她会回来的。"

"为什么？"我当然不信他的话，"她凭什么还会再回来？"

悟真却嘻嘻笑着，隔窗一指塔外的山冈："我刚才来的时候，把所有的门都锁死了，她想逃走，只能往山顶上跑，再把一整座山翻过去，但她翻不过去——山顶上不是有座水库吗？这么大的雨，水库里的水早就漫出来，把什么都淹掉啦！她要是不想掉进水库里淹死，就得给我再乖乖往回跑！"

说完，他就不再理会我，闭上眼睛养起了神，就好像，镜花水月和无常变幻尽在他股掌之间，但他不知道的是，我根本不想就此坐以待毙：忙活了一个晚上，骨灰盒早早就被人卷走了，我却在这灵骨塔中听一个和尚讲了半天故事，这么下去，我的小伙伴们照旧连奶粉和泡面都买不起，我该怎么办？明天一早，高利贷的人再将我堵住，我又该怎么办？这时候，白鹿寺中的某一处继续传来刚才将我唤醒的诵经声。这诵经声，跟之前一样，不是一个人念出来的，而是一群人念出来的，更不像是放的录音，好听是好听，却并没让我安静下来，反倒让我觉得烦躁不堪。于是，我不再等待，决心奔出塔外，继续寻找郭小渝的下落。自然地，我刚起身，悟真就冷哼了一声，再一把拽住了我的腿，但他绝没想到的是，接下来，我顺手便操起一个骨灰盒，对准他的脑袋，狠狠砸了上去。他完全来不及躲避，难以置信地看了我一阵子，刚要起身反抗，我就又将那骨灰盒猛砸了上去。顿时，他的光头上，渗出了不少血，那血再顺着他的脸往下流，流到他的眼睛上，让他只顾着撩起僧袍去擦眼睛上的血，却再没更多的力气跟我缠斗到一起了。

现在，攻守的双方已经变了，在出门找郭小渝之前，远处的诵经声还在持续地传来，我终究忍不住，对悟真展开了审讯："这些人，大半夜还不睡觉，一直唱一直唱，到底他妈的为了个啥？"

到了这个地步，反抗显然已经没有意义，悟真也只好捂着头顶上的伤口，如实告诉我："这都是我给林总请来的助念团，天亮之后，做法事的时候用的……好多人都是临时请来的，不会诵经，我让人在教他们呢……"

话说到这里，我也径直问出了一直想问的话："既然他都没钱了，你咋这么好心，还帮他请这么多人来助念？"

显然，悟真想将我的问题搪塞过去，却又害怕我朝他的头顶上再来一击，迟疑了好半天才回答我："……他那个骨灰盒，是我陪着他老婆去买的，实打实的一整块绿松石做的，值十多万。"

停了停，他接着说："我也是被逼急了。那女的，五天前跟我说，我再给她十五万，她就放过我……"

听他这么说，我的心底里竟兀自一震，诸多前因后果，至此才被我琢磨明白："我说这塔门怎么早早就被锁死了呢，我说那些小沙弥怎么就不来挑灯添油了呢。对了，为了让他的骨灰放到你这儿来，弄不好，明天早上的法事，都是你垫钱做的吧？"

"那倒也没有，"悟真多少被他头顶上渗出的血给吓住了，那些血，正在越流越多，他说话的声音，也在越来越小，"这点钱，他老婆，还是舍得出……"

审讯尚未结束，塔门却被一把推开了，一个人影应声而入。我和悟真先是被吓了一跳，再定睛看时，却发现悟真说过的话果然灵验了：来者不是别人，正是全身上下都在战栗不止的郭小渝——她真的是被冻坏了，一进门，全然不理会我和悟真，蹲在地上，伸出双手，到离她最近的一盏油灯上去烤，越烤，她越觉得冷，战栗一直停不下来，头发上，整个身上，都在不停往地面上滴着水，但即便如此，那个绿松石骨灰盒，还是被她死死地卡在了小腹与双腿之间。良久，她像是缓过来了一点，又像是困乏至极，跟悟真一样，背靠着石壁，瘫倒在地上，先是闭着眼睛，大口大口喘着气，再猛然睁眼，扫视着我们。我分明感到，从她眼神里射出来的，全是怒火：也是，恨不得豁出了命去，满山满寺里冲撞奔跑了一遍，到头来，还是回到这灵骨塔中画地为牢来了，你叫她怎不满腹含冤，又叫她怎不悲愤得想一刀结果了眼前这两个孽障？显然，一场漫长的僵持，自此又开始了。为了躲避郭小渝的逼视，又听得响雷一声声在空中炸裂起来，我踱到被关死的窗户边，透过缝隙往外看。结果，没有了闪电的帮助，到处都黑黢黢的，什么也看不见。再一回，我打开了手机的手电筒功能，顺带着看了一眼微信群。微信群里，除了小伙伴们每隔一阵子发来的一连串问号，别的什么都没有。随后，手机光些微地照亮了窗外，眼前所见，却让我猛地胆寒了起来：山坡上，除了雨水，另有一股巨大的水流正在顺着山势从高处挤压下来，几棵菩提树不知道在何处被连根拔起，又被水流冲刷到这里，全都抵在灵骨塔的外墙上，已成堆积之势。忍不住地，我倒吸了一口凉气：莫非，那山顶水库里的水，已经满溢奔流到了这里？这下子，我慌忙转过身去，看向悟真和郭小渝，郭小渝却像是早已知道塔外发生了什么事情，先是懒懒地看了我一眼："你们的话，我刚才在外面全听见了，"随后，她像是拿定了什么主意，问我们，"既然这样，咱们是不是该好好谈一谈了？"

"好好谈一谈，"悟真的手还是紧捂着脑袋，声音倒是急切的，"是该好好谈一谈了！"

郭小渝却嗤笑了一声，拍了拍怀中的骨灰盒，再看向悟真："和尚，就你那点出息，怎么谈啊？这么着吧，你不就是要十五万吗？等我儿子打赢遗产官司，我翻一倍给你，三十万，怎么样？"

哪知道，悟真却笑了："姑娘，我知道你，你的儿子，不是林总的儿子。"

郭小渝的脸上，瞬时就变了颜色："你他妈的胡说什么……"

"你的儿子，其实是个大领导的儿子，大领导怕人知道，这些年，才让林总背着的，"悟真头上的血总算没再往下淌，他也像是松了口气，又接着说，"大领导后来也坐牢了，林总讲情义，还一直管着你们，我说的没错吧？"

这下子，就像一条漏了气的黄鸭船，郭小渝的身体颓然往下滑去，又赶紧坐直，那个骨灰盒也差点从她的小腹和双腿之间掉落在地。愣怔了一会儿，她才挑衅一般，定定地看着我们："那又怎么样？他拿我儿子当他的亲儿子一样。"

想了想，她接着说："五天前，他死的那天下午，可是先去找的我，说他想看一眼儿子，也许……也许看一眼儿子，他就不想死了……"

必须承认，悟真和郭小渝的一人一句，让我陷入了巨大的震惊之中。此刻，我满脑子里回想着的，全都是平日里的林平之打开手机时，盯着郭小渝母子照片哈哈傻笑的样子，这他妈的，都是什么跟什么啊！我几乎快被悟真和郭小渝弄糊涂了，却也被她的话吸引过去："那，他见到你儿子了吗？"

"没有。"郭小渝捋了捋她的头发,再看向双腿上的骨灰盒,"巧了,那天,正好也是我儿子的亲爹放回来的日子,我们三个,去了室内滑雪场滑雪。本来,他说好了,就在滑雪场门口等着我们,可等我们滑完雪出来,就没看见他了。我给他打了好几遍电话,打过去一遍,他就掐掉一遍……"

"那是他接着就找我来了——"悟真叹息了一声,又像此前被他重击过的我一样,不停用双手拍打着自己的耳朵,再盯着郭小渝,"我说姑娘,打遗产官司,是非要做亲子鉴定不可的,你这个官司,打不下去呀。"

"那好,那你说我该怎么办?"突然间,悟真的话,就像扔在汽油中的打火机,扑哧一声,将郭小渝给点燃了。她像是中了魔怔,先将骨灰盒扔在一边,接下来,谁也没想到,她竟然三下两下,脱掉了自己的上衣。就在我和悟真面面相觑之时,她还没完,接着脱下胸罩,将它扔到骨灰盒边上,再把赤裸的前胸对准我们,我们这才得以看清,在她的胸前,只剩下了一个乳房。到这时,她的身体又开始战栗了起来,连声音也在不停地打着战,"乳腺癌,三阴型的,去年切了一个……马上还要再切一个,医生……医生说了,就算再切,也活不了多久了,你们说说……连这骨灰盒我都给我儿子剩不下来，还能给他剩下什么？"

这突然发生的一幕，实在是前不靠村后不着店，我和悟真，也只有继续你看我、我看你。最后，还是悟真打破了僵持："姑娘，姑娘，别着急，别着急，你看这样好不好？这骨灰盒，咱们三个，一起分，好不好？"

我跟郭小渝几乎同时问出了声来："怎么分？"

悟真显然已经早有了主张，指着那骨灰盒："一个月三十天，咱们正好三个人，每个人拿上它十天，谁要是如了愿，别忘了另外两个，拿到了多少，就一分为三——没有比这更好的法子了吧？"

还不等到郭小渝开口，我就先对着悟真冷笑了起来："这骨灰盒要是落到你手里，只怕早卖了吧？"

"你看看，你看看，所谓赠人玫瑰，手有余香，又所谓你若安好，便是晴天，"悟真急了，站起身来，伸出一根手指，指指我，再指指郭小渝，叹息着，"咱们难道非要拼出个你死我活来吗？"

这时候，我们都不知道的是，你死我活的时刻，是真的到来了——郭小渝刚刚穿好衣服，将骨灰盒重新抱在怀里，猛然间，一整座灵骨塔开始了剧烈的摇晃，塔外也传来各种嘶鸣与叫喊之声，听上去，像是野猪和猫头鹰在叫唤，也像是野鸡和黄鼠狼在叫唤，而且，这些叫唤声正在离我们越来越近，越来越近，很快就逼近了我们的耳朵。我们赶紧朝塔门处奔去，想要弄清楚这世上到底发生了什么事情，终究还是晚了一步：在我们身后，狂暴的浊流已经轰鸣着撞开窗户，直灌入塔内，倏忽之间，便将我们推出去了好远。我们三个，为了稳住身体，不得不各自都死死地抓住了塔门的门框，浊流却变作了浊浪，后浪再挤压着前浪，一道道朝我们直扑过来，我们的耳朵里，嘴巴里，全都灌进了砂砾；在我们身后，一只黄鼠狼，叫喊着，扑腾着，却无枝可依，经过了我们，再被浪头一口吞掉。到了这时候，我也好，悟真和郭小渝也好，其实全都已经知道，山顶水库的水终于变作了一场水灾，山石和树木，院墙与堤坝，都再也阻止不住它们的一泻而下了。最难受的，是郭小渝，她只能用一只手攥住塔门，另外一只手，还得抱着骨灰盒。浊流漫卷，一点点掠过骨灰盒，她只好将它举过头顶，过了一会儿，就挺不下去了。"好吧，听你们的，"她也只好跟我们打起了商量，"你们也来举一会儿吧……不过，你们说过的话，可得要算数，谁要是如了愿，得一分为三……"

没想到的是，悟真刚把骨灰盒接到手里，那骨灰盒，可能是被水浸过，触动了什么机关，没来由地，竟然唱起了歌，还是崔健的《假行僧》："我要从南走到北，我要从白走到黑，我要人们都看到我，但不知道我是谁……"这歌声，直吓得悟真的手一哆嗦，险些让骨灰盒被水流卷走。但是随后，他却哈哈笑了起来，一边笑，他一边告诉我们："假的。"

我和郭小渝齐声问他："什么假的？"

"骨灰盒是假的。"悟真吐出一口呛进他嘴巴的泥沙，继续凄凉地笑着，"你们想想，十好几万一块的绿松石，怎么还会带上这种不值钱的功能？"

停了停，他又说："那个真的，是我陪着去买的，我认得它，它被人换走了。"

尽管如此，我和郭小渝也来不及瞠目结舌一小会儿：就像是齐齐都被唤醒了，我们身后的塔中，几乎所有带着唱歌功能的骨灰盒们，在《假行僧》的带领下，一个个全都唱了起来，一个唱："我的思念，是不可触摸的网，我的思念，是不再决堤的海……"另一个便接着唱："为什么总在，那些飘雨的日子，深深地把你想起……"一个唱："我踩着不变的步伐，是为了配合你到来，在慌张迟疑的时候，请跟我来……"另一个便接着唱："我带着梦幻的期待，是无法按捺的情怀，在你不注意的时候，请跟我来……"与此同时，响雷接二连三，开始了新一轮的轰炸，听上去，就像天空里奔跑着十万头暴怒的狮子。也不知道怎么了，我隐隐觉得大事不好，正想着如何摆脱灵骨塔，去找到一处可以暂时容身的所在，事情却已变得无法收拾了：灵骨塔底下，先是传来一阵震动，而后，塔门突然断裂，再拖拽着我们，被浊浪卷走，三个人一起大声惊呼了起来。等我们仓皇回头看时，这才发现，一整座灵骨塔都倾倒在了洪水之中，顷刻之间，就不见了踪影，倒是那些从塔中逃脱的好几十个骨灰盒们，一边往前漂流，一边还在唱着歌；最可怕的是，我们三个，全都不会游泳，只好死死地抓住塔门，往前漂流。可就算这样，悟真也还是舍不得他手里的骨灰盒，胡乱蹬踏着，连脑袋都被水给淹得看不见了，那只举着骨灰盒的手，也还是直直地矗立在水面上。往前漂出去十几米之后，他的身体被什么绊住了，又拼了命去摆脱，于是，那塔门连同我和郭小渝，便开始急剧地下沉。直到此时，悟真为了不被淹死，这才将手松开，那个骨灰盒终于做回了自己，头也不回地往前漂去。而后，塔门终于不再继续下沉，搁在了一棵树的树冠上，我们总算能稍稍喘口气了。我终究不死心，又打开手机的手电筒功能，照向骨灰盒消失的方向，竟然发现，它仍在我们目力所及的一处旋涡里打着转。没料到的却是，我们三个还在张望着它的时候，身后的巨浪再度袭来了，我们，连同塔门一起，从树冠上被拍打下来，重新开始了在波浪与波浪之间的漂流。

这一回，我们三个，全都以为自己是真的死定了——虽说塔门暂时还被我们抓在手里，但是，浪太大了，除了随波逐流，我们绝无第二条路可走。可偏偏，当我们经过伽蓝殿，竟然看见屋顶上站着好多人，在那里，任行和绿竹翁搀着刘正风，仪琳、任盈盈和蓝凤凰也紧紧抱在一起。我们当然也想置身到他们中间去，于是，使了全身的力气，以手作桨，拼命划动，想要去靠近他们，却怎么也靠不近，越想靠过去，巨浪就越将我们推得远远的。到最后，我们只能眼睁睁地看着自己去往了水流更加汹涌的地方。完蛋了，真正是，一切都完蛋了。只是，谁能想到呢，我们却并没有走上绝路：突然间，《假行僧》的歌声再次传来，我赫然看见，就在离我们咫尺之远的地方，那个绿松石颜色的骨灰盒正在缓缓前去。到了这个地步，除了将它当作信号船，紧跟着它，我们还能怎么办呢？所以，再往下，它去往了哪里，我们便轻轻划动塔门，跟它去往哪里。怪异的是，跟着它，这一路上，我们竟然没有走错半步，在一处波浪涌动得格外激烈的地方，塔门刚要沉到水下，我们的脚尖向下一探，就探在了某一座偏殿的屋顶上。如此，哪怕身后的波浪仍未停止推搡，我们总算可以脚踩着偏殿的屋顶，再踉跄着往前慢慢挪动了；过了一会儿，还是跟着它，我们又经过了华严殿，那里的屋顶上也密密麻麻站满了人。显然，这些人不是别人，正是悟真请来的助念团成员，可能是恨不得佛祖尽快显露真身，再带他们逃出生天，一个个的，即使身在深水之中，也还在高声诵唱着经文，而我们三个，却被上天和佛祖注定了，只能继续紧跟着那个骨灰盒往前去。不过，我们所受的苦，也没有持续多久：在越过了华严殿和诵经的人们之后，又越过了好几棵菩提树的树冠，最终，我们站在了韦驮殿的屋顶上。是的，我们没有死，我们活下来了。

再看我们的救命恩人，那个骨灰盒，却渐渐漂远，漂到了一座从水面下稍稍露出的飞檐之上，欲走不走，欲留不留。我们终于无法再靠近它，只好抹去脸上的雨水，远远地眺望着它，但见它，就像是被哪个孩子玩丢了的玩具，毫无怨怼之心，只是安静地起伏与漂荡；又像是一只找不到家的宠物，多少有些无辜，却好好地蜷缩下来，等待着主人前来找回自己。盯着它看了一会儿，莫名地，我便哽咽了起来。恰好这时，雨稍稍下得小了些，华严殿屋顶上的诵经声骤然清晰了起来，听上去，就像一场庄严的法事正在举行。跟随着那诵经声，在心底里默念了好几遍之后，我也开了口，结果，那些经文都到了嘴边上了，我却戛然止住，鬼使神差地，跟着那骨灰盒里传来的歌声，唱了起来："我要从南走到北，我要从白走到黑，我要人们都看到我，但不知道我是谁……"见我唱起来，郭小渝也跟着我往下唱："假如你看我有点累，就请你给我倒碗水，假如你已经爱上我，就请你吻我的嘴……"到了这时，那骨灰盒就像是明白了什么，后退了两步，再伴随着一股小小的波浪，颠簸着，越过飞檐，消失在了水流与雨幕之中。而我的身边，我们的悟真大和尚，才刚刚扯着嗓子唱起来："我有这双脚，我有这双腿，我有这千山和万水，我要这所有的所有，但不要痛和悔……"

记一次春游

天色将晚，夜幕欲黑未黑，眼看着一场大雨就要来了。我便将车开得飞快，所以，出城高速路两边的那些池塘和湖泊，还有水果采摘园和高耸的立交桥们，转瞬之间，就被我和李家玉抛在了车后。再往后，它们渐渐被越来越重的夜幕吞没，却并未陷入彻底的黑暗。毕竟，这里还是城市的边缘，零星的灯光来自偶尔出现的楼群，来自更加偶尔出现的工厂，仍然会时不时地照亮它们，却让我的身体里不断涌起一股伤怀之感：要知道，从前，这里遍布着各种工业园区，这些园区里的灯火常常整夜不灭，车间里的机器更是通宵轰鸣不止。也不知道从哪天起，它们迎来了熄灭和喑哑，尤其在入夜之后，纷纷变成了一座座影影绰绰的巨大坟墓——是的，和右岸电影小镇一样的坟墓。这一路上，副驾驶座位边上的车窗都洞开着，大风便持续地涌进车内，却没有片刻将李家玉给吵醒。越往前走，池塘和湖泊越多，浓重的水腥气就被大风裹挟着送进了车内，即便如此，它们也盖不住李家玉满身的酒气——我当然早就知道她是个酒鬼，却也没有想到，明明是她给我打来电话，说她终于来了兴趣，打算和我共赴一场二十年前就约定好了的春游，结果，等我火急火燎赶到她住的酒店，不过才过了半个小时，她就又把自己给喝多了。站在她的房门口，我把门铃都按坏了，嗓子也快喊破了，她才懵懂着前来开了门，见到是我，她嘿嘿笑起来，身体却是一软，径直倒在了我身上。到最后，我也只好背着她进了电梯，再在众目睽睽之下穿过酒店的大堂，将她塞进了我的车里。我这种种行径，让旁人看上去，就像是一个正在乘人之危的采花大盗。

我还记得，刚刚被我塞进车里的时候，李家玉短暂地醒了过来，她盯着我看了好一阵子，再口齿不清地警告我："我跟你，我跟你把丑话说在前头，你要是，你要是趁我喝多了，再对我想心思，咱们这生意，可就算是，可就算是打了水漂了！"

"哪能呢哪能呢！"眼见得酒店保安一直满脸狐疑地

观望着车内的动静，我赶紧将车发动，再告诉她，"咱们这是去春游，去看桃花！"

然而，她早就睡着了。直到我们抵达了目的地——右岸电影小镇，再在小镇里穿行，依次经过早就建好了的民国风情园区和东南亚风情一条街，还有只建了半拉就被迫停工的美食广场，最后，车停在了今晚要住下的会所门口，李家玉还是睡得死死的。我暂时丢下她不管，一个人下了车，匆匆朝着西北方向跑过去：是啊，昨天晚上下了整整一夜暴雨，也不知道桃树林里的那些桃花，是不是还好端端地活在这世上。电影小镇的尽头，有一片占地好几十亩的桃树林，黄桃树、黑桃树、秋彤桃树，十几个品种的桃树，一应栽在这里。每到花开的时候，满天的香气恨不得将附近的一个人工湖中大大小小的鱼都熏得差点昏死过去。就算到了晚上，夜幕再黑，也压不住那些花朵的颜色，红的照样红，白的照样白，层层叠叠，漫无边际，让一整片桃树林看上去就像是《聊斋志异》里那些随时都会有孤魂野鬼奔跑出来的所在。说实话，平日里的晚上，这小镇之内，只有我一个人在此过夜；半夜里，哪怕再睡不着，我也不敢朝那片桃树林多看一眼，但凡多看一眼，我就忍不住头皮发麻。今天晚上却大不相同：黄桃树、黑桃树、秋彤桃树,你们可千万要帮我争口气,让那些花朵好端端地留下性命来,只因为,它们的性命在,我的性命才能苟全下来。

"桃花在哪儿呢?"桃树林里,我一个人,来回奔走了好几遍,最后才认命,对着一棵棵桃树和满地的泥泞发呆。不知道什么时候,李家玉不光醒了,还跟着我来到了桃林里,见我回头,她指了指远处也只建了半拉的鬼屋,像是嘲笑一般问我:"桃花在哪儿呢?都被鬼偷走啦?"是啊,桃花在哪儿呢?不过才一夜的工夫,暴雨便将花朵们赶下了枝头,一朵朵,只在满地的泥泞里显露出残存的模样来,活似一个个受尽了欺辱的亡魂。事情怎么会变成这个样子呢?这不是要我的命吗?一时之间,看看李家玉,再看看被风吹动的桃树林,还有这一整座坟墓般的电影小镇,我不由得悲愤得难以自抑,飞起一脚,踹在了离我最近的一棵黑桃树上,却趔趄着,倒在了泥泞里的亡魂们中间。"行啦行啦,"到了这个时候,李家玉反倒一点也不像个酒鬼,还劝说起了我,"你的心意,我领了。对了,你别说,我还真该早点跟你到这儿来走一趟,看了那么多地方,还真就你这儿最合适我们授权——"

听她竟然这么说,我怎能不欣喜若狂呢?背靠在黑桃树上,我连声音都变了:"……你是说真的,还是假的?"

"我有多少闲工夫陪你逗闷子?"李家玉转过身,朝着我们停车的会所前走过去,一边走,一边说,"我目测过了,你这小镇吧,好好改一改,大部分都能用。尤其这鬼屋,还真是挺合我们这款游戏的调性,没建完的部分,我们可以接着建起来。但这些还不是最重要的——"

见我的心都提到了嗓子眼里,她停了停,接着对我说:"我最看得上的,还是这个小镇的防污染做得好,经得起环评,弄不好,还能评上个绿色园区。这样的话,就可以拿补贴了。怎么样,我说得对不对?没对不起你干的这些活儿吧?"

"太对得起了!"听她这么说,就像是多年的冤屈遇上了青天大老爷,倏忽之间,便被一扫而空了。我从泥泞里爬起来,再紧追上去,哽咽了半天,只说出了一句,"你要是早点来,就好了。"

"早来有早来的好,晚来有晚来的好。"李家玉笑着回头,"说吧,怎么感谢我?"

"怎么感谢?"我愣怔着茫然四顾,又在瞬间里恍然大悟,一字一句地告诉她,"你知道的,我只想解个套,不去坐牢就行；剩下的，你要钱我就给钱，要房子我就给房子。你要是暂时不方便，也可以指定个人，我转一部分股权到他的名下去。"

"得了吧，"哪知道，李家玉却嗤笑了一声，"你可别小看我！我问的是，现在，眼前，你打算怎么感谢我？"

这下子，我又愣怔了起来，琢磨了好半天，总算胡乱猜了个答案出来，手指着会所的楼上问她："要不，咱们好好喝顿酒？"

停了停，怕她不满意，我赶紧补了一句："楼上还真是什么酒都有，白酒、红酒、威士忌，原本都是打算招待领导们的，结果，小镇落到这个地步，也就没什么领导敢来了。"

"那还等什么？赶紧的吧！"李家玉迅速地从车边离开，一把推开了会所的大门，一边往里走，一边问我，"你怎么都不会想到，当年的笔友，现在变成个彻头彻尾的酒鬼了吧？"

她说的还真是一点错都没有，眼看着她跑进会所，又在幽暗的天光里噔噔噔地上楼，一上楼，她便径直扑向了酒柜，不自禁地，我就想起了她当年写给我的那些信。我上初二的那一年，学校组织了一次春游，去郊区一座著名的山上看桃花，外加野炊。没想到的是，等我们全年级好几百号人到了目的地，桃花却一朵也没有开。桃花没开也就算了，山上还持续下起了冰雹，这么一来，在山上硬挺了不过半小时，几百号人便丢下刚刚挖好的土灶和更多的狼藉，灰溜溜跑下了山去。其后不久，我们的语文老师布置下来了一篇作文，作文的题目，叫作《记一次春游》，可想而知的是，绝大多数人写到刚刚过去的那场失败的春游，都是余怒未消。而我却没么写，我写的是："既然一场失败的春游已经不可避免，我们也只好接受它，再去寄希望于下一次的春游里能够看见桃花，能够继续野炊。"如此云云，原本只是交个差，却被语文老师连声叫好，并且自作主张，将我的作文投给了一家作文杂志。没料到，几个月之后，这篇作文竟然发表了，随后，我便收到了李家玉写来的信。

说起来，我们通信的时间，也有两三年之久，我还记得，刚通上信的时候，我们就约定好了，未来，某个春天，我们一定要约在一起来一场春游，来看我这里的桃花也行，去看她那里的黄河也行。通信的时间长了之后，我便特别想知道，她长着一副什么样子，要知道，我甚至会梦见她，在梦里，她长着我们学校校花的样子。但是，不管我如何在信里磨破了嘴皮子，我想要的照片，她一直都没有寄来。这可激怒了我，一度，我甚至不想再理会她了，她却一直还在写信来。偶尔，她还是会半开玩笑半认真地提醒我，别忘了我们有过一场关于春游的约定，来我这里看桃花，或去她那里看黄河。而我，终究没舍得放弃对她的指望：万一，她真的像我梦见的一样，长着一张校花的脸呢？所以，有一搭没一搭地，我还是在继续回她的信。再往后，她着了魔一般，好似被当时的诗人席慕蓉附了体，几乎每一封写来的信里，都会摘抄一段席慕蓉的句子。譬如"让我与你相遇/与你别离/完成了上帝所作的一首诗/然后再缓缓地老去"，又譬如"你把忧伤画在眼角/我将流浪抹在额头/你用思念添几缕白发/我让岁月雕刻我憔悴的手"。她不知道的是，关于诗，我已经开始喜欢上了里尔克，其他的诗人，我几乎一个也瞧不上。所以，在回给她的信里，我忍不住挖苦了席慕蓉的诗，打那以后，我就再也没有收到过她写来的信了。

席慕蓉也好，里尔克也罢，二十年后，和她也没了关系，和我也没了关系。现在的我，是一家房地产公司的总经理，好几年里主要负责的项目，就是右岸电影小镇。

原本，这个项目是和北京的一家著名的电影公司合作的，我的老板，也就是我们集团的董事长，为了这个项目，可算是赌上了半辈子的身家。没料到的是，电影小镇才建了一半，那家电影公司就垮掉了，退了市不说，连老板都被抓去坐牢了。这么一来，我也好，董事长也好，为了凑够将这小镇建完的钱，可谓是无所不用其极：除了去银行贷款，就连那些小额财务担保公司的钱，也不知道被我们诳来了多少；仍然不够，我们只好去变卖其他资产，甚至和地下钱庄一起，操弄起了高息揽储。但事情根本就没出现什么彻底的转机，小镇里所有在建的项目只好停了下来，并且远远看不到复工的日期。到了这个时候，董事长便顶不住了，跑路去了缅甸，再也不回来。只留下我一个人，在这无底洞里越陷越深——我还是老实承认了吧：除了电影小镇的会所里尚能容身，实际上，我连个过夜的地方都没有了。只是，我并未完全死心，终日里，还在四处凑钱，还在逢人便打听，有没有人能将这电影小镇收购过去，好让我逃脱几乎是必然会到来的牢狱之灾。要知道，在疯狂凑钱的几年里，我的种种行径，随便拿出一桩来，就够判我好几年的了。

幸亏，李家玉来了。现在，她早已是一家游戏公司的高管，为了给自己公司的一款游戏找到线下实景乐园落地的地方，她被本地商务局招商，来到了我所在的城市。她这一趟出行，可是不得了的大事：本地几乎所有的房地产商都闻风而动，四处寻找门路，去找一个求见她的机会。我自然也想见她，可是，钻山打洞了好几天，愣是死活也找不出半点门路来。哪知道，就在我快放弃的时候，有人却突然给我打来了电话，径直说，李家玉点名要见我，原因只有一个，那就是，我曾经是她的笔友。接到这个电话，我一下子就疯魔了，当即便赶到了她所住的酒店里的中餐厅。其时，她正被人围在餐桌旁，在一杯一杯接受着满桌子人的敬酒。当我被人带领着走到她跟前，她已经快站不住了，但是，一听清楚了我的名字，她便大声对我嚷起来："你还欠我一次春游！"还等什么呢？我赶紧咽下准备了好半天的开场白，一刻不停地邀请她："明天就去我的电影小镇看桃花怎么样？有好几十亩呢！黄桃、黑桃、秋彤桃，什么样的桃花都有！"可是，她喝得太多了，这第一回相见，我竟没跟她说上几句话，她也没跟我说上几句话。接下来的一连好多天，我都在给她打电话，邀请她，赶紧跟我一起，兑现那场迟了二十年的春游。她却压根不管我的心急如焚，每回接我的电话，她都是醉醺醺的，一直醉到了前言不搭后语的地步。我也去过别的地产项目上堵她，却一次都没有真正堵上过。也是，那些项目的老板们，日子就没有好过的，他们好不容易等来了一尊活菩萨，岂能让我轻易就近了她的身？实在没法子了，我便去了她住的酒店，好不容易敲开了她的房门，她的房间里却照旧高朋满座，地上也堆满了酒瓶。见我前来，她从一众人等里探出头来，笑嘻嘻地看着我，像是认识我，又像是完全不认识我。

就像现在，因为被断了电，整座会所都黑洞洞的，只有附近一座化工厂里的灯光远远映射过来，让我看清楚，不过才喝了几杯威士忌，李家玉的眼神便迷糊了起来。在吧台前的高脚椅上坐了没多大一会儿，她就险些滑落在地。见她已然如此，我便赶紧搀着她，想要坐到旁边的沙发上去，没想到，我才先坐下，她却没站住，整个身体晃荡着摔倒在我身上。我压根也来不及躲闪，只好眼睁睁看着她压在了我身上，而且再不动弹，就跟睡着了一样。随后，她身上的酒味和香水味一股脑都被我闻见了，还有她的几根头发，若有若无地扫在我的脸上和耳朵上。这么着，气氛一下子就暧昧了起来，我的下面，也像是要硬起来的样子。"干脆，我跟她，就现在，把生米煮成熟饭吧。"飞快地,我琢磨了好几遍,"真那样的话,她手里那款游戏的线下实景乐园授权,除了我,除了电影小镇,别人就不要再想了吧?"说时迟,那时快,我不再犹豫,收回一直停滞在半空里的两只手,转而将她抱紧了。我这一抱,让她的身体触电一般,战栗了起来。原本,有意无意地,她的身体一直在躲避着我硬起来的下面,现在则不再躲避了,任由它来硌硬着她。还有她的嘴唇,刚一碰上我的嘴唇,她的舌头,便咬死了我的舌头,不自禁地,她喘息了起来,而且越来越粗重。迎着这喘息声,我的手伸向了她右侧的乳房,却被她的手臂挡住了,试探了好几次,我都未能如愿。我以为,她是故意的,弄不好,下意识里,她是嫌我下手太快了。仔细琢磨了一会儿,发现其实也不是:她的舌头,还在重重地纠缠我的舌头,一次比一次狠。既然如此,我便不再胡思乱想,专心去和她的舌头周旋,她却放弃了,突然抬起头,隔着将整张脸都快罩住的头发,仔细地看了我一会儿,像是认出了我,又像是把我当成了别人。看着看着,她嘿嘿笑了一声,埋下头去,重新躺在我的胸前,等我想再和她周旋之时,要命的事情发生了:她的酒劲儿又上来了,嘴巴里还在打着嗝,人却沉沉地睡着了。我不甘心,连叫了好几声她的名字,却根本叫不醒她。

也不知道过了多久,连远处化工厂的灯光都已经彻底熄灭,李家玉始终都没有醒过来,而我,却一如既往地失眠,横竖都睡不着。于是,我便出了会所,在电影小镇里游荡了起来。事实上,几乎每天晚上,我都是这么熬过来的。不知不觉间,我便逛到了那个人工湖边上,也不知道湖里的鱼是睡不着还是睡够了,一条条地,还在时不时跳出水面,再回到水下。有好多条,还雀跃着跳过一道简易水闸,奔向了闸门外的河流。事实上,这个人工湖是硬生生截断了一条河之后才建成的,闸门外的这条河,在数十个村庄和新区之间延伸向前,一直流向了长江最大的支流。想当初,为了建成人工湖,我可是没少动用四面八方的门路;而现在,眼看着快垮掉的闸门和近处堆满了红砖的半拉美食广场,再看东南亚风情一条街里已经长出了到脚跟的荒草,猛然间,我一阵心悸,胸口生疼生疼。大概是为了让自己稍稍好过点,在四顾了一会儿之后,我也像那些鱼一样,先将自己脱得一丝不挂,再下了湖,在水里游了起来。水还很冷,但让人清醒,我便接连游了好几个来回,一直游到上下牙齿都在打架,一抬头,我又看见了李家玉。不知道打什么时候起,她不光醒了,还出了会所，就蹲在人工湖的石头台阶上看着我。

"要不，你也下来？"我在水里喘着粗气问她，"你不是一直想裸泳吗？"

听我这么说，她竟被我的话吓住了，站起身来，连连问我："你怎么知道？"

"你的事，八九不离十，我全都知道啦！"想了想，我把心一横，去问她，"我要是帮你把你老公给找着了，那个授权，你能不能给我？"

李家玉却慌张了起来："什么老公，你可别在这儿跟我胡说一气了！"

见她还在嘴硬，我便追问了一句："行还是不行？"

她愣怔着，看了我好一阵子，因为不能确定我究竟还知道她多少秘密，她再也无法嘴硬了，看看我，再看看桃树林，最后，她对我说："……好，我来想办法。"

是的，我没说一句假话，就这么一会儿工夫，我就知道了关于李家玉的不少秘密。其实，我和她，之前都在会所里的沙发上睡着了，当我醒过来，她却没在沙发上，而是坐在吧台边的高脚椅上，幽幽看着我，很显然，她再一次喝多了。我惺忪着，刚要跟她说话。"闭嘴！"她将手里的酒杯砸在吧台上，对我又是哭又是笑地喊起来，"现在知道回来找我了，没钱花了吧？你这么牛逼，跑那么长时间，怎么现在知道回来找我了？"毫无疑问，李家玉将我当成了另外一个人。没过多久，随着她一句紧接着一句的连连质问，我也弄清楚了，大醉之中，她把我当成了她老公。这个我素昧平生的名叫刘大伟的人，突然有一天，家也不回了，工作也不要了，一声招呼都不打，莫名其妙就离开了她，自此消失得无影无踪。打那天起，她就一直在找他。恰好，她的工作是为那款游戏寻找线下实景乐园的授权方，就算刘大伟不失踪，她也得在全国各地跑来跑去。现在，刘大伟消失了，她的出差也就更加频繁了，只是，诸多奔忙，全无用处，她已经找了他好几个月，蛛丝马迹也有不少，刘大伟却至今还在九霄云外。还有，她之所以来到我所在的这个城市，不过是因为，一周前，刘大伟突然在微信朋友圈里发了照片，整整九张，凑齐了一个九宫格。不知道为什么，他连发朋友圈时候的位置也没有隐藏，定位清晰地显示，他就躲在我们这个城市里。虽然他很快就将照片全都删光了，但是，李家玉早已将它们下载到了自己的手机相册里。第二天，她便循着这些照片的踪迹，披星戴月地赶到了这里。

"我知道，你一直都嫌弃我，可是，我想生病吗？那些干扰激素的药，有一颗是我想吃的吗？"见我一直蜷在沙发上，也没发出什么声响来，李家玉更加不打算放过我，也更加不打算放过刘大伟，她冷笑着，继续质问着我和刘大伟，"我承认，自从我吃了那些干扰激素的药，性欲就没了，没让你碰过了，可你是怎么跟我说的？你说，要像年轻时候那样，跟我一起去水库里裸泳，好让我觉得，哪怕没碰我，我也还是当年的我。干不了别的，咱们还可以裸泳，你说的话我都记着，一直都在等着呢。可是，你他妈的人跑到哪儿去了？"我当然没法回答她的问题，也唯有不出一声地继续蜷缩下去。一度，我还生怕被她看清楚，我只是我，根本不是刘大伟。她却醉得更厉害了，无法自制地，她跳下高脚椅，朝我飞奔过来，再一把拽起了我，一边往窗边推搡着我，一边叫嚷着让我看清楚，没隔多远，就有一个人工湖，我要是个男人，就跟她一起，把自己脱光，现在就去裸泳！自始至终，我都不知道自己到底该不该露馅儿，只好不做任何反抗，沉默着，被她推搡到了窗户边。之后，我还在等着她继续发作下去，好半天过去了，背后却没再传来她的任何声息，等我回过头去，这才发现，她又躺在沙发上，睡了过去，也是醉了过去。

好吧,现在,就让我们出发吧。要说起来,刘大伟也真是闲得慌啊,李家玉收藏在手机相册里的那九张图,分别代表了他在这城市里踏足过的九个地方。一周下来,不喝酒的时候,李家玉已经找到了前六个,每个地方都只差掘地三尺了,结果却还是一无所获。至于剩下的三张图代表的都是什么地方,她问了不少人,却没什么人能说得清楚,但是,它们难不住我。要知道,除了出去念大学那几年,剩下的所有时间,我都生活在这里,再加上,这么多年,我一直都在走街串巷地搞房地产项目,这城里要是还有我找不到的地方,换成别人也就休想找到了吧?事实也的确如此,当李家玉对我亮出她手机里的那三张图,我略作思忖,便确定了我们的第一处目的地到底在哪里。尽管我也知道,那三处所在顶多只能证明刘大伟踏足过它们,说不定,他早就离开了我们这座城市。可是,万一有什么奇迹会发生呢?万一那奇迹甚至大到让我们和他狭路相逢呢?所以,我一刻也没耽误,拉扯着李家玉,重新上车,冲出电影小镇,再冲向了我们的目的地。当我们的车经过化工厂,隐约间,我和李家玉几乎同时看见,一簇巨大的红光,正在化工厂里缓慢升起,一直升到了车间的屋顶上。有那么一刹那,我们两个对视着,同时怀疑起那红光不是别的，而是一场火灾正在生成。那红光，甚至还照亮了化工厂院墙外的田野。巧得很，院墙底下，乃至田野的深处，长了不少桃树，可能是高耸的院墙多少抵挡了些昨晚的暴雨，好多桃树上的花都还开得好好的，直引得李家玉不断回头去眺望着它们。"没有桃花，也算春游吧？"见她时不时地回头，又想着只要找到她老公，我和电影小镇就算是有了生机，我的心情顿时好了不少，脸上也挂着笑，再问她，"从现在开始，我就算是把当年欠你的春游还上了吧？"

"算。"车窗半开着，凉风一吹，李家玉的神色里，已经全然没了醉醺醺的样子，她先是痛快地回答了我一句，又突然问我，"这么多年，你没有老婆孩子吗？"

"……有过。"一下子，我像是被戳破了什么，慌乱地朝车外扫视了一小会儿，这才镇定下来，再径直告诉她，"跑了。我老婆带着我儿子，跟着我老板，跑了。"

"哟，那你也真是够惨的，"李家玉听我这么说，竟然笑了一声，又迅速将笑收住，没来由地问了我一句，"你想过咱们两个结婚吗？"

"……没有，"我照实承认，"那倒是没有。"

"我想过。"她却干脆地对我说，"当年，你不再回我信之后，我记得我哭了好几场。不过呢，咱们要是真成了两口子的话，没准比现在还惨……"

"倒也不见得吧？"也是奇怪，一旦听她说起她曾经想过和我结婚，霎时间，我便油腻了起来。大概是因为，尽管正奔忙在寻找她老公的路上，但是，万一到最后还是找不到的话，我是不是还有可能重新贴上她呢？果然如此的话，像我先前想的，她手里的授权，那颗救命仙丹，她只怕还是会乖乖地将它送进我的嘴巴里来吧？这么想着，我的胆子也在骤然间变大了，笑嘻嘻地去问她："要不，咱俩还是试试？"

李家玉只回了我一个字："滚。"

说话间，我们的第一处目的地到了。要说起来，此处也并不是多么不得了的所在，不过是城中村里的一家录像厅而已。这座城中村，可能是本地最难拆迁的地界之一，几年下来，人命都出了好几条，好不容易才拆得七七八八，结果，房地产又进了寒冬，它只好被弃置到一旁，没什么人去理会它了。举目四望，处处都是断垣残壁，在断垣残壁之间，依稀散落着几间没来得及拆除的房子，其中一间，就是当年的录像厅。尽管在许多年里这家录像厅都在被当作仓库来使用，但是，用绿漆写成的几个

"某某录像厅"大字仍清晰地留在外墙上。我和李家玉越是朝它走近,眼见得几只鸟雀唳叫着从门内飞出,再掠过我们的头顶,我们便越是觉得,弄不好,它早已变作了一间死尸横陈的凶宅。实际的情形倒是还好,当我们置身在其中,在微弱的天光中,迎头看见的,并没有什么阴寒恐怖之物,却只看见了一排长条椅。长条椅的正前方,还有一张矮桌,矮桌之上,竟然放着一台电视机。电视机的边上,还有一台多年都没见过的录像机,录像机通着电,一个残破的按钮在夜幕里散发出荧荧绿光。我和李家玉对视了一小会儿,虽说都对眼前所见不明所以,怎么也想不明白,凭空里怎么会有这么一套家伙什在等着我们,但是来都来了,还不如好好弄清楚,这套家伙什里到底埋藏着什么样的玄机。于是,我干脆打开电视机,再按动录像机上那个泛着绿光的按钮,然后,跟李家玉一起,横下一条心,在长条椅上坐下,等待着电视机屏幕上出现的第一帧画面。

我也好,李家玉也好,做梦都不会想到,我们看的录像,竟然是多年前的一部三级片。《蜜桃成熟时》,我还记得,当年,正是看了这部片子,我才开始了青春期里漫长的手淫。尽管如此,看着片名从电视机屏幕上跳出来，再看看李家玉和窗外的一堆堆废墟，我还是觉得如坐针毡：大半夜的，我们两个，跑到这城中村里来看一部三级片，还有比这更荒唐和诡异的事吗？反倒是李家玉，一看见片名，她便失声冲我喊了起来："我老公一定来过这里！这电视机，还有录像机，肯定是被他搬到这里来的！"见我呆愣着，她又对我补了一句："他一直跟我说，他当年最大的遗憾，就是没看过这部片子，到后来，他连看都不敢看了……"

一时之间，我也被李家玉的话弄糊涂了，忍不住问她，"他要是想看的话，网上资源多得很，为什么不敢看？"

沉默了一小会儿，李家玉还是回答了我："他跟我说过起码好几十次。当年，有个下午，他和三个同学偷偷约好了去看这部片子，快到录像厅门口的时候，他怕了，没敢进去，那三个同学，后来都成了人物：一个管着几百亿的基金，一个当了副区长，还有一个成了名导演……"

"那他呢？"我也没管电视机屏幕上的女主人公已经开始了第一次肉搏，继续问她，"他是干哪行的？"

"干过好多行，行行都干不了多久……"话说到这里，她张望了一会儿窗外怪物般蹲伏着的废墟，笑了一声，再告诉我，"他一直都很后悔，那天下午，他要是没怕，跟着那三个同学进了录像厅，说不定，后来的日子，可能就是别的样子了。"

停了停，她定定地看着我："他一定来过这里，说不定，他还在这附近什么地方躲着呢！不行，我要去找他！"

说罢，李家玉便起了身，根本不管我，自顾自冲出了录像厅，而我，却没跟上去。耳听得她扯起嗓子呼叫着刘大伟的名字，又在废墟与废墟之间奔跑和跌倒，终了，我还是稳稳坐在长条椅上，未做丝毫动弹。屏幕上，酒店里的女主人公突然听见她隔壁的房间里传来了暧昧的声音，她干脆不管不顾，跨过阳台，在一把椅子上坐下，面对面地，观望起了房间里一对正在做爱的男女。镜头往前推，推到她的脸上，微风吹动她的头发，她并未去捋一下，而是似笑非笑，继续观望着那对鏖战的男女。实际上，她也像是在透过镜头，穿过屏幕，正在观望着长条椅上的我。在她的观望之下，我先是觉得莫名地羞惭，而后，诸多早已忘掉的前尘旧事便汹涌着被我想了起来——看《蜜桃成熟时》的那个下午，大雨浇破了屋顶，录像厅里水流如注，击打在我和其他半大小伙子们的脸上和身上，却没有一个人起身离开。到后来，雨下得越大，我们的下面，就越是坚硬。那一年，我已经跟李家玉成了笔友，她给我写来的一封信，被跟我同年级的一个愣头青给私自拆开了。我当然不会轻易放过他，我记得，那天，我追着他，绕着操场跑了好几个来回，越跑，就越觉得自己像是正在遗精，既空虚，又上瘾。到最后，我摔倒在操场上，脑袋也磕上了一块石头，奇怪的是，当我一抹头上的血，闻到咸腥的气息，却更加兴奋了。二话不说地，我搬起那块石头，将那愣头青也砸了个头破血流。好像还是在那一年，每天晚上，下了晚自习之后，我都会尾随着学校的校花回到她在郊区化工厂里的家。许多时候，她都要被我认识或不认识的人拦截住，他们费尽了心机，去跟她搭话，抑或是明白无误地调戏她。每当这时候，我便会躲在旁边的灌木丛里学起狼嚎来——要知道，那时候，可是每隔几天都有狼群从化工厂背后的山上下来，再冲进城里来觅食的。因此，狼嚎一起，那些纠缠校花的货色们自然早就吓得落荒而逃了。可是，为什么我仍不打算放过他们，也不打算放过自己，还是藏身于灌木丛之中紧追着他们，活似一头真正的独狼，时而仰望天上的月亮，再一声接一声地嚎叫不止呢？

屏幕上，肉搏还在继续，更多的鏖战，还将一幕幕上演，而我，却像是根本没有置身在录像厅里，反倒径直去了自己的十三四岁。有那么一阵子，我甚至看见自己又跑进了当年的操场，两脚生风，永远不会停下。这时，在屏幕上女主人公接连发出的喘息声里，我突然哽咽了起来，我知道，在我身边的长条椅上，还有一个人，也在跟我一样哽咽着：对，我看见了刘大伟，当然只是幻觉。可能是之前在电影小镇的人工湖里裸泳的时间太长了，伤风了，再加上《蜜桃成熟时》的后劲儿毕竟也不小，我整个人突然变得晕乎乎的，但我还是看见，在我身边的一点点幽冥之光里，坐着一个人。那个人，像是一个人在几天前就游荡到了此处，一直看片子看到了现在，但又更像是跟我一样，他其实是坐在自己的十三四岁里。我看不清他长着一副什么样子，可我还是对自己一口咬定，他就是刘大伟。偏偏这时，李家玉结束了废墟间的狂奔和游荡，重新跑进录像厅，手里还拎着一瓶不知道从哪里买来的酒。"他跑，他跑，他跑不了！"明显地，她的口齿又快说不清楚话了，却一把拽起我，就要往录像厅外奔去，"去下一个，去下一个地方！"《蜜桃成熟时》和刘大伟做证，我根本就不想离开录像厅半步，但是没办法，见我赖着不肯起身，李家玉一下子便发作了，话也说得难听了起来："你他妈，你他妈的，还想不想，还想不想要那个授权？"我当然想要，所以，我就只好听她的，被她拖拽着，出了录像厅。可是，等到我们跟跄着，在一处废墟上站定，我忍不住回过头去，却还是分明看见：另一个我，仍然跟刘大伟并排坐在长条椅上，纹丝不动。

下一处目的地，是工人文化宫的旱冰场。这座工人文化宫，地处黄金地带，这些年里，自然被各路大佬们盯上过。盯它的人多了，关于它的产权官司反而一桩接一桩。好多大佬都曾经宣称马上就要将它开发出来，可是，直到现在，它也还是我们这座城市著名的"弃妇"。反倒是那些染指过它的大佬，一个接一个地，要么垮台了，要么坐牢了，要么就干脆横死了。当我和李家玉刚刚站到它的大门口，一群狐狸正好从门缝窗缝里钻了出来，看见我们之后，它们互相对视了一会儿，像是得到了什么命令，又齐刷刷地回转身去，一边发出细碎而尖厉的叫声，一边在辽阔的大厅里奔跑了起来。也不知道它们撞翻了什么，叮叮哐哐的声音响个不止，我不由得在心里打起了退堂鼓。李家玉却不想放过我，她先是仰起脖子，灌下一口酒，再催促我赶紧将门砸开。她说得倒是轻巧，一把硕大的铁锁横亘在门上，我又能怎么办呢？"我早就知道，你是个没用的东西……"她嘿嘿笑着，一根手指几乎指上我的鼻子，问我，"你自己说说，你是不是个没用的东西？"我明明知道，连她自己恐怕也弄不清楚，她是在问我，还是在问刘大伟，即便这样，一股怒意还是不请自到了。我怀揣着怒意，在大门口的走廊上转悠了好几个来回，捡起一块砖头，砸破了一扇窗户，也不管她，一个人爬了进去。这幽暗的大厅，只怕比半个足球场还要大，又被分割成了不同的区域：这里是阅览室和台球厅，那里是照相馆和游泳池的入口。只不过，一样样的，全都衰败和倾塌了，所以，往前走着的时候，我忽而被一根台球杆差点绊倒，忽而又被一张从墙壁上掉落的全家福吓了一大跳。还有那些三三两两的狐狸，要么站在书架上和台球桌上扫视着我，要么径直尾随起了我。如此，寒意顿生之后，我便不想再往前走了，恰在此时，一个沉闷的撞击声在我背后响了起来，我慌忙转身，竟一眼看见，李家玉也跳窗进来了，现在，她正趴在台球桌边，手持一根球杆，撞击着一颗彩球。彩球缓慢地滚动，却戛然而止，她便发作了，嘴巴里胡乱喊着什么，又高举起球杆，一下下，猛击着那颗停下来的彩球。

好在是，不经意之间，我又看见了刘大伟：大厅的后门洞开着，走出去，便是一片水磨石旱冰场。倒回去许多年，我曾经是那里的常客；而现在，整座旱冰场却只独属于刘大伟一个人。脚踩着旱冰鞋的他并没有滑得多么快，而是先用力迈出去一步，紧接着，四肢再不动弹，任由旱冰鞋带着他滑行出去，直到旱冰鞋快要停下，他才再去使力，让自己迎来下一阵子的云淡风轻。这天大的好事，我岂能让给他一个人独占？于是，忙不迭地，我就朝着旱冰场奔了过去，再熟门熟路地从柜台里取出一双合我脚码的旱冰鞋，三两下给自己穿好，一刻也不停地，我也跟他一样，先是用力地迈出去一步，便再也不动弹了，任由夹杂着什么花香的微风朝我吹过来。那风，还有花香，就像是穿透了我的身体，让我变得轻盈，直至轻得不能再轻。就这么，我和刘大伟，时而交错，时而分散了起来，和在录像厅里的时候一样，我还是看不清他的样子，但是，和之前相比，他的衣服像是换过了。那套衣服，我在十六七岁时也穿过，莫非我和他又一起来到了我们的十六七岁？我还在盯着刘大伟的衣服看着呢，煞风景的李家玉却又跟了过来——也不知道她什么时候穿好了旱冰鞋，像个哪吒，箭一般从我身边飞驰过去。也从刘大伟的身边飞驰过去，我还愣怔着,她却早已迎面而来,嘴巴里,还哼唱着一首我十六七岁时听过的歌。幸亏她绕着我们滑了好几个来回之后,突然一个趔趄,仰面摔倒在了地上,终于停止了聒噪。看样子,她像是摔得不轻,我便等着刘大伟上前去搀起她。等了好一阵子,他都没有上前,我只好烦躁不堪地滑向了李家玉。要命的是,等我伸出手去想要拽起她,却一眼看见,她又睡着了。也好,就把这旱冰场继续留给我和刘大伟吧。我们虽然看不清彼此,却仍然对视了一眼,接着交错和分散,甚至还一起哼起了李家玉之前唱过的那首粤语歌:"滂沱大雨中,像千针穿我心,何妨人尽湿,盼冲洗去烙印……"

只可惜,我和刘大伟的这段好时光并未能持续多久——天上飘起了若有若无的微雨,却没让我和刘大伟的滑行变得生涩,反倒使得我们脚下的水磨石地面更加湿滑,我们也就更省力了。到后来,我们两个,也没商量过,却一起仰起了头,好让雨丝更加确切地淋到自己脸上来。偏偏这时候,叽叽喳喳地,从大厅的后门处,突然间拥过来十几个十六七岁的小伙子,又径直奔向了旱冰场。他们既来了,那就好好滑上一阵子吧。哪知没有,还在柜台上取鞋的时候,他们中的几个便叫骂和推搡了起来。我和刘大伟当然没有理会他们，见他们人多势众，便老老实实地一如当年，遇见这样的时刻，都要躲到围墙根去。可是，等他们正式上了场，一场真正的打斗也就拉开了序幕：转瞬之间，有人倒地后仍不被放过，捂着头，接受着好几个人的暴击；有人正在暴击，却又被别的人腾空跃起后踹在了他身上，倒在地上，流了一脸的血。这场打斗刚开始的时候，我还能看见刘大伟，他站在另一处院围墙根那儿，也在透过人缝儿看着我；渐渐地，我就看不见他了，这可如何了得？顷刻间我就急了，一把将挡住我的人推开，想要滑向刘大伟，被我推开的人却没想到我这么不开眼，骂骂咧咧地，先是拖拽我，让我一头栽在地上，再抬起脚上的旱冰鞋，说话间便要往我的身上踢过来。就在这十万火急之时，多亏了李家玉，她不光醒了过来，而且猛扑着身体滑向了我，紧接着，她挡在了我身上。而我，却一点也不感激她，一个劲地拼着命在她的身体之下抬起头，到处搜寻着刘大伟的影子：在众多的腿脚之间，我依稀看见，一双旱冰鞋，正继续沿着墙根往前滑行。慢慢地，它们滑出了旱冰场，再一用力，甚至滑过了一段土路，奔向了我此前流连过的大厅，最后，消失在了突然加重了的夜幕里。眼看着它们就这么没了，我愈加被急火攻了心，全身却又像是丧失了力气，怎么推都推不开李家玉，只好转而去哀求她："求你了，放过我吧……"

"我也求你了，"哪知道，李家玉却咬着牙对我说，"我也求你了，赶紧醒醒吧！"

"你什么意思？"我紧盯着她，再颓然问她，"我从哪里醒过来？"

"除了从酒里醒过来，还能从哪里醒过来？"她像是也累极了，大口喘着粗气，"你喝多了。"

"我喝多了？"我接口就反问她，"说的是你自己吧？"

"那你就好好闻闻自己身上的酒味儿吧——"见我不肯承认，李家玉多少有些无奈，也不再压制我，径直坐在了旱冰场上，再对我说，"刚才，你把我的酒都抢过去喝光了。一喝光，你就非说你见到了我老公。过了一会儿，你又非说这里来了十几号人，还要冲上去跟人打架。好吧，你现在再好好看看，这儿除了你跟我，还有谁？哪儿来的我老公？哪儿来的十几号人？"

事实也的确跟她说的一样，当我定睛扫视着旱冰场，目力所及的范围内，除了一只狐狸站在柜台上望着我们，旱冰场上，再也没有除了我和她之外更多的活物。而我却

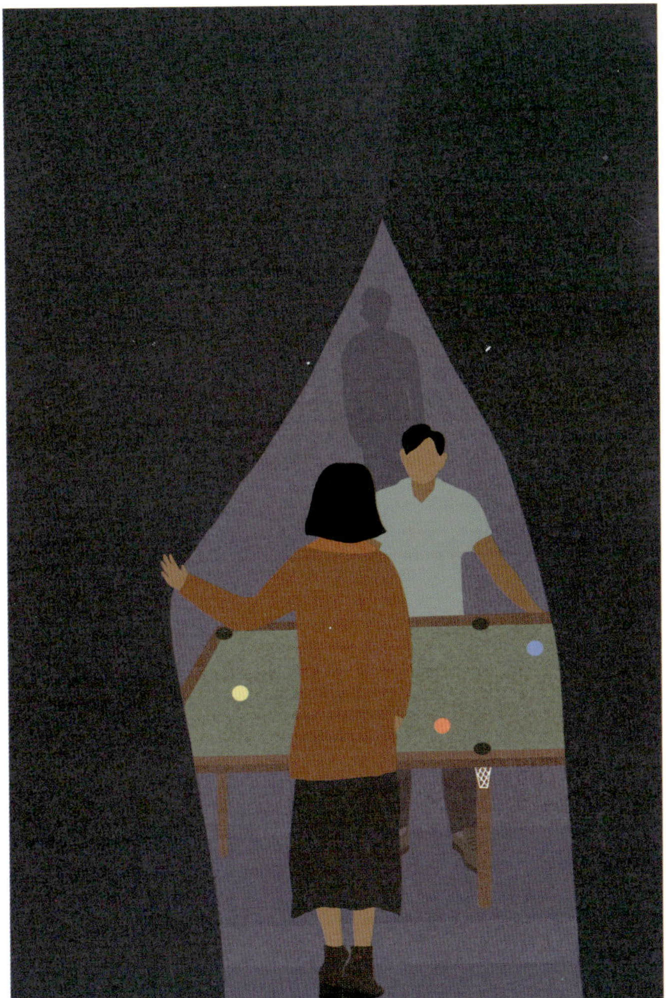

而我，反倒径直去了自己的十三四岁。有那么一阵子，我甚至看见自己又跑进了当年的操场，两脚生风，永远不会停下。

——《记一次春游》

仍然难以置信自己竟然喝了那么多的酒，刚想再问她句什么，冷不防她却先问我："你不是一直想泡我吗？"

我被她的问话吓了一跳，迟疑了好半天："……什么意思？"

她也没看我，仰起头，好让雨丝更加确切地淋到自己脸上，再自顾自地说："你喝多了的时候，把什么都跟我说了。"

这下子，我何止被她吓住，心悸猛然袭来，我的胸口也生疼了起来。随即，我一把抓住了她的胳膊，失声问她："我都跟你说了什么？"

既然如此，李家玉就再不藏着掖着了，她紧盯着我："那座电影小镇，实际上，跟你半毛钱的关系都没有了——我说得没错吧？"

一下子，我就被她的话焊死在了原地，呆愣着，连呼吸都被紧紧地憋住了。

可我越是不想听什么，李家玉偏偏就越是要说什么："你老婆跟你老板跑了之后，你就变成了现在这个样子，成天东跑西颠，又是拉投资，又是找接盘的，不过是因为，你要不干这些事，也没别的事情干。实际上，你老板跑路之前，早就把电影小镇抵押出去了，对吧？还有，你也早就知道自己是个笑话了，可是，你要是不在这个笑话里继续待着，就没有别的地方可以待下去，对吧？"

见我低着头，一句话都答不出来，她便又补了一句："这些，可都是你喝多了之后自己跟我说的。"

完蛋了，一切都完蛋了。李家玉的话还没落音，我便觉得自己的全身都已经被扒光了，脑子里也被巨大的空白填满，手脚都不知道往哪里放，只好徒劳地去看看柜台上的狐狸，再看看她，想说上句什么，最后却还是什么也没有说。"你不是想泡我吗？"倒是她，突然之间，嘻嘻一笑，又伸出手来搭在我的肩膀上，"来吧，我接着。"

"……为什么？"我先盯着她看了好一阵子，再茫然对她说，"你都知道了，我是个笑话。"

"菩萨显灵，我发了善心——这个答案你满意吗？"她正说着话，又突然起身，脚踩在旱冰鞋上，一弯腰，要拉扯我也跟着她起来，"你可别忘了，我俩可是他妈的正在春游呢！对了对了，你就没什么想去春游的地方吗？接下来，我陪着你，去你想去的地方，咱们接着春游，怎么样？"

"……有想去的地方。"我继续盯着她，迷糊了好半天，实在是想不通，就这么一会儿工夫，她怎么就变成了另外一个人，不光连老公都不找了，还要陪着我去春游，而我的嘴巴里，却在下意识地说，"……我想去防空洞。"

半个小时之后，我和李家玉便置身在了城市郊区一座早已废弃多年的兵工厂里。这时候，已经是凌晨三点多钟了。当我们从几排高耸而荒草横生的厂房之间穿行过去，一路上，不时有尖厉的狗吠声不知从何处响起，并且离我们越来越近，听上去，就像是在此宿夜的野狗们随时都会冲出来，再将我们好一阵撕扯吞咬。然而终于没有，它们还是放过了我们，让我们抵达了防空洞的入口处，而这里，便是我想要继续春游的地方，其实也是李家玉手机相册里那三张照片中的最后一处。说起来，我对这个错综复杂又深不见底的防空洞一点都不陌生，七八岁的时候，我就经常约上人来这里捉迷藏；后来，兵工厂垮了之后，它又被人改造成了真人CS射击基地，有一回，我也被人约着来玩过，却觉得这洞里的一切都太小儿科，只玩了不到十分钟就跑出了洞去。唯独今天晚上，李家玉手机里的照片就像火堆一般，已经彻底烧着了我，所以，就算李家玉非要拽着我去别的地方，我也死活不听她的，执意非来这里不可。"我看你是着了他的魔吧？"在防空洞门口，李家玉眼见得拦不住我，狠狠地，也恨恨地对我说，"这一晚上，去的全他妈不是人待的破烂地方，他到底想干什么？还有，你到底想干什么？"她嘴巴里的那个他，很显然，就是她的老公——刘大伟。可是，我也说不清楚我到底想干什么，我只知道，刘大伟有可能待在哪里，我就得去哪里。接下来，我推开防空洞虚掩的铁门，闯进了洞中，几阵狗吠声仍在从遥远处的厂房和荒草丛里传来。这下子，跟过来的李家玉又要拽我回去，我却全然不理会她，试着一按墙壁上的开关，霎时间，一整个防空洞里，立刻亮起了昏暗的灯光，我先是看见，地上凌乱地堆放着好多真人CS射击的装备，彩弹枪、模拟弹、头盔、迷彩服，如此种种，什么都有。而后，我抬起头，不经意地一瞥，一眼便看见了刘大伟的影子，他正端着彩弹枪，闪身跑进了另外一条甬道之中。

还等什么呢？几乎是手足无措地，我慌忙戴好头盔，捡起几颗模拟弹，再手持着彩弹枪，紧追着刘大伟，钻进了他消失的甬道之中。我还没跑两步，枪声响起，一颗彩弹先是打掉了我头顶的灯泡，甬道陷入幽暗，其后而来的另一颗则几乎是紧贴着我的头盔，射中了我身边的洞壁。彩弹炸开，洞壁上留下一片猩红色，隐约看去，和稍显陈旧的血迹根本没什么两样。这么一来，骤然间，我的全身便兴奋了起来，感官也变得异常灵敏，却没有妄动，而是在原地缓缓蹲下身体，再去眼观四路，耳听八方。很快，我便对准一个位置，凝住神，扣动了扳机，彩弹呼啸向前，直直地射在了刘大伟的头盔上。在彩弹炸开后稍纵即逝的光亮里，我依稀看见，刘大伟多少对我的枪法觉得惊诧，但他并未恋战，而是继续闪身向前，消失了踪影。我的斗志已经被他唤醒，岂能就此轻易罢休？所以，对着他消失的方向略作思忖之后，我便朝另一个方向跑去，说什么也要在出其不意之地去截住他。可是，我的对手终究是太难缠了，他早已算定了我的路线，一直等着我呢。有好几次，奔跑之间，我都几乎被他打了埋伏，彩弹一颗颗噼啪而来，逼得我连连躲闪和逃窜。如此，在好几个来回的伏击与反伏击打下来之后，我早已气喘吁吁，累得跟狗一样，但我仍然强迫着自己，憋住呼吸，在角落里静静蹲下，再来寻找将对手一击致命的机会。果然，没过多久，我就看见，刘大伟钻进了一个洞口，洞顶上，还刷写着"作战室"的字样。我仍然没有妄动，而是继续蹲伏了一会儿，再悄悄跟上，打算将他消灭在洞中。哪知道，我刚起身，一只手便紧紧抓住了我，随后，李家玉闪现在我身边，再急促地一指那个洞口："不能去，我看过了，里头快垮掉了！"

我当然不会听她的，一边将她推倒在地上，一边冷笑起来："你是他派来的卧底吧？"

"哪有什么他？"李家玉躺倒在地上，仍然死死扯住我的腿脚，"这里只有我跟你，这一晚上，都只有我跟你……你还要让我跟你说多少遍？"

见她非要做我的绊脚石不可，我也就狠下了心来，抬起脚，想要踹走她，最后，却还是收回了脚，只对她说了一个字："滚。"

李家玉却不依不饶，仰起头，冲着那洞口大喊了起来："刘大伟，你睁眼看看吧，他着了你的魔了！你他妈的，赶紧滚吧，别再祸害他了！"

她这一喊不要紧，刘大伟可算是被她惊动了，之前，他所藏身的洞里还能传来零星动静，现在则声息全无，不管我再怎么支起耳朵，也只能听到遥远处断断续续响起的滴水声。一下子，我便不可抑止地愤怒起来，猛地转身，将枪管对准了她，就好像，她胆敢再啰唆一句，我就要一枪毙了她。而她却根本不在乎，还在继续跟我说："实话跟你说了吧——我老公，弄不好，已经死了。"

听她这么说，不自禁地，我的身体颤了一下，很快又镇定下来，仍然冷笑着："他犯了多大的错，以至于让你这么去咒他？"

"那九张照片，其实是他一年前发在微信朋友圈里的。发照片之前，他还给我发过语音，说是照片一发完，他就要去跳江，就是那条长江最大的支流……"到了这时候，李家玉不再看向我，而是呆呆地看向头顶上那只昏暗的灯泡，自顾自地往下说，"我们两个，是两年前破产的，都成了失信人。他受不了，才跑掉的。还有我，我的手里，也早就没了那款游戏线下实景乐园的授权资格了，只不过，要是不到处跑来跑去，不，是骗来骗去，这日子，我也不知道该怎么过下去……"

"其实，我也早就是个笑话了，只不过，到你们这儿来了之后，暂时还没人知道。但是，早晚都要被人知道的，对吧？"话说到这里，又见我全然不吭声，李家玉干脆直直地盯紧了我，"停下吧，别再对他上瘾了，再这么下去，你就得跟他的下场一样了，不如——不如你来泡我，咱俩试试看，能不能一起从笑话里跑出来？"

我才不信她的鬼话呢！就算她说的是真的，刘大伟真真切切动过跳江寻死的念头，说不定，发完九宫格照片之后，他又不想死了，重新活得好好的呢？这不，就在刚才，从他的彩弹枪里喷射出来的彩弹，不还一颗颗差点将我击中了吗？所以，我下定决心，不再跟李家玉纠缠，抬起了脚，这一回，她就别怪我要真正地踹走她了。不料，她竟抢在我之前，先站起身来，再一抬手，将一只军绿色的炮弹箱砸在了我头上。虽说那箱子并不大，而且什么都没装，可是，这一箱子砸下来，我还是蒙了，站在原地，头重脚轻地看着她，再看着一大片上下翻飞的小金星，只好瘫软着坐下了，她却并未停下。"你他妈的，给我在这儿等着！"她呵斥着我，跑远了，甬道里仍在传来她的声音，"我今天，非给你把这魔驱走了不可！"才过了一小会儿，我还在发着蒙，一连试了好几次，想将手里的彩弹枪端稳，却怎么也端不稳。李家玉咚咚咚地跑回来了，只见她，流了一脸的汗，却抱来了满满一堆模拟弹。到了这个地步，我当然能够预感到她接下来要干什么，却无力止住她，只能眼睁睁地看着她掠过我，来到了刷写着"作战室"字样的洞口前。眼见得她掏出一颗模拟弹，用嘴巴将引信叼住，再拉长，一股巨大的酸楚袭来，我差点便哭出了声来，也只对她喊了一声："别扔，放过他……"可是，她怎么会听我的呢？顷刻间，那颗模拟弹已经飞奔进洞，再轰然作响着炸裂开来，溅起了明亮的火光。我仿佛看见，洞中的冤魂仰面倒地，缓缓地闭上了双目；又仿佛听见，洞中的冤魂并没那么容易与人间彻底了断，还在一边爬行，一边低语着什么。这下子，不由分说地，眼泪便从我的两只眼眶里涌出来，几乎淌满了我的一整张脸，可李家玉并未罢休，一口气也不歇地又扔出去了第二颗、第三颗、第四颗，直至最后一颗。爆炸声持续作响，火光也持续闪亮，而我，却在这漫长的火光与爆炸声中，越来越无力，越来越绝望。到最后，我只好闭上了眼睛，再也不管这世上发生了什么。

李家玉却非要逼着我把眼睛睁开，她跑回到我身边，拖拽着我，来到那洞口，再喘着粗气，冷声问我："你好好看看，他在不在里面？"

赖是赖不过去了。既然如此，我便起了身，一个人，踉踉跄跄地走了几步，扶住门框，伸头朝里看。事实上是，不管我有多么不愿意承认，这个小小的洞窟里空无一人，满地除了之前从垮塌的洞顶上掉落下来的砖石，就只有李家玉扔出去的那些模拟弹的残骸。我还想多看几遍，也是怪了，就像是刚才的爆炸声唤醒了它们，一块块砖石又开始了垮塌，纷纷从洞顶上掉落，甚至，一整个洞窟都在转瞬间摇摇欲坠了起来。李家玉一把将我拽开,再一边目睹着洞窟彻底垮塌和陷落,一边问我:"现在,你可以泡我了吧?"

就像一头战败的困兽,我蜷缩在一面洞壁之下,问她:"……你就那么想我泡你吗?"

"想。"她直接开口回答我,"这一晚上,天雷地火的,让我来劲了,想再活一遍试试看。"

"别忘了,我们两个,都是笑话。"我想了想,咧开嘴巴,笑起来,"再说了,我拿什么泡你?"

"拿电影小镇来泡我呀!"李家玉却像是早就想定了答案,在我身边蹲下,再凑近我,她的脸差不多都抵上了我的脸,"忘了告诉你,我做实景乐园授权的时候,老在影视圈里混,不少人都欠过我的情。只要下下功夫,我估摸着,能拉不少剧组来拍戏。虽说你老板早就把它抵押给了银行,但是,这么一摊子烂资产,要是有人盘活了它,银行也没什么不高兴的吧?"

我的身体蓦然一震:"……真的,还是假的?"

"试试呗!"李家玉嘻嘻一笑,站起身来,再伸出手来,示意我赶紧跟她一起离开这个防空洞,"不试试,怎么知道是真的,还是假的?"

如此，天亮之前，我们便重新回到了右岸电影小镇，然而，它却早已灰飞烟灭了——我们的车越是靠近它，我和李家玉便越是觉得大事不好：先是一辆辆消防车迎面而来，让我们不停地狐疑着，对视着；直到来到化工厂的门口，我们才赫然看见，一场巨大的火灾，已经将化工厂吞噬了一大半，只留下几座焚烧过后满身漆黑的车间，仍然高耸在更加漆黑的田野上。是啊，早先我们离开时，曾经隐约看见过车间顶上升起的红光，可是，我们又怎么能够想到，千真万确，那就是一场真正的火灾正在生成呢？眼看着最后一辆救完了火的消防车消失在了逐渐稀薄的夜幕里，我们才猛然想起了电影小镇，双双煞白了脸，惶恐地往它所在的方向看去，只看了一眼，就吓得几乎闭过了气去：民国风情园区、东南亚风情一条街，还有只建了半拉的美食广场，这世上，哪里还有它们的半点影子呢？随即，我们两个，醒转过来，连车都没上，双双朝着电影小镇狂奔过去，跑过烧焦了的公路，再跑过烧焦了的大片田野，最后，终于来到了从前的东南亚风情一条街，但是，满目所见，除了遍天遍地的灰烬，再也看不到别的什么。风一吹，灰烬朝我们飞扑过来，我们的身上、我们的脸上，全都是黑黢黢的。我朝李家玉看去，此时的她，活脱脱变成了一只从山火里逃命出来的母猴子；而我，自然也跟一只公猴子差不了多少。

罢了罢了，长久的环顾之后，莫名地，我竟然哈哈大笑了起来，这才信步往深处走去。渐渐地，我走到了桃树林边上，近在眼前，几棵烧焦的桃树仍未倒下，我便伸出手去，对准身边的一棵，轻轻一推，它就在刹那间化作了黑色的粉末，一簇簇地，被风席卷着，吹落到了旁边的人工湖里。再看人工湖里，那道简易水闸也被烧塌掉的美食广场砸断，现在，没了水闸的阻隔，人工湖就不再是人工湖了，而是重新成了一条河。也不知是怎么了，茫茫然地，又环顾了一阵子之后，我也不管李家玉，一件一件地，将自己脱了个精光，然后，我跳进了人工湖之中，在轻微涌动的波浪中，一点一点地往前游去。很快，李家玉追上了我，她的身体刚一触上我的身体，我便知道，她也什么都没有穿。接下来，我们就像两条赤裸的大鱼，摩擦着，交错着，时而紧贴在一起，时而再分开。再往前，波浪变大，涌动也强烈了些，终于，李家玉不再跟我分开，而是抱住了我，不要命地亲我。我也没有闪躲，一把抱紧了她，用舌头去回应她的舌头，用腿脚去绞缠她的腿脚。然而，亲了没多久，绞缠了没多久，她便哽咽着，生生推开了我，一个人游走了。我大概知道，因为她常年都在吃干扰激素的药，所以，现在，不管我和她动作得多么激烈，性欲终究也没有回到她的身上来。而我，我也会跟她一样，接着往前游，只因为，远远地，我又看见了刘大伟，他一直游在领先我二三十米的地方，却没忘了停下来等我：在一株垂柳之下，他等过我；在一座石拱桥底下，他等过我；也许，等我们上岸之后，他还会在录像厅、旱冰场和防空洞里继续等着我。